JN321653

古典再入門

『土左日記』を入りぐちにして

KOMATSU Hideo
小松英雄

笠間書院

目次

多くのすぐれた古典文学作品が残されていることは、日本文化史の誇りであり、日本人の誇りにもなっています。しかし、それらの作品の文章を専門の研究者たちがほんとうに読めているかとなると、背筋が寒くなります。この導入部では、現行の注釈書や古語辞典の類がどれほどあてにならないかを具体例に基づいて明らかにし、現状を打破するために文献学的接近《アプローチ》による過不足のない表現解析の方法を導入する必要があることを主張します。本書のねらいは、その方法を実践的に提示することにあります。象徴的に表現すれば、古典文法に呪縛された、断片としての古文から、文学作品としての古典への再入門ということです。

第I部

前文の表現を解析する

定説が覆ったという表現にしばしば出会いますが、定説とは、現在までのところ、それ以上に説得的な説明が提示されていないというだけのことですから、研究が進歩しつづける以上、遅かれ早かれ、より矛盾の少ない説明に置き換えられるのは当然です。絶対に正しい説明など、事実上、ありえません。すべてを疑ってかかるのではなく、疑うべきところを疑うセンスを養うべきです。『土左日記』の前文についての〈定説〉も、筋をとおして考えれば簡単に覆ることを実践的に証明します。

駄文であることを詳細に指摘します。

第二章 仮名の形成と仮名文の発達 72

仮名は女性のために作られた文字体系ではなかったこと、また、仮名文は女性にも解放された書記様式であったことを証明します。

第三章 仮名連鎖の複線構造 83

『古今和歌集』物名部《もののな》の和歌を例にして、平安前期の和歌だけに用いられている、〈仮名連鎖の複線構造による多重表現〉のメカニズムを説明します。

第四章 仮名文の日記 98

『土左日記』前文についての従来の説明がどれほどいい

かげんであったかを確認したうえで、この前文が複線構造になっているという作業仮説を設定して、一次的仮名連鎖「をむなもしてみむ」から「をむなもし」（女文字）を炙《あぶ》り出し、また、「をとこもすなる」から「をとこもし」（男文字）を炙り出します。これらの重なりが意図されたものであるとしたら、女性に仮託したという説明は完全に根拠を失います。

第五章　「女文字」、「男文字」という語の存在証明　112

「男文字」、「女文字」は、『土左日記』における造語である公算が高いこと、また、このほかにも、貫之による造語と推定される和語がいくつもあることを指摘します。

第II部

女文字から女手へ

どの本の説明もまったく同じであるからといって、信じてよいとは限りません。『土左日記』の冒頭部分も、前文と同様、日本語話者の正常な感覚を麻痺させなければ、おかしいところだらけであることに気づくはずです。誤った説明を正しい方向に修正するには、文献学的アプローチが不可欠です。

第一章 女文字とは

133

貫之が「女文字」とよんだのは、実用の書記様式として使用されていた仮名文です。仮名は表音文字であり、表音文字は組み合わせなければ意味を表わすことができませんから、女文字で書こうとは、仮名文で書こうという意思表示でした。

第二章
女文字の実像
貫之の書いた女文字
147

『土左日記』の貫之自筆テクストに基づいて藤原定家は証本を作成し、そのあとに、貫之の筆跡を真似て末尾部分を臨写しています。これこそまさに貫之の書いた「女文字」、すなわち、九三〇年代の実用的な仮名文テクストにほかなりません。その特徴をみてみましょう。

第三章
女文字から女手への軌跡
実用から芸術へ
163

「女文字」、「女手」は、平仮名の別称だと説明されていますが、「女文字」という語は『土左日記』以外に使われた形跡がありません。「女手」は、その後の時期に、美的に洗練された仮名文テクストをさす語として使用されています。『源氏物語』「梅枝《むめがえ》」の巻の用例に基づいて

「女手」の実態を詳細に検証します。

第Ⅲ部 門出の日の記録

門出した日に関する記録について、詳細な表現解析を試みます。従来の恣意的解釈は完全に否定され、この作品が新鮮な姿でよみがえります。貫之が、漢字文ではなく仮名文で書くことを選択した理由が鮮明になります。

第一章 発端 203

門出した年と日時とに関する叙述のいちいちについて詳細に検討します。一字一句をおろそかにしないのが文献学的アプローチの基本です。「いささかに」は漢文訓読の用語だといわれていますが、確実な証拠に基づいてそれを否定します。

第二章 初日の日記 238

門出した当日の「ある人」の行動と心情との描写を対象とする詳細な表現解析です。これまでないがしろにされてきた末尾部分の表現についても解釈を確定します。

第IV部 絶えて桜の咲かざらば 261

『古今和歌集』に「世の中に　絶えて桜の　なかりせば　春の心は　のどけからまし」（春上・四六）（定家本）という形で知られる在原業平《なりひら》の和歌がありますが、その第三句が、『土左日記』（二月九日）には、「咲かざらば」となっています。貫之は『古今和歌集』の中心的な撰者だったのに、どうしてこのような違いがあるのでしょうか。素朴な疑問を解決するために、『伊勢物語』（八十二

段）の挿話との対比において、二月九日の記事の包括的な表現解析を試み、さまざまの問題を掘り起こします。

付録

古典再入門

『土左日記』を入りぐちにして

イントロダクション

■古典再入門――古文から古典へ

筆者が考えた本書のタイトルは、「をむなもしてみむ」でした。第Ⅰ部第三章まで読んでいただければその意味がわかり、読者の共感を得られるはずです。どうして、五つの仮名を黒く覆ったのだろうと疑問をいだいて読んでほしい。そういう読みかたが大切なのだというのが、本書の趣旨でもありますから、適切なタイトルだと自信があったのですが、心外なことに、最初の熱心な読者になってくださった笠間書院編集長の橋本孝さんと、編集事務を直接に担当してくださる重光徹さんとのお二人から待ったがかかってしまいました。広い層の人たちに訴えかけるベーシックな問いかけなのに、タイトルの意味が即座に理解できなければ、限られた少数の専門家にしか用のない本だと敬遠されてしまい、筆者の思いが一般の読者に届かなかったら残念だという、思いやりのある待ったでした。筆者への思いやりではなく、本書への思いやりです。伝統的国文学研究から脱却して表現の奥深く入り込み、確実な解釈を導こうと筆者が熱心に提唱しつづけてきたアプローチのしかたを、すなわち、繊細な表現を繊細に読みとることのできる戦略的アプローチを、たくさんの人たちに理解してもらい、古典を読む楽しさを分かち合ってもらうためには、筆者のほんとうのねらいをタイトルとしてストレートに掲げるべきだということです。

初校のゲラ刷りを前にして議論したあげく、書院サイドから「古典入門」が提案されましたが、筆者にはこの名称に対する強い拒絶反応がありました。なぜなら、〈入門〉ということばから筆者が連想するのは、すぐれた師の門人になって修行するという伝統的な意味だからです。筆者は陰湿な師弟関係が大嫌いで、学生諸君や、かつて学生であった諸君と対等につきあってきましたから、弟子もいないし教え子もいません。読者のみなさんとも、それと同じ関係でありたいと願っています。そのような生きかたを貫いてきたために、〈入門〉という語が嫌いになったのでしょう。

ヨーロッパのどの言語から翻訳されたのか調べたことはありませんが、「古典入門」のような〈入門〉は、弟子入りではなく、英語なら *introduction* に当たります。導論、導言という中国語の訳語がぴったりですし、介紹もあります。日本語にも導入、序説、序言、紹介という訳語がありますが、本書の内容にはどれもぴったりしません。〈入門〉への個人的こだわりを捨てたうえで「再」を挿入し、「古典再入門」で合意に達しました。

〈古典〉とは古代ギリシャ、ラテンの作品だと考える人たちも多いし、中国の古典もあります、また、日本の古典のなかで、本書で扱うのは文学作品だけですが、以下には、煩雑を避けて、日本の古典文学作品を〈古典〉とよびます。中心に据えるのは平安時代の仮名文学作品です。

〈古典〉は名称だけの問題ですが、本書の趣旨にとって大切なのは「再入門」のほうです。学部一年次対象の初回の講義で、日本の古典文学作品をなにか読んだことがありますかと質問すると、『万葉集』、『源氏物語』、『枕草子』以下、どんどんと出てきます。そこで、ほんとうに読んだのですかと再質問すると不服そうな表情をするので、あなたがたが読んだのは古文、すなわち、どれも古典文学作品の断片であって古典ではありません。推理小説の一節を抜き出して読んでも作品を読んだことにならないのと同じことですといって、本題に入ったものです。本書の読者も、古典の作品をたとえひとつだけでも通読した経験のあるかたは多くないはずです。そうだとしたら、まだ、門のなかのようすをよく知りません。

いくつかの、あるいは、いくつもの古典を通読したことのある読者もおいでになるでしょう。しかし、最初から最後まで目をとおしたというだけなら、その作品をほんとうに読んだことにはなりません。大学で古典に関する講義や演習を担当しているのに、あるいは、注釈書まで書いているのに、率直なところ、読んだつもり、読めたつもりになっているかたがたが珍しくありません。原文の肝心な表現を読み誤って作家論や作品論を堂々と展開しているのは、端《はた》から見てむなしいものです。本書では、そういう読み誤りの実例を、動かぬ証拠を挙げてたくさん示すことになります。

古文を読んで古典を読んだと思いこんでいた読者も、あるいは、漫然と古典の門をくぐったまま、さまよいつづけてきた読者も、改めて古典の世界に入ってみましょう。これまでの灰色のイメージや錯覚したすばらしさなどとまったく違う繊細な表現を続々と見いだして、とりこになってしまうはずです。

以上のような意味をこめて、本書を「古典再入門」と名づけました。

■〈『土左日記』を入りぐちにして〉とは

古典に再入門しようとする人たちの足がかりとなる、もっともふさわしい条件をそなえた作品のひとつとして、本書では『土左日記』を選びました。「土左日記」という書名表記はなじみがないかもしれませんが、ミスプリントではありません。この表記を採用する根拠は、このイントロダクションの末尾近くに、文献の写真を添えて説明します。

『土左日記』のテクストの表現を、一字一句もおろそかにせず、作者が意図したとおりに過不足なく読み解く試みをつうじて、テクストのどのようなところに着目して、どのように考えたらよいか、勘所のつかみかたを、すなわち、表現解析の方法を身につけてほしいというのが、〈『土左日記』を入りぐちにして〉という副題の意味です。基本的方法さえ身につければ、あとは読者の好きな作品を、同じような方法で読めばよいだけです。しかし、入りぐちで簡単な説明をして、あとはご自由にどうぞでは責任を果たしたことにならないので、『土左日記』のテクストを検討する過程で『古今和歌集』や『源氏物語』、『枕草子』などの用例にしばしば言及して新しい解釈を提示します。また、第Ⅳ部では、『土左日記』と『伊勢物語』とのテクストとを絡み合わせた詳しい検討を提示します。

■テクストという用語の意味

前節に〈テクスト〉という用語を使用しましたが、これは、本書にとってたいへん大切なことばなので説明しておきます。注釈書などには〈本文《ほんもん》〉という用語が使用されていますが、それと同義語ではありません。もとは英語のtextですが、日本語としてのテキストは教科書(textbook)をさすことが多いので、本書では、誤解を避けてテクストという語形を使います。ストライキとストライクとの違いになぞらえて理解しておいてください。

意味の単位は〈語〉ですが、一語で伝達できる事柄はきわめて限られているし、複数の語を組み合わせて作られる文法的単位としての〈文〉も、一文で伝達できる内容はわずかですから、ふつうには、不可逆的に配列された複数の文の集合で伝達が行なわれます。硬い表現ですが、不可逆的に配列された文の集合とは、複数の文の順序を自由には入れ替えることができないという意味です。「吾輩は猫である。名前はまだ無い」を入れ替えて、「名前はまだ無い。吾輩は猫である」とすることは許されません。そのあとに文がいくつ続いても、同じように不可逆的です。このようにして出来上がったまとまりが〈テクスト〉です。

『土左日記』は、全体が一つのまとまったテクストですから、冒頭部分や、途中の特定の日付の部分だけを抜き出したら、完結した文章になりません。どの部分も、アトを前提としたマエであり、マエを受けたアトだからです。古文をいくら読んでも古典を読んだことにならないといったのは、まさにそういうことです。

口頭で話されたものも、文字で記録されたものもテクストですが、本書で扱うのはもっぱら後者、すなわち、書記テクストです。言語学では text とほぼ同じ意味の discourse《ディスコース》 という用語も使用されており、談話と訳されていますが、書記テクストには不似合いなので使用しません。なお、本書では、右のような捉えかたで書記テクストの一部分をさす場合にもテクストとよびます。

古典文法の最大の単位は文であり、ひとつの文を完結した表現として分析するので、前後との関係にほとんど無頓着です。古典文法をマスターしなければ古文は解釈できないと教室では強調されているようですが、苦労して規則を覚えてもテクストの解釈にあまり役立たず、しばしば誤読のもとにさえなってしまうのはそのためです。本書で随所に指摘するように、多くの作品について誤った解釈が横行している原因は、文の構造だけを考える古典文法にテクストとしての把握を妨げられ、短い部分ごとに、出たとこ勝負の思いつきで説明してきたからです。本書では、従来の説明の誤りを明確に指摘し、どのような点に注意したら正しい解釈が導き出せるかを考えます。本書に提示される解釈を納得するだけでなく、表現解析のオーソドックスな方法を、いつでも自由に使いこなせる道具として身につけてください。

■心の糧《かて》としての古典文学作品

長い歴史に淘汰されて生き残った古典文学作品は、心の糧としてゆっくり読みあじわうべきものであって、ねじり鉢巻で、躍起になって解釈を覚え込んだりするのは筋違いです。紀貫之は、古典文法の教材として『土左日記』を書いたわけではありません。本書は再入門ですから、読者も心の余裕をもってください。教室では、とかく古文と現代語の違いばかりが強調されるために遠い存在になってしまいますが、日本語の水脈は、そして、日本文化の水脈も、確実につうじていますから、日本語話者なら、だれでも親しみを覚えないはずはありません。

『土左日記』は、すでにおなじみの作品です。しかし、本題に入るまえに約束してほしいのは、この作品についてこれまでに習ったり読んだりした知識を、すべてご破算にしてゼロから出発することです。『土左日記』の場合、ご破算にしないですむのは、紀貫之の作品だという事実ぐらいのものだと思ってください。教える立場にある読者は、明日からどのように教えたらよいだろうという深刻な悩みを抱えこむことになるかもしれませんが、筆者の役割は真実を明らかにすることですから、あとは、教育のプロとして適切に判断してください。もとより、同じ問題は、他の諸作品のテクストにも必然的に飛び火します。

■**初歩の人たちにも読める専門書**

本書は、古典に興味のある社会人のみなさん、高校や大学で古典文学作品を教えているみなさん、短大から大学院までの学生のみなさんなど、たいへん広い範囲のかたがたを読者として想定しています。その意味で、一般書でもあり専門書でもありますから、初歩的な段階の読者にも抵抗なく読めるように、振り仮名を多めに加え、専門研究者に必要のない解説も随所に交えます。デス・マス体で叙述するのは、専門用語をなるべく使わずに、わかりやすい文章にするためです。読めばわかるをモットーにしますから、常識で判断できることを、いちいち規則として並べませんが、以下の約束ごとは頭に入れておいてください。

- 仮名の体系が形成され、仮名文が書かれるようになった九世紀を「平安初期」とよび、和歌が仮名文字の連鎖として作られていた十世紀前後を「平安前期」とよびます。
- 著書や編著書からの引用は、初出箇所に出典を詳しく示し、二回目以降の引用には著者名、編者名だけを示します。
- 筆者の著書を引用する場合には書名だけを示します。詳しい情報は本書の奥付ページにあります。

●引用文中の「…」を〈…〉に置き換えるなど、必要な変更を加えて引用する場合があります。

●文法用語を使用する場合には、できるかぎり学校文法に合わせます。

■仮名文テクストの特性

『土左日記』という書名を目にしたり耳にしたりしたとたんに思い浮かべるのは、「男もすなる日記といふものを、女もしてみむとてするなり」という冒頭の一文でしょう。なぜなら、これは、学校で習った数多くの古文のなかでも特に鮮明に記憶している一節だからです。『声に出して読みたい日本語』〔齋藤孝・草思社・二〇〇一〕が、二十一世紀の第一次日本語ブームを巻き起こしました。この本には、古今の名作から、声に出して読むにふさわしい文章が抜粋されていますが、そのひとつに、「男もすなる」から「戌《いぬ》の刻《とき》に門出す」までの部分が選ばれています。読者は、はたして、この一節を声に出して読んで、著者がいうとおり、「日本語としての調子のよさ」を感じ取ることができるでしょうか？

このブームにあやかったのか、「朗読で味わう日本の古典」という付録を添えた古語辞典まで出版されました〔北原保雄編『小学館全文全訳古語辞典』二〇〇四〕（以下、『全文全訳古語』と略称）。趣旨説明はつぎのとおりです。

古典の文章を、声に出して読み、その自分の声を聞きながら読むと、散文であっても、あるリズムが感じられ、作者の口調や気迫・感情まで感じることができる。

この付録にも、『土左日記』の「男もすなる」から、二十二日の記事までが収録されていますが、読者は、声に出して読んでみて、右の趣旨説明のとおりだと感じるでしょうか？　なるほどこれは名文だと感じた読者は、マインドコントロールから抜け出してください。この前文を声に出して読んだら、リズムを意図的に破壊したかのような、モタモタした、しかも、つじつまの合わない駄文の骨頂です。ただし、それが最終の評価ではありません。

この文は、ひとつひとつの仮名文字を目で追って頭を使いながら、表現の構造をゆっくり解きほぐして味わうように組み立てられていますから、声に出して「あるリズム」を感じたり、「作者の気迫や感情まで」感じたりできるはずはないのです。

『土左日記』の表現を解きほぐすためには、作者が仮名の特性をどのように生かしているかに注意しなければなりません。平安前期の仮名の字体は、現行の平仮名によく似ていますが、第Ⅰ部で解明するように、両者の間には機能上の大きな違いがあるので、仮名文テクストの「をとこ」、「をむな」を、「男」、「女」と書き換えたりすると、もとの表現が失われてしまう危険性があることを知らなければなりません。第Ⅰ部の検証によって明らかになるように、『土左日記』の前文の場合は、そういう過ちをおかしたまま、作者の意図とまったく違った解釈をしてきました。

仮名文テクストにおける仮名文字の運用のしかたをよく理解したうえで、この前文をゆっくり解きほぐしながら読んでみれば、さすがは貫之と、うなってしまうほどの名文であることがわかります。前文だけでなく、この作品全体が丹念な読みなおしを要求しています。

作者の貫之は、『古今和歌集』を代表する歌人であり、その仮名序を書いたのも貫之ですから、問題はそのまま『古今和歌集』に波及します。もとより、再検討すべき対象は、『古今和歌集』だけではないし、貫之だけでもありません。

「をとこもすなる日記といふものを〻むなもしてみむとてするなり」という仮名文テクストを、「男もすなる日記といふものを、女もしてみむとてするなり」と、読み取りやすい形に書き換えて、男も書くと聞いている日記というものを女のわたしも書いてみよう、といった意味だと理解してきたのは、平安初期に形成された仮名文字の体系を『古今和歌集』の歌人たちをはじめとする十世紀の仮名文学作品の作者がどのように使いこなしていたかについて、本格的に解明しようとする試みがなされてこなかったからです。結論を先取りするなら、「をなもしてみむ」とは、女性も書いてみようではなく、仮名文で書こうという意味です。紀貫之が仮名文で『土左日記』を書いたのは、漢字文と違って、日本語で考えたことをそのまま日本語で書くことができたからです。仮名文は、その時期までに、和歌だけでなく、散文を書いてもすらすらと読める書記様式として発達していました。仮名は女性のための文字であったという俗説を、筆者は明確な証拠に基づいて否定します。

前文の解釈が大きく変われば、『土左日記』とはどういう作品であるかという従来の認識は白紙に戻り、平安時代の日本文学史は大幅な書き換えが必要になります。

■文献学的アプローチ

『土左日記』の前文について見当はずれの理解をしていることにだれも気づかず、いいかげんな説明の受け売りが今日も続いているのは、文献学的アプローチが欠けていたからです。そのことは、『土左日記』だけでなく、日本古典文学の他の諸作品の多くにも当てはまります。本書では、方法一般を視野に入れて叙述します。

文献学ということばに、ほとんどの読者はなじみがないでしょうが、漢字の字面だけを見て、古い写本や版本などを研究する学問のことだと早合点しないでください。漢字の大きなメリットは、個々の文字が意味を担っていることですが、漢語を見ただけでおおよその意味を推定できることは、しばしば、正しい理解を妨げる致命的な落とし穴にもなります。特に、明治期以後、ヨーロッパの言語から翻訳された専門用語には警戒が必要です。

どのような研究にも、固有の目的と、研究対象と、そして、研究目的を達成するための方法とがなければなりません。文献学は、確かに文献を対象とする研究ですが、肝心なのは、文献をどのような目的のもとに、どのような方法で研究するかということです。

ここにいう文献学とはPhilologie《フィロロギー》（独）の訳語です。文献学についての基礎知識は信頼できる百科辞典などに譲ることにして、その基本理念を要約するなら、それは、対象とするテクストから、そのテクストの書かれた時期の社会や文化に関する諸情報を最大限に引き出すことを目的とする研究領域です。それぞれの関心に応じて、引き出される情報は違っても、その違いを超えて不可欠なのは、テクストが書かれている言語に関する正確で豊富な知識です。それだけでなく、過去の文献が対象ですから、その言語を書き表わしている文字体系と、その運用の実態についての十分な知識がなければなりません。日本語を記録した文献の場合、①漢字と音節文字との特色をそれぞれに生かした書記様式が効率的に運用されていたこと、②すべての文献が毛筆で書かれていたこと、その二点について注意が必要です。

『土左日記』の前文を正しく読み解けなかったのは、国語学の専門研究者たちが、仮名文テクストを古典文法で読み解くことができると信じて疑わず、また、国文学の専門研究者たちが、この作品の文学史的位置づけだけを考えて、どちらの側も、仮名文字の特性や、平安前期の仮名文テクストにおける仮名文字の運用実態について興味も関心もなく、したがって、深い知識をもたなかったためであることが、これからの検討の過程で明らかになります。もちろん、これも、『土左日記』に限った問題ではありません。文献学的基礎をもたない日本語史研究や古典文学研究がどれほどもろいものであるかがしだいに明らかになるでしょう。

■精読のすすめ

昨今は、読んだふりをしたり、読んだつもりになったりできるように、各作品のダイジェストがたくさん出版されていますが、ちょうどその逆ともいうべき読みかたが精読です。精読とは、テクストの一字一句をおろそかにせず、テクストの表現に即して原作者の意図を過不足なく読み取ることです。過不足なくとは、大切なところを読み落とさず、また、根拠薄弱な仮説を立てたりしないという意味です。ただし、本書で試みるのは、作品の奥に秘められたメッセージはどういうことだったのか、というたぐいの高次の解釈ではなく、日本語による表現を、作者によって意図されたとおりに理解することです。

■注釈書・古語辞典

平安時代の仮名文学作品には、残念なことに、表面的な知識しかもたない担当者による恣《し》意《い》的な注釈書が多すぎます。大切なポイントを見過ごしたり見誤ったりしたまま、いいかげんな思いつきを述べているものがほとんどです。『土左日記』に限れば、筆者の目に触れた範囲で例外はありませんでした。古語辞典のたぐいも同様です。刊行年月が新しいほど進歩しているはずだという当然の期待は完全に裏切られました。

ここまで読んできて、独善的な決め付けだ、専門家に対する侮辱だと感じたとすれば、それは、無責任な批判を寄せ付けない仕事をするのがプロであり、注釈書を書くほどの研究者ならプロのなかのプロであるはずだと無邪気に信じ込んでいるからです。

筆者がこれまで携わってきたのは日本語の歴史についての研究ですが、文学作品のテクストは日本語史研究の貴重な資料であり、テクストを読み誤ったら致命的ですから、その点に関して素人であることを許されない立場にあります。これまでにも、『古今和歌集』や『徒然草』の表現解析を独立の著書で取り上げてきたし、その他の作品のテクストにも折に触れて言及してきましたが、古典文学の研究者の多くは、言語研究の立場からの率直な批判を好まないようです。

筆者は、阿吽《あうん》の呼吸で否定的見解を表明する伝統的美風を身につけていないので、不透明な物言いに慣れた国文学や国語学の研究者から反発を受けることは覚悟していますが、まだ、本題に入っていないのですから、せめてひとつだけでも、実例についての検討を読んで、筆者の主張が妄想やハッタリなのか、筋のとおった批判なのかを見極めたうえで、放り出すなら放り出してください。

実践をつうじて筆者とともに味わってほしいのは、テクストの一字一句に細心の注意を払いながら表現を読み解く過程で新しい事実を発見したときの、わくわくするような喜びです。

そういう期待をもって、かつて古文として読んだことのある『土左日記』を、古典の、すなわち、すぐれた文学作品の一節として、じっくり読みなおしてみましょう。古文として読むことと古典として読むこととの大きな違いがだんだんわかってくるはずです。

■表現解析の方法を身につける

『土左日記』とは、土佐の国司の任を終えた紀貫之が、承平四年（九三四）十二月にその任を解かれて土佐を離れ、翌年二月に京に帰着するまでの旅の出来事を、女性に仮託して記録した日記である、という共通理解が確立されています。

確固たる共通理解だという安心感があるので、どこの学校でも、十年一日のごとく、同じことが教えられていますが、異論のないこの共通理解にも、筋道を追って検討してみると、それはおかしい、そんなはずはない、という論理の綻《ほころ》びがつぎつぎと出てきます。

既成の知識を鵜呑みにすべきでないことは確かですが、大切なのは、あらゆることを疑ってかかるのではなく、疑うべきところを疑うことであり、また、疑問をいだいたなら、どのようにしたら、その疑問を客観的根拠に基づいて解決できるか、適切な方法を考えることです。対象を漫然と眺めていても方法は身につきません。注釈書の多くが情けない状態にあるのは、テクストの表現を読み解くための方法がどのようにあるべきかについての議論の積み上げがなされていないからです。

文学作品は、それが書かれた時期の日本語を運用して表出された芸術的達成ですから、テクストの研究は、語句や表現を作者の意図どおりに理解することから出発すべきです。

■仮名文テクストは句点も引用符も受け付けない

『徒然草』のなかに、たいへん有益な示唆を与えてくれる逸話《アネクドート》が収められているので、まず、それを読んでみましょう。ただし、本書では、教科書や注釈書などの校訂テクストと違う表記のしかたをとるので、その理由を説明しておきます。これは、筆者の個人的な好みではなく、仮名文テクストの本質に関わるたいへん重要な問題です。『土左日記』は十世紀、『徒然草』は十四世紀ですが、構文の基本原理は共通しています。

本書の全体をつうじて、古典文学作品のテクストを引用する場合、読点《とうてん》〈、〉は付けますが、句点〈。〉や引用符〈「　」〉は付けません。『土左日記』や『源氏物語』などをはじめとする仮名文学作品のテクストは、そういう符号の挿入を本来的に拒否する構文だからです。

(a)お医者さんは、御用を済まされたら、すぐ来られると言われました。(作例)

引用符を付けない(a)の形で、解釈にユレを生じることはありえません。しかし、「と」のまえまでがお医者さんのことばだという理由で(b)の形にしたら、どうなるでしょうか。

(b)お医者さんは、「御用を済まされたら、すぐ来られる」と言われました。(作例)

右の事例から明らかなように、発話（utterance《アタランス》）は、引用のカギを拒否します。付かず離れずの関係で、つぎつぎと新しい句節が継ぎ足される構文なので、話し終えたところが末尾になるだけです。発話の随所に挿入される伸縮自在の間《ま》、すなわちポーズ（pause）は、テンとマルとの二種類にはなりません。仮名文の構文原理は、基本的に日常的な発話と共通していますす。我々は、話しながら、テンやマルやカギなどを付けていません。ただし、語彙や語法まで日常的な発話と共通というわけではありません（『仮名文の構文原理』増補版）。

従来は、右に指摘した仮名文の構文原理が正しく認識されていなかったために、毛筆で書かれたテクストを、当然のように句読点や引用符を付けた印刷体の表記に書き改め、古典文法で構文を説明してきました。教室で習った古文や古典文法が難解だった理由の一つはそこにあります。右にあげた現代語の作例なら、日本語話者の感覚が奇妙な分析を排除しますが、古文の場合には、高貴な話し手がみずからの高い地位を意識して、自身の行為に尊敬語を使用したと説明されてしまいます。現に、自敬表現という用語を使う人たちもいます。

■兼好が残した教訓

前置きが長くなりましたが、『徒然草』の逸話に入りましょう。

仁和寺《にむなじ》にある法師、年よるまで岩清水《いはしみづ》を拝まざりければ、心憂《こころう》くおぼえて、
ある時、思ひ立ちて、ただひとり、徒歩《かち》より詣《まう》でけり、
極楽寺、高良《かうら》などを拝みて、かばかりと心得て帰りにけり、

さて、傍《かたへ》の人にあひて、年ごろ思ひつること果たし侍りぬ、聞きしにも過ぎて尊くこそおはしけれ、そも、参りたる人ごとに山へ登りしは何事かありけむ、ゆかしかりしかど、神へ参るこそ本意《ほい》なれと思ひて山までは見ず、とぞ言ひける、

少しの事にも、先達《せんだち》はあらまほしきことなり〔第五二段〕

京の仁和寺にいた「法師」が、年をとるまで岩清水八幡宮に参詣していなかったので、そのことが残念に思われ、あるとき、思い立って、ただ独り、徒歩で参詣に出かけた。極楽寺や高良など、八幡宮に付属する寺社を拝み、これで全部だと思って帰ってきた。そのことがあったあとで、そばの人たちに向かって、何年も、したいと思ってきたことを果たしました。話に聞いていた以上に尊いお社《やしろ》でした。それはそうと、参詣に来た人が、ひとり残らず山に登っていったのは、そこに何かあったのでしょうか。行ってみたい気はしたけれど、参詣だけが目的だからと思って山までは見ませんでした、と言った。

ちょっとしたことにも、案内してくれる人がいるのは望ましいものだ、ということです。麓の寺社を岩清水八幡宮だと思い込み、積年の念願を果たしたことを喜んで山上にある肝心の八幡宮を参拝せずに帰ってきたという間の抜けた話ですから、「少しの事にも、先達はあらまほしきことなり」という戒めは、十分の説得力をもっていますが、ここで、この戒め

に、もう少しこだわって考えてみましょう。

　この逸話を引き合いに出したのは、平安時代の仮名文学作品になれていない読者が『土左日記』を独力で読もうとしても、この法師と同じような結果になることは明らかなので、筆者が先達になって、親切に教えてあげましょうということではなく、信頼できる先達はどこにもいないことを最初に確認しておくためです。次節以下の検討で明らかになるように、『土左日記』の場合には、まさに、先達が仁和寺の法師なみであったために、日本国中の高校生や大学生が、毎年、ふもとの極楽寺や高良などを案内されて、八幡宮を拝まずに終わっています。ただし、『徒然草』の逸話との違いは、八幡宮が別にあることを、これまでだれも知らなかったことです。

■注釈書の実態

　古典文学作品を読むことは、事実上、その作品の注釈書を読むことだというのが社会通念として定着していますから、だれでも最初に迷うのは、どの注釈書がいちばんよいか、すなわち、どの先達を頼ればいちばん親切に教えてくれるかということです。そういう迷いを受け止めて、それぞれに独自の特色をうたった古典注釈叢書の類が刊行されています。そういう注釈書の担当者は、たいてい、その領域の専門家としてよく知られている、りっぱな肩書きの持ち主ですが、肩書きで注釈書のよしあしを判断する権威主義は捨てなければなりません。右に引用した『徒然草』の逸話を例にして、注釈書の実態をみてみれば、そのことがよくわかります。

たとえば、どの注釈書にも、「仁和寺」については、京都の御室《おむろ》にある真言宗の寺院であると説明されていますが、「法師」には、説明らしい説明がありません。

■ 法師と僧との違い

『徒然草』にはこの事例を含めて「法師」という語が二十四箇所に出てきますが、現行のいちばん詳しい注釈書（安良岡康作『徒然草全注釈』上下二巻・角川書店・一九六七・一九六八）にも、「法師」の意味について説明がなく、「僧」とか「僧侶」とか訳されているだけです。

『徒然草』には、僧職にある人物を指す語として、「法師」のほかに「上人《しゃうにん》」、「聖《ひじり》」、「僧」などが用いられています。現代語でも、先生・教員・教師、警官・巡査、おまわりさん・おまわり・デカ、などは、それぞれ同一の対象をさす語ですが、どのようにさすかに違いがあります。『徒然草』の時期に、「法師」と「僧」とでは、大きな違いが認められます。それは、平安時代から中世にかけて、僧職にある人たちが、「法《のり》の師」とよぶに値する人たちと、いいかげんな人たちとに二極分化し、「僧」と「法師」とによび分けられるようになっていたからです。

『徒然草』に出てくる「法師」は、僧侶としての地位が低く、社会的モラルもたいへん低い、分別に欠ける僧侶で、現代語の〈クソ坊主〉の〈坊主〉と同じように、軽侮《けいぶ》を込めてそのようによばれています。その延長として、高僧が、〈(我々)坊主は〉というように謙遜して使っている事例もあります。それに対して、仏道に精進する正統の僧侶は「僧」として登場しています。高位の僧侶は、「行雅僧都」、「円位僧正」などとよばれているのに対して、ある程度の地位にありながらゴシップ狂の僧侶は「聖法師《ひじり》」(第七六段・第七七段)とよばれています。(『徒然草抜書』第五章)。『徒然草』の作者を兼好法師とよびならわしていることは、その意味でいささか問題があるかもしれません。

■古語辞典の実態

「法師」という語が教室でどのように教えられているかを知る手掛かりとして、高校生を対象とする古語辞典のひとつをみてみましょう。

近年、古典教育が著しく退潮しつつあり、しかも、少子化が加速しているのに、高校生対象の古語辞典は競って刊行されています。それらの比較をはじめたら際限なく問題が出てくるに違いないので、本書を執筆しはじめる時点で最新刊の一冊(前引)を選び、以下にはこの辞典だけを引用します。最新刊なら、現在、学校でどのように教えられているかがわかるはずだと考えたからです。

ほふし【法師】(名)〔仏教語〕僧。坊主《ぼうず》。例これも仁和寺の法師、童《わらは》の法師にならんとする名残《なごり》とて（略）〈徒然草・五三〉［訳］これも仁和寺の法師だが、稚児《ちご》が僧になろうとするそのお別れだといって（略）

〔『全文全訳古語辞典』〕

残念ながら、結果は悲惨なものでした。訳語に「僧」と「坊主」と並んでいたのでは利用者が選択に迷います。『源氏物語』や『枕草子』などの用例はなく、ひとつだけ示された『徒然草』の用例の訳には「法師」と「僧」とが混じっており、「坊主」は出てきません。「だが」という訳もお粗末です。

念のため、手元にあった、それより十年以上も古い、もうひとつの古語辞典を引いてみました。

ほふし【法師】（名）僧。出家。［用例］(a)（用例略）〔枕・思はむ子を〕(b)「大雁《おほがん》どもふためきあへる中に、法師まじりて打ち伏せねぢ殺しければ、この法師を捕へて、所より使庁へ出《い》だしたりけり」〔徒然・一六二段〕［解］池の雁を屋内におびき寄せて殺したところを見つかり、検非違使庁《けびいしちょう》につき出された僧の話。［要説］仏法の師という意味が、僧侶そのものの堕落につれて、軽んじた呼び方になっていった。（略）(b)はその一例。

〔小松英雄他編『例解古語辞典』第三版・三省堂・一九九三〕

最新刊ならいちばん洗練されているはずだという当然の期待は裏切られました。洗練されているどころか道を踏み外しています。悲しいことに、これが「末の世」の実態なのかもしれません。説明だけで現代語訳をつけない右のような古語辞典は、全用例に現代語訳を添えたことが売り物の、便利至極で信用できない古語辞典に駆逐されてしまったようです。

『徒然草』が世に出た当時の読者なら、「仁和寺にある法師」という書き始めのフレーズだけで、いいかげんな僧侶が、社会常識に反する間抜けな行動をする話だと予期したはずです。その意味で、「法師」は、この逸話を性格づけるキーワードです。

「仁和寺の法師」が、「仏法に精通して人の師となる者。また、僧の通称。のりのし」〔大野晋他編『岩波古語辞典』補訂版・一九九〇〕であるとしたら、「神へ参るこそ本意《ほい》なれと思ひて山までは見ず」ということばは、クソ真面目な信仰心を表わしていることになりますから、からかったり嘲《あざけ》ったりするのは気の毒です。

つぎのような「想像」の根底には、「法師」の意味についての誤解があるようです。

想像をほしいままにすれば、仁和寺から男山まで四里もの道を歩いたことで、この老僧はかなり疲労していたのであろう。それが、山上の八幡宮への登山をおっくうがらせ、人に尋ねることもせずに終わった原因をなしていたかと思われる。〔安良岡康作〕

当否を論じるに値しないお茶飲み話レヴェルの想像で、山に登らなかった理由を説明できると考えているのは、この逸話を紹介した兼好の真意を理解していないからです。『徒然草』の注釈書には、これと同じような事例が満ち満ちています（『徒然草抜書』）。

注釈の伝統が我々を真実から遠ざけている典型のひとつは『古今和歌集』です（『古典和歌解読』、『みそひと文字の抒情詩』）。『土左日記』の注釈にどのような問題があるかは、以下の検討の過程で明らかになるでしょう。注釈書の解説には、テクストを読むうえでまったく役に立たないだけでなく、読者を横道に誘ったまま放り出してしまうものが少なくありません。

どうでもいいような固有名詞に詳しい解説を加え、普通名詞にあまり関心を払わないのが注釈の伝統ですから、用語の理解や表現の解析にはほとんど役に立ちません。『徒然草』の「法師」も、その意味で解釈上の大きな落とし穴になっています。頼りにできる先達など、どこにもいないという筆者のことばが、必ずしも根拠のない暴言ではないことが読者にもわかっていただけたはずです。

『徒然草』だけでなく、『古今和歌集』も『土左日記』も、「仁和寺の法師」と同じレヴェルの先達たちが待ち構えています。そういう先達の説明を信じて、「聞きしにも過ぎて尊くこそおはしけれ」と感動し、その知識を後生大事に伝承してもしかたがありません。

注釈書を開くまえに、まず、もとのテクストをじっくりと読み、みずからの頭でよく考えてみることです。なにがどこまでわかったか、どこがどうしてわからないかを確かめたうえで注釈書を開けば、問題意識の違いがよくわかります。

以上に述べた予備知識をもって、『土左日記』の表現解析に取り掛かりましょう。教室で習って理解できたと思っていたことが改めて疑問になったり、そのときにわからなかったことについては、どうしてわからなかったかがわかるかもしれません。あんなことを教え込んだり、あんな試験問題を出したりしたことが恥ずかしくなる読者がいるかもしれません。筆者自身も、これまでに公表したり、教室で話したりした考えについて修正を迫られる場面が出てきます。ただし、そういう結果になることが、読者にとっても、筆者にとっても、確実な進歩であることは疑いありません。

■もとのテクストと校訂テクストとの比較

石清水八幡宮に参詣したあの法師のいた仁和寺に隣接する近衛《このえ》家の陽明文庫にある三巻本『枕草子』は、この作品のテクストのなかで、もっとも重要なもののひとつとみなされています。清少納言がこの作品を書いたのは十一世紀初頭ですが、陽明文庫本は十五世紀から十六世紀の書写と推定されています。このテクストに基づいた二種類の注釈書の校訂テクストを、「清水《きよみづ》に籠りたりしに」で始まる段の前半で比較してみましょう。校訂の基礎にしたテクストを底本《ていほん》といいますが、耳では定本と区別できないので、科学と区別して化学をバケガクとよぶように、口頭ではしばしばソコボンとよばれます。

A. 渡辺実校注『枕草子』（新日本古典文学大系・岩波書店・一九九一）

清水《きよみづ》にこもりたりしに、わざと御使《つかひ》して給はせたりし唐《から》の紙《かみ》の赤《あか》みたるに、草《さう》にて、

「山ちかき入相《いりあひ》のかねの声《こゑ》ごとにこふるこゝろの数はしるらん

ものを、こよなの長居《ながゐ》や」とぞかゝせ給へる。（略）

B. 松尾聰・永井和子校注・訳『枕草子』（新編日本古典文学全集・小学館・一九九七）

清《きよ》水に籠りたりしに、わざと御使《つかひ》して給はせたりし、唐《から》の紙の赤みたるに、さうにて、

「山近き入相《いりあひ》の鐘《かね》の声《こゑ》ごとに恋ふる心のかずは知るらむ

ものを、こよなの長居《ながゐ》や」とぞ書かせたまへる。（略）

京都東山の清水寺に籠もっていたとき、中宮がわざわざ使いに手紙をもたせてよこした、という話しですが、同じ底本に基づいているのに、二つの校訂テクストを対比すると、あちこちに違いが認められます。そのうち、おもなものをふたつ、そして、一致しているが不自然なものをひとつ指摘します。

(a)「給はせたりし」は、そのあとにどのように続いているのか。

A. 給はせたりし唐《から》の紙《かみ》の赤《あか》みたるに

B. 給はせたりし、唐《から》の紙の赤みたるに、

「給はせたりし」（くださった）のシは、自分が経験したことを表わす助動詞キの連体形ですから、古典文法を当てはめれば、Aのように「（中宮が）給はせたりし唐の紙」、すなわち、中宮がくださった中国渡来の紙、となります。それなのにBは「給はせたりし」のあとにテンを付け、「くださったお手紙は、唐の紙の赤らんでいるのに〜」という現代語訳を添えています。意味はよくわかりますが、これでは文法無視で不合格になりそうです。しかし、古典文法の規則どおりのAでは、中宮が中国渡来の上等な紙を贈り物として持たせてよこしたその紙に、「草にて」手紙が書いてあったという文脈になってしまいます。

(b)「さうにて」とは、どういう意味なのか。

Aは「草にて」と表記し、「草書体で」と注記しています。Bは「さうにて」と仮名で書き、「さう」は「草」、草仮名（万葉仮名の草体）、と注記しています。

草書体とは漢字の草書体をさします。この手紙は漢字文ではなく仮名文ですから、Bが正しく、Aは誤りです。「草仮名」については第II部で詳しく説明します。

(c)第二行の和歌から第三行への続きかたが、どちらもたいへん不自然です。

陽明文庫本のテクストはどのように書いてあるのか、図版で確かめてみましょう。なれな

いと、かなり読みにくいかもしれませんが、右に指摘した諸点がどのように書いてあるか確かめてください。図版では、字間に加えた区切れの朱点が黒く写っています。

(a)Aの「給はせたりし唐の紙の」は古典文法に忠実な区切りであり、Bの「給はせたりし、唐の紙の」は底本の区切りと一致しています。平安時代の仮名文テクストに句読点などはなく、自然なリズムで読むように書かれています。中宮がわざわざ紙など届けてよこすはずは

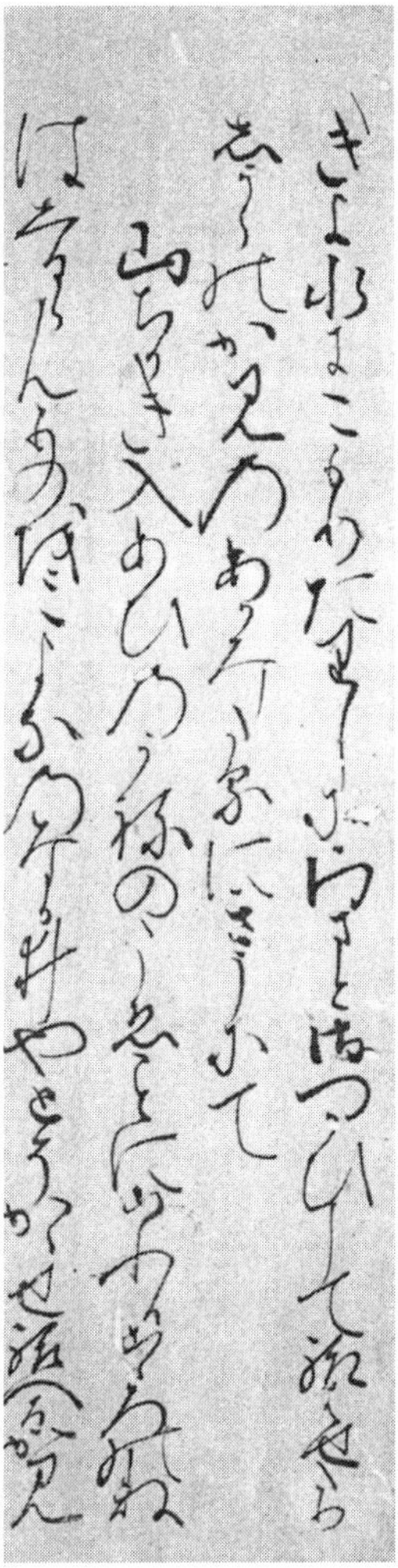

陽明文庫本『枕草子』（陽明叢書10・思文閣）**による**

きよ水にこもりたりしに・わさと御つかひして給はせたり
し・からのかみのあかみたるに・さうにて
山ちかき入あひのかねのこゑことに・こふるこゝろの数
はしるらむものを・こよなのなかゐや・とそかゝせ給へる

ないので、手紙に決まっています。「給はせたりし」とあれば、「給はせたりし文《ふみ》」と反射的に理解できますから、そこで息を継いであとを読みます。Bの現代語訳は原文の表現を正しく捉えています。ただし、古典文法に合わないので、教室では不合格かもしれません。

　草仮名とは、もとになった漢字が判別できる程度にくずした字体の仮名で、連綿《れんめん》、すなわち、続け書きが語句単位にならないので和歌にしか使われていません。和歌なら、《五・七・五・七・七》と句切って意味を取ることができるからです。この手紙がどこで改行されていたかわかりませんが、たとえば、左下の枠内のような配置で書かれていたのでしょう。

　清水寺は東山の麓にあるので、夕方の鐘の声が連続して谷に響きわたります。そのひとつひとつの声ごとに、あなたを恋い慕うわたしの心のほどが伝わるでしょうに、なんと長い滞在ですこと、と清少納言を責めています。鐘の「おと」（音響）や「ね」（快い音響）と違って、「こゑ」にはメッセージが込められています。『平家物語』の冒頭には、「祇園精舎の鐘のこゑ」に「諸行無常」という仏のメッセージが込められていると書いてあります。ここは、あなたがいないので寂しくてたまらない、というわたしの切ないメッセージが、ひとつひとつの鐘の声ごとに伝わらないはずがないと訴えています。

やまちかきいりあひのかね
のこゑことにこふるこゝろの
かすはしるらむものをこよな
のなかゐや

草仮名が並んでいるので、清少納言はこの手紙を和歌として読んだはずですが、「知るらむ」で切れずに、「しるらむものを〜」と、そのまま散文に移行しています。文体の唐突な転換は、読み手の清少納言に、待ちきれない焦りを直接に伝えています。夕暮れの空と同じ色の「赤みたる」品《ひん》のよい紙を選び、和歌の末尾を乱して、寂しくてたまらない気持ちを表明した表現の巧みさに、筆者はほとほと感じ入ります。もとより、書き手の心理を反映して文体が自然に乱れたのではなく、そのような計算のもとに文体を乱したことは明らかです。それなのに、現行の注釈書は、右の二書だけでなく、どれも「しるらむ」で改行し、和歌を独立させて「ものを」を切り離し、木に竹を接いだ形に書き換えています。これでは、せっかくのすばらしい表現がぶちこわしです。そもそも、「草にて」という断りは、この手紙を読者にも和歌として読ませようという清少納言の計算を表わしています。

断片的な古文からテクストとしての古典へと視野を広げるには、その作品のテクストがどのような姿をもっているかについての基礎知識が不可欠であることを、この事例は端的に物語っています。そして、同時に、古典文法への深刻な疑惑も芽生えてきました。

平安時代の仮名文学作品はたくさん知られていますが、作者自筆のテクストが伝存しているものはひとつもありません。

『源氏物語』を例にとれば、紫式部が十一世紀初頭に書いた作品であると文学史には書いてありますが、現存しているのは、中世から近世にかけての写本や版本ばかりです。しかも、この物語のテクストには大きく分けて二つの系統があるうえに、そのどちらにも属していないテクストもあります。どれも筋書きは同じですが、語句や表現に驚くほどの出入りがあります。『古今和歌集』や一部の歌集には、平安末期に芸術作品として書かれたテクストがたくさんありますが、たいていは小さく切り分けて掛け軸に仕立てたり手鑑《てかがみ》に張られたりして部分的にしか残っていません。

以下に詳しく検討する『土左日記』も原本は失われてしまいましたが、これから述べるように、宝蔵に眠っていた紀貫之の自筆テクストを藤原定家（一一六二―一二四一）が発見し、それを子息であり弟子でもあった藤原為家が忠実に写し取ったテクストが残っています。

■定家本『土左日記』

『新古今和歌集』の代表的歌人であり、『百人一首』の撰者としても知られる藤原定家は、平安時代の仮名文学作品のテクスト整訂に精力的に取り組みました。『古今和歌集』、『後撰和歌集』、『拾遺和歌集』、『伊勢物語』、『源氏物語』、『更級日記』などの現行の注釈書は、ほとんどすべて、藤原定家が整訂したテクストか、さもなければ、その系統に属するテクストに基づいています。『更級日記』は、事実上、定家の整訂したテクストしか残っていません。

文暦二年（一二三五）、定家は紀貫之自筆の『土左日記』を発見し、それをもとに独自のテクストを整訂しました。定家は、それまでに平安時代の仮名文学作品のおびただしいテクストに接しつづけてきましたが、作者の自筆テクストを目にする機会はなかったはずであり（第II部第二章）、また、歌人としての貫之に対しては特別の思いもあったでしょう。定家はその経緯を、みずから整訂したテクストの奥書に記しています。［次頁 **図版**］

この奥書は、あとで述べるように、日本語に基づいた漢字文です。以下、現代語に置き換え、また、部分的に意訳して引用します。〔　〕内は、小字を右に寄せて書いた補足です。引用は段落ごとに改行し、(a)、(b)〜の符号を付けます。

(a)文暦二年〔乙未〕五月十三日〔乙巳〕、老病中、眼がほとんど見えない状態で（眼如盲）、思いがけず、紀貫之自筆本〔蓮華王院宝蔵本〕を発見した。

(b)料紙は白紙〔打たず、界線なし〕。縦は一尺一寸〔三分ほど〕、横は一尺七寸〔二分ほど〕の紙である。二十六枚。軸はない。

(c)表紙のあとに白紙が一枚ある。紙の端を少し折り返して、竹を立てず、紐もない。

(d)外題がある。土左日記〔貫之筆〕。

(e)形式は、和歌を改行せず、ちょっと字間を空けて同じ行に続けて書いてある。和歌のあとには字間を空けずに、そのあとのことばが書いてある。

(f)感興に駆られて自分で書写した。昨日と今日との二日間で仕事を終えた。

【二行分空白】

(g)紀貫之が「土左守」に任じられたのは延長八年（九三〇）であり、記録には「五年、六年」在国したとあるから、「承平四（甲午）、五（乙未）」のことだろう、すなわち、承平四年に任国を離れ、承平五年に帰京したのだろう。

(h)今年の干支は貫之が帰任した年と同じ乙未であるから、三百一年になるが、紙は傷んでおらず（紙不朽損）、文字も鮮明である。

(i)読めない箇所があちこちにたくさんある（読不得

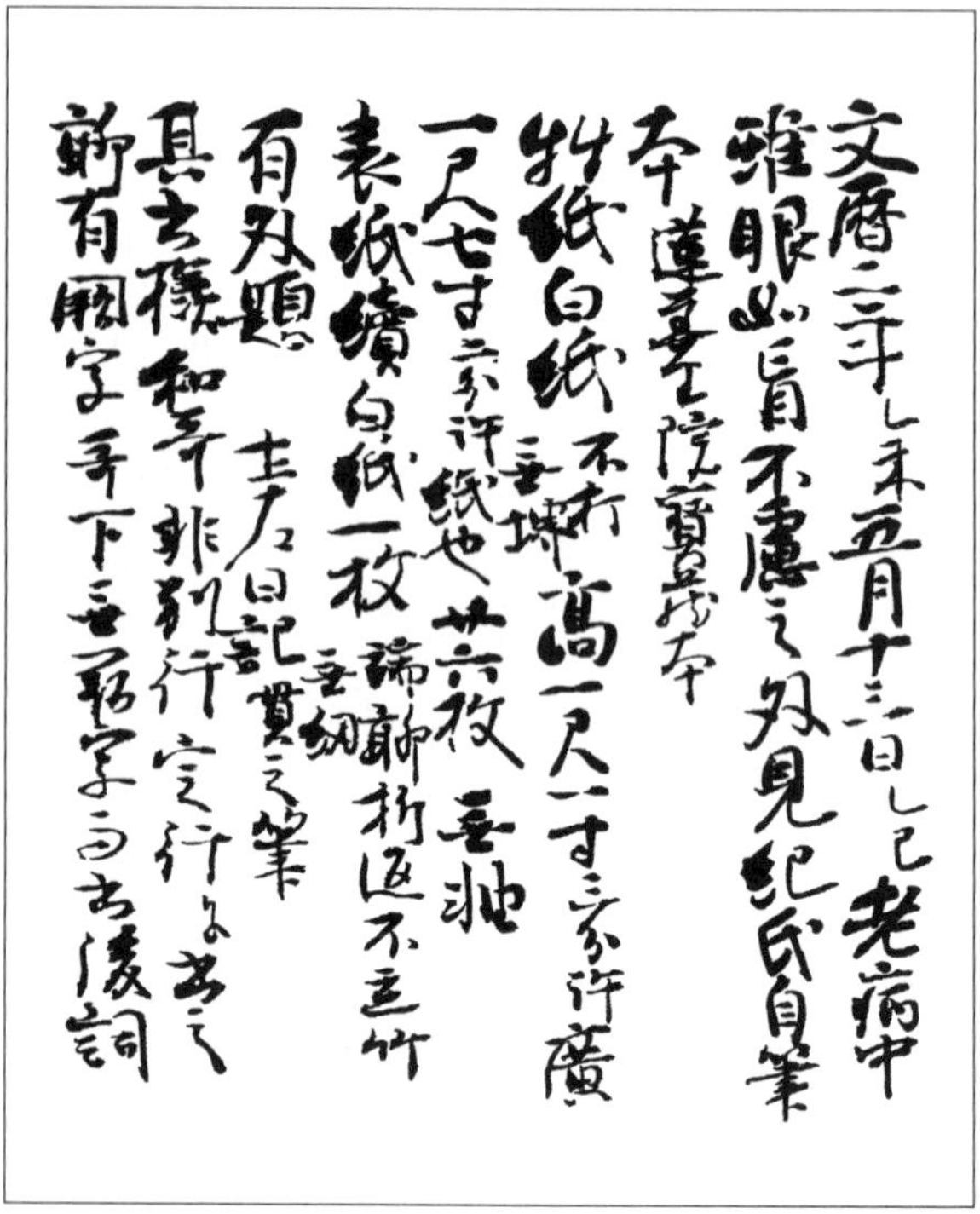
文暦二年乙未五月十三日乙巳 老病中
雖眼如盲不慮之外見紀氏自筆
本 蓮華王院宝蔵本
料紙白紙 不打 無界 高一尺一寸三分許 廣
一尺七寸二分許 紙也 廿六枚 無軸
表紙続白紙一枚 端聊折返不立竹 無紐
有外題 土左日記 貫之筆
其書様 和哥非別行 定行に書之
聊有闕字 手下無點字而書後詞

定家本奥書（尊経閣文庫蔵）

所々多)。そういう箇所は、もとのテクストどおりに書いておいた（只任本書也)。

本書でこの書名を『土左日記』と表記するのは、(d)にあるように、原本のタイトルがそのように表記されていたからです。このテクストを定家が「紀氏自筆本」と認定したのは長年の経験に培われたカンで、「土左日記」という外題も日記の本文も貫之の筆であると判断したからでしょう。蓮華王院とは、京都東山にある、現在の三十三間堂です。

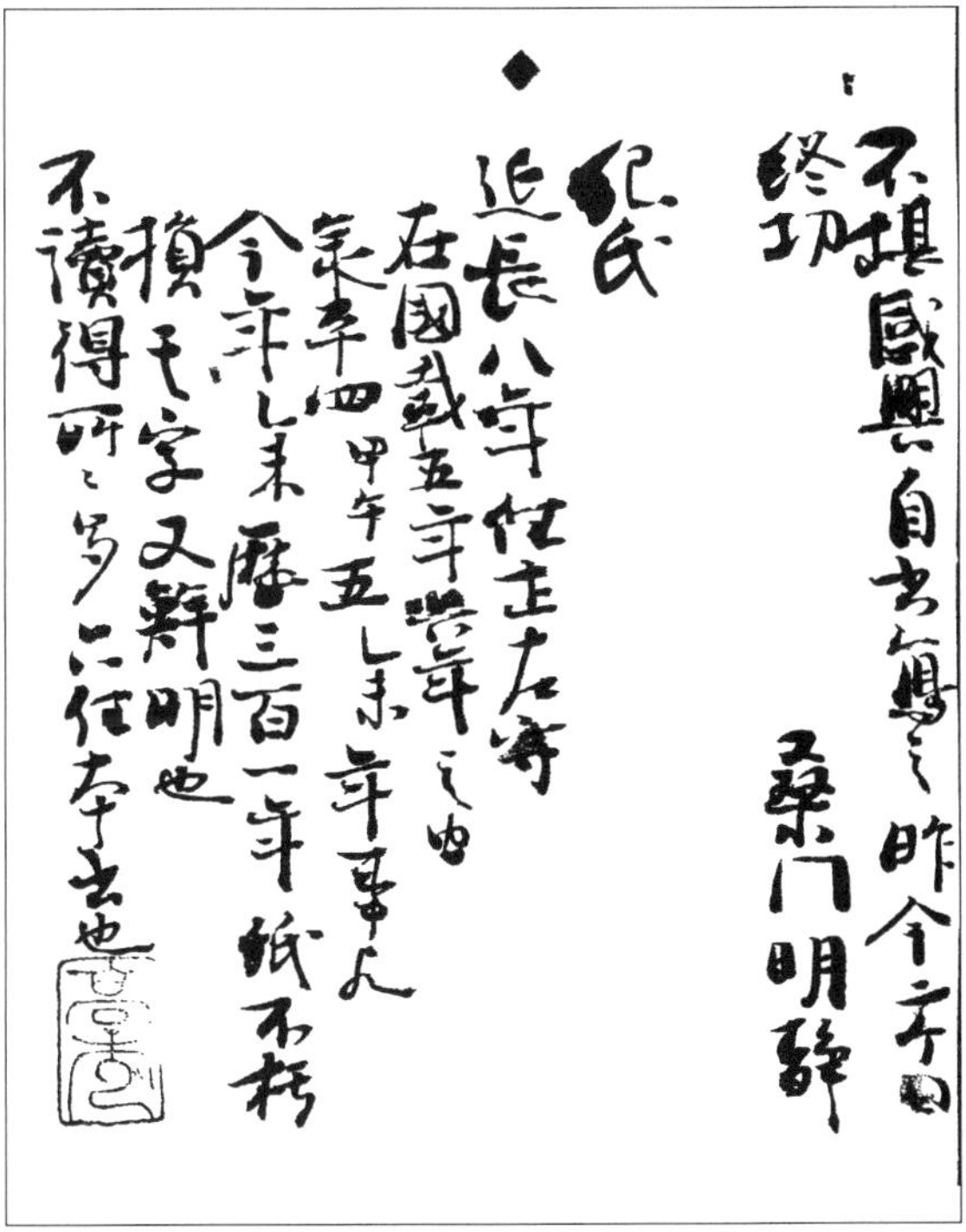

貫之自筆のテクストは、定家の後、藤原為家、松木宗綱、三条西実隆の三人によって書写されて、行方不明になってしまいました。したがって、「紀氏自筆本」という定家の判断が

正しかったかどうかを検証する手段はありませんが、これからの検討の結果から考えると、そのように認定して間違いないでしょう。

定家本と、為家が忠実に模写したテクスト（以下、「為家本」）とを対比すると、随所に違いが認められます。為家本は、あとの二人が書写した系統のテクストと実質的にあまり違いませんから、定家が大きく書き換えていることは確かです。ただし、その理由を奥書の「眼如盲」という自覚症状と結び付けて、定家の読み誤りとみなすべきではありません。

『恵慶《ゑぎやう》法師集』に、つぎの和歌があります。恵慶の和歌は、十一世紀初頭に編纂された『拾遺和歌集』などに収められています。

　　貫之がとさの日記を絵にかけるを　五年《いつとせ》を過ぐしける家の荒れたるこころを
　　　くらべこし　波路《なみぢ》も　かくはあらざりき　よもぎの原と　なれる我が宿

「貫之が土左の日記を絵に描ける」とは、①貫之自身が絵に描いたのか、②貫之の土左日記をだれかが絵に描いたのか、どちらの意味であるのか、この表現からは判然としません。また、その「とさの日記」が、十三世紀に定家が発見したのと同じテクストだったかどうかもわかりません。絵の場面は、『土左日記』の結びの部分に叙述されている京の我が家の「荒れたる」情景です。この絵を描いたのが貫之でも恵慶でもないとすると、早い時期に、『土左日記』を読んだ人物がいたことになりますが、『恵慶法師集』の和歌以外、この日記に言及したものは知られていないようですから、ごくわずかの人たちの目に触れたあとは、宝蔵に保管されたままだったのでしょう。

『土左日記』は、当時一般から考えれば、日記というジャンルの文章としてはそれらしくない文章であり、一般的な女性の文章としてもそれらしい文章と言い切れないものであった。しかし、そのような文章だったからこそ、『土左日記』以後に展開されることになる、女性が書く、日記文学という文章の、それぞれのらしさの基盤を作ったということができる。

〈青葉ことばの会『日本語研究法【古代語編】』⑩（半澤幹一執筆）おうふう・一九九八〉

「日記らしい文章、女らしい文章か？」という題のレポートの結論です。観念的な作文で意味が判然としませんが、仮名文の『土左日記』が『蜻蛉《かげろふ》日記』、『紫式部日記』、『和泉式部日記』などの女流日記の基盤になったということのようです、しかし、それらの作者が『土左日記』のテクストを見ていなかったとすれば、借り物の筋立ては根拠を失います。

右の筋立ては、『土左日記』の前文を、男も書く日記を女も書いてみよう、という意味に理解して導かれていますが、あとで検証するように、誤りのもとはそこにあります。

宝蔵で眠っていた『土左日記』の原本が、仮名文学作品のテクストに強い関心をいだきつづけてきた定家に発見されたことは、後世の研究にとって幸運でした。なぜなら、書いた直後から有名になっていれば、他の作品の場合と同じように、つぎつぎと写し継がれる間に作者の自筆テクストは早い時期に行方不明になり、転写を重ねたテクストの語句や表現に少なからぬ異同が生じていたはずだからです。

奥書の末尾(i)の条に、「読不得所々多」、すなわち、読めない部分があちこちにたくさんあると記されていますが、読み得ざる所とは、判読できない文字ではなく、理解できない語句や表現のことです。なお、「読不得所」というように、中国語古典文の構文規則に一致していないのは、漢字文が、日本語に基づいて記録するために発達した書記様式だからです。

「只任本書也」(ただ本《ほん》の任《まま》に書く)とは、もとのテクストに書いてある文字をそのまま写し取ったということです。ただし、定家は、それ以外の部分を原本どおりに書写したわけではありません。定家自身に理解できても、彼が整訂したテクストを読む人たちが誤読したり誤解したりする可能性がある箇所は、もとの表現と等価で、意味の明確な別の表現に書き換えています。

定家の目的は、書いてある内容が後継者たちに間違いなく理解できるテクストを整訂することでした。定家は、どの作品の場合にも、転写を重ねた後世の写本に基づいて証本を整訂せざるをえませんでした。そういう作業に終止符を打たざるをえない年齢になって、初めて作者の自筆テクストに遭遇する機会に恵まれても、既定の方針に基づいた処理をしています。あとで示すように、『土左日記』の前文も大幅に書き改めています。

■為家本と青谿書屋本

定家の目的は、後継者たちに写させる証本を整訂することだったので、独自に創案した用字原理に基づいてテクストを表記しています。しかし、『土左日記』の場合には、貫之自筆のテクストを発見したのですから、原本を忠実に写し取ったテクストを別に残しておきたいと考えたのでしょう。その仕事を子息の為家に託しました。為家の書写したテクストは行方不明になりましたが、それを念入りに写し取ったテクストが、一九四一年に青谿書屋本《せいけいしょおく》という名称で池田亀鑑によって紹介され、広く知られるようになりました。「紀氏正本蓮華王院本云々書写之、一字不違、不読解事少々在之」と奥書に記されているとおり、貫之本にきわめて近い姿であると池田亀鑑は証拠を挙げて主張しました。青谿書屋本の複製で、利用しやすいものを二つ挙げておきます。後者は低価格の教科書版です。

池田亀鑑《きかん》『古典の批判的処置に関する研究』(岩波書店・一九四一・一九九〇再版)

萩谷朴編『土左日記』新訂版(新典社・刊年不記載・一九六八初版)

池田亀鑑の没後、一九八四年に為家書写本が発見されましたが、現在のところ複製本は公刊されていません。大阪青山歴史文学博物館の御好意により、第一面の写真を掲載します。

［図版］

ちなみに、何々本という通称の「何々」は、書写されたときの年号であったり、書写した人物の名であったり、現在の、あるいは、過去の、所蔵者や所蔵機関の名称であったり、表紙の色であったりと多種多様で、原則はありません。

池田亀鑑は青谿書屋本の発見に基づいて、伝存する『土左日記』のテクストの系譜関係を明らかにするとともに、貫之自筆テクストの復原を試みました〔池田亀鑑・第一部〜第三部〕。当時としては画期的研究であり、そこに提示された見解は、現在もほとんどそのまま通用しています。

為家本と比較した結果、青谿書屋本は為家本の正確な写しであり、文字の写し誤りはきわめて少ないという調査結果があります。ただし、その調査は個々の文字の照合だけで、仮名文を読み取るうえで重要な連綿や墨継ぎなどの一致度は不明です。青谿書屋本には、仮名の切れ続きについて、原本どおりとはみなしにくい箇所が少なくありませんが、そういう問題を留保したうえで、以下には青谿書屋本を為家本とほぼ等価のテクストとみなします。為家本が自由に利用できるようになれば、青谿書屋本を引用する必要はなくなります。

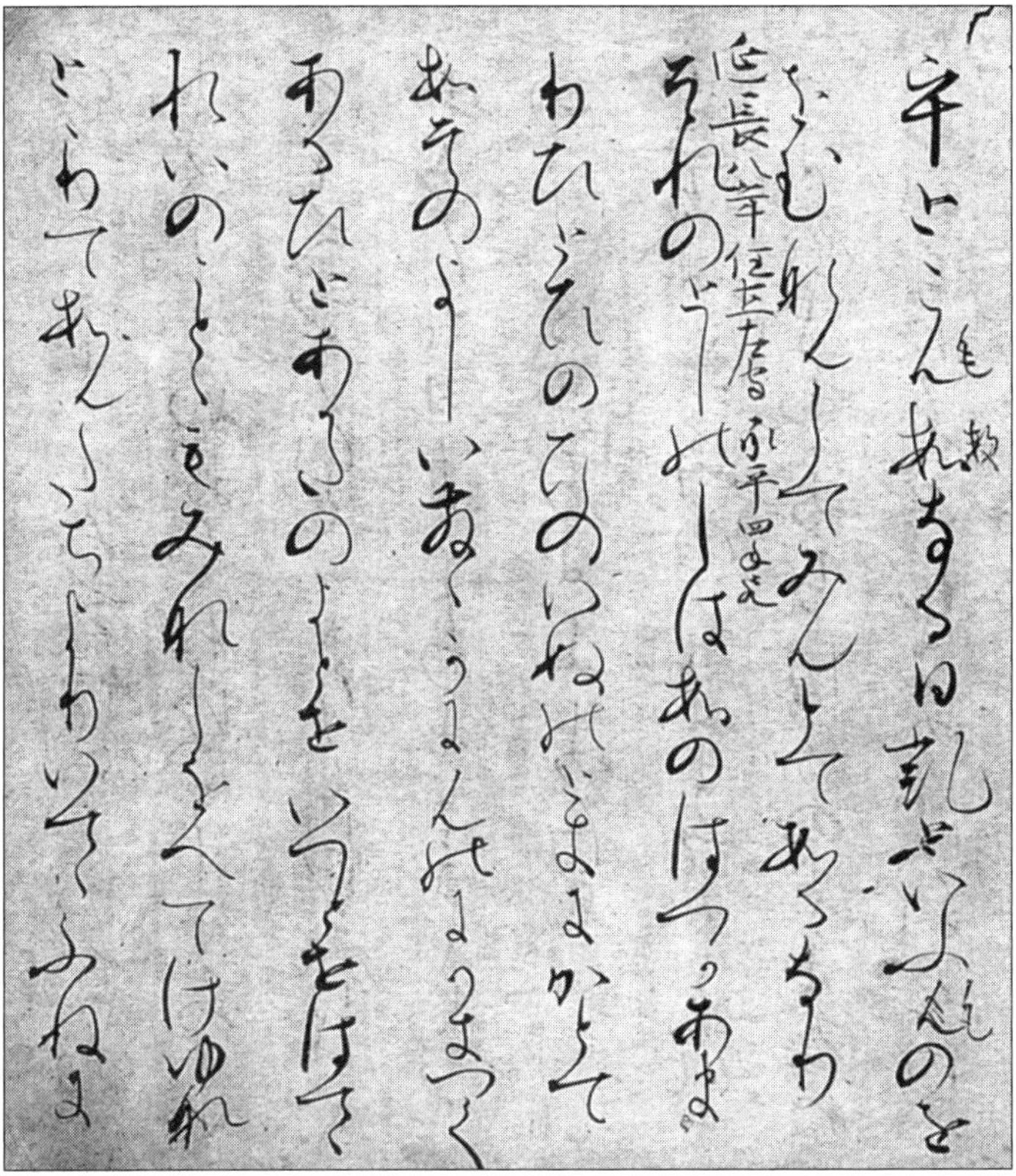

為家本巻首（大阪青山歴史文学博物館蔵）

■その他の有力な写本

以下のふたつのテクストも、他に代えがたい価値があります。

貫之本を松木宗綱が書写したテクストは失われましたが、その系統に属する善本が日本大学図書館に所蔵されており、低価格の複製本が入手可能です（本書「付録」参照）。

鈴木知太郎編『土左日記』日本大学図書館蔵（笠間書院・一九九一・第五版）

左記の総索引にも写真版が添えられていますが、入手困難です。

日本大学文理学部国文学研究室編『土左日記総索引』（桜楓社・一九六七）

貫之本を三条西実隆が書写したテクストも行方不明ですが、それを忠実に写したテクストが三条西家に所蔵されており、左記の複製本がありますが、入手困難です。

土佐日記（三条西家蔵三条西実隆筆・古典保存会・一九三四）

第Ⅰ部　前文の表現を解析する

第一章　従来の共通理解とその問題点

■はじめに

読者が学校で習った『土左日記』の前文は、つぎのように書かれていたはずです。

男もすなる日記といふものを、女もしてみむとてするなり。

イントロダクションの末尾に図版を示したように、為家書写本は、ということは、貫之の自筆テクストは、「日記」だけが漢字で、そのほかはすべて仮名ですが、教科書や注釈書には、読み取りやすいように、適宜に漢字が当てられています。たいへん大切なことなので、あとで詳しく説明しますが、ここでは、まず、読者の既成知識がどこまで信頼してよいかを検証するために、右に示したような、漢字を当てた形で考えてみましょう。

■古語辞典の解説

『全文全訳古語』の「にっき」の項は「↓にき」となっており、解説も用例もありません。「にき」の項は、つぎのようになっています。

にき【日記】〔名〕(「にっき」の促音を表記しない形)日々の出来事や感想を

記した記録。漢文で書いた公的なものと、主として和文で書かれた私的なものとがあるが、後者に文学的価値の高いものが多く見られる。例（略）訳男性も書いているとかいう日記というものを、女（である私も）書いてみようと思って書くのである。要点日記といっても、必ずしも月日を明記せず、だいたい年月を追って、回想記風に書かれたものもある。

不正確な表現が目立つだけでなく、現代語訳はデリカシーに欠けています。日本語の表現としてどこがおかしいかは読者が判断してください。この辞書の帯には「この辞典で古文がわかる」と書いてあります。はたして、これでわかったことにしてよいのでしょうか。ただし、右の解説が、多くの類書のなかで特にひどいかどうかは確認していません。手元に古語辞典があったら、これに対応する項目を引いて比べてみてください。

■「日記」という表記

為家本をはじめ、『土左日記』のどの写本のテクストにも、「日記」は漢字で表記されていますが、ほとんどの注釈書は、それに「にき」と振り仮名を加えています。『声に出して読みたい日本語』も、「朗読で味わう日本の古典」（『全文全訳古語』）も同様です。

前項に引用した『全文全訳古語』の「にき」の項には、（「にっき」の促音を表記しない形）という注記がありました。古文には「にき」と表記されているが、これは「ニッキ」の促音

小松英雄
自著解説

第三版○無料頒布

笠間書院刊

小松英雄（1929〜）勤務暦（1960〜）

［専任］

ミシガン大学研究員（Resarch Associate）、講師（Lecturer）
東京教育大学（現、筑波大学）助教授
筑波大学助教授、教授
駒沢女子大学教授

［非常勤］

（東京地区以外は集中講義、＊印は複数年度）
＊四国大学（大学院文学研究科日本文学書道文化専攻）
宇都宮大学　愛媛大学　＊学習院大学　＊金沢大学　千葉大学　東京大学　＊東洋大学
名古屋大学　新潟大学　＊二松学舎大学　弘前大学　＊北海道教育大学（札幌校）＊山形大学
琉球大学　＊早稲田大学

［客員教授等］

（合衆国）＊カリフォルニア大学バークレー客員教授（Visiting Professor）
（台湾）＊東呉大学客座教授
（韓国）＊啓明大学校客員教授　高麗大学校客員教授　＊慶北大学校招聘教授

自著の背景を語る

■なにが専門？

わたくしの著書のタイトルを並べると中心がどこにあるのか見えにくいので、なにが専門なのだろうと疑問になるでしょうが、それは、自分から進んで狭い専門の檻《おり》のなかに閉じ込もったりせず、ぜひ明らかにしたい事柄に、つぎつぎと取り組んできたためです。ひとつの課題が解決すると、それが解決したことによって新たな疑問がわき出てきます。これまでの著作はそういうことの繰り返しのなかの節目《ふしめ》で地上に出たタケノコのようなものですから、散らばって生えていても、文献学的接近《アプローチ》という地下茎で互いに結ばれています。

文献学とは、過去の文献から、その社会の文化に関する情報を最大限に引き出すための研究方法です。文献学的アプローチにとって不可欠なのは、なによりもまず、その文献が書かれている言語について、また、使用されている文字体系とその運用のしかたについて、正確で豊富な知識をそなえていることであり、もうひとつ不可欠なのは、文献の書き手が意図したとおりに過不足なく読み取るために、一字一句をおろそかにしないで読み進む慎重な姿勢です。文献学的アプローチとは、比喩的にいえば、書いた人物との膝を交えた対話です。すでに隅々まで調べ尽くされているようにみえる文献でも、ことばの知識を駆使してじっくり読むと、その文献の全体像に関わる大きな見落としや読み誤りがあることに気づくものです。アラ探しなどするつもりはないのに、結果からみると、わたくしの著書は、どれも、これまでの研究の盲点を衝いたものになっています。

■どれが研究書で、どれが一般書？

わたくしの立場としてぜひ読者になってほしいのは、短期大学、大学、大学院などの学生や元学生、中学や高校の国語科担当教員の皆さん、日本語学（国語学）や日本古典文学（国文学）、和歌文学などの講義を担当している、あるいは担当していた、大学教員や名誉教授など、専門研究者の皆さんです。元学生とは、卒業しても、知的好奇心を失なっていないかたがたです。

「自著の足跡をたどる」で紹介する著書は、どの一冊をとっても、新しい方法の提示や、その方法によって導かれた新しい知見の提示ですから、専門研究者に共有されている見解と衝突する場合が多く、また、導かれた帰結は、かつて高校や大学などで習ったことや、現に教えていることを根本から否定するものが少なくないので、元学生のかたがたにも興味をもって読んでいただけるはずです。いちばん硬い印象の『国語史学基礎論』も、学部の講義をまとめたものです。

■四つの座右銘

わたくしには、座右の銘ともいうべき心がけが四つあります。そういう心がけが大切であると、だれかに教えてもらったことはないし、なにかで読んだおぼえもありません。試行錯誤の経験をつうじて、そして、痛い思いをして、みずから悟った教訓です。

①マイクロな事象をマクロな視野で捉える。

どんなに小さな言語現象でも、体系から切り離して捉えてはならないということです。小さな歯車でも大きな歯車でも、外れたら機器が正常に作動しないのと同じように、些細《ささい》にみえる言語事象でも、言語体系を円滑に運用するうえで、他に代えがたい役割を果たしています。例外のようにみえる事例が体系を運用するうえで果たしている機能を解明することによって、言語運用の機微が見えてきます。

②問題の原点がどこにあるかを十分に確認したうえで検討に取り掛かる。

原点に遡って考えるべきだと言えば、あたりまえすぎることのようですが、具体的課題に直面した場合、どこにその問題の原点があるかを的確に見極めることは、なかなか難しいものです。事柄の原点に遡ることはまた別でしょうが、この場合に見極める必要があるのは、解明すべき問題の原点です。原点を見誤らないためには、ときどき立ち止まって、ほんとうに原点から出発したのかどうかを確認しながら進めることが必要です。現実をみると、途中から出発してデッドロックになったり、無謀な結論を導いて強引にツジツマ合わせをしたりしている事例がいくらでもあります。『国語史学基礎論』には、途中から出発して行く先を見失い、原点に立ち戻って妥当な帰結を導き出すまでの過程をそのまま叙述してあります。

③わかったと思っても、すぐには膝を叩かない。

手を焼いた難問が解決したとたん、うれしさがこみあげて、わかった！と思わず膝を叩きたくな

ります が、膝を叩いたとたんに思考が停止するので、そこが行き止まりになってしまいます。しかし、そこで膝を叩かずに思考を継続すれば、さらにその奥にある、もっと大切なものが見えてくるものです。うかつに膝を叩いたら、発展性の芽をみずから摘んでしまいます。

④自分のことばでモノを言う

既成の方法にとびついて安易に応用したり、いわゆる定説を無批判に受け売りしたりするクセがつくと独創性が壊死《えし》してしまい、発展性に富むアイデアは浮かばなくなります。日本文学史上の最高傑作は？　と問われて『源氏物語』と即答する人には、受け売りのクセが付いています。それは自分自身の頭で考えたことではないし、また、その判断が妥当かどうかを検討してみたこともないはずです。消化管を素通りしたコンニャクと同じように、権威主義で鵜呑みにした知識は、血にも肉にもなっていません。

▼笠間書院刊行の小著10冊を、説明の便宜上、Ⅰ「文献に密着した研究」（①〜⑧）・Ⅱ「言語変化の原理を探る」（⑨、⑩）のふたつに分けて、書き手の立場から解説します。

▼ほかにもう一冊、『仮名文の原理』（1988）がありますが、以下の自著解説に含めていません。現在は、同書の第Ⅰ部「仮名文の表記原理」を大幅に改訂増補した『日本語書記史原論』と、第Ⅱ部にあまり手を加えていない『仮名文の構文原理』とが刊行されています。

▼いわゆる学界の定説を噛み砕いて解説した教養書や啓蒙書はひとつもありませんが、広い層の読者を想定しているので、特別の予備知識がなくても抵抗なく読めるように、用語や表現に留意したつもりです。ただし、Ⅰには、そういう配慮がなされていません。

▼一九九七年以降、わたくしの著書は、すべて、笠間書院から刊行されています。但し、『いろはうた』中公新書（1979）が講談社学術文庫に『いろはうた　日本語史へのいざない』（2009）として入っています。

Ⅰ　文献に密着した研究

① 国語史学基礎論

（初版 1973）（増訂版 1986）（新装版 1994）（簡装版 2006）

ISBN978-4-305-70338-5
A5 判・並製・512 ページ
定価：本体 5800 円（税別）

本論の部分は学習院大学における講義の記録です。これより二年前に『日本声調史論考』（風間書房）が出版されており、学界ではそれなりの評価をいただけたのですが、方法は先行研究の踏襲であり、わたくしらしい研究を方向づけたのはこの書のほうなので、詳しく解説します。

『古事記』のテクストに散在する声注《しょうちゅう》（抑揚表示の

注記）が、どのような目的で加えられたかに関して提示されていた、相互排除的ないくつもの解釈について個別に検証した結果、それぞれに致命的な欠陥があり、とうてい成り立たないことを確認しましたが、それでは、どのように説明すべきなのかというところで頓挫してしまいました。行き詰まりの原因を考えてみたら、それは、先行諸研究の轍《わだち》を踏んで、直接の対象である声注だけに注目し、あでもないこうでもないと考えていたことにありました。マクロの視野を欠いていたために原点が見えず、途中から出発していました。特定の文字とそれに加えられた声注との関係に直行してしまい、声注のある文字を含む語がどのような文脈のなかにあるのかを気にしていなかったのです。そこで、それぞれの事例をテクストの文脈に戻して考えてみたら、声注は訓注（意味の注記）と同じ機能をもつことがすぐにわかりました。東京方言に基づいていえば、〈カ（高）キヲタベル〉なら、海産の牡蠣であり、〈カ（低）キヲタベル〉なら果物です。それらの注記は、当該語句の意味を同定するうえで不可欠の役割を果たしていたのです。本書には、そういう試行錯誤の過程をそのまま叙述しました。その意味で、わたくしの研究の台所を公開した著作になっています。こういう著作は珍しいかもしれません。

このつまずきは、その後のわたくしの研究にとって大きな収穫でした。なぜなら、奇妙な事例や不規則な事例に出会った場合、もしもそれがそのようになっていなければ、どういう不都合を生じたのだろうと反射的に考えるようになったからです。どの著作もその点で共通していますが、特に⑨で紹介する『日本語はなぜ変化するか』には、そういう事例についての問題設定と、解決に至るまでの過程とがたくさん盛り込まれています。なお、時間を隔てて刊行された本書のどの版も、本論部分は共通ですが、増補版以下は、状況の変化に合わせて章節を削除したり追加したりしています。

②仮名文の構文原理（初版1997）（増補版2003）

《仮名文》とは、《和文》と《和歌》との総称です。仮名文学作品と呼ばれる平安時代の物語や日記などのテクストでは、和文の随所に和歌が挿入されています。歌集でも、詞書や左注は和文です。注釈書や教科書などのテクストには句読点や引用のカッコが付いていますが、毛筆で書いたもとのテクストにその種の符号はありません。なぜなら、ひとまとまりの句節をつぎつぎと継ぎ足して構成される《連接構文》は、句節どうしの関係が付かず離れずであり、大切なのはことばのリズムだからです。連接構文のこういう特性に気づかず、句読点や引用符号の使用を前提として構成された現今の《拘束構文》と同じであるという前提で考えられた古典文法を連接構文に当てはめたら、大小の歪《ひず》みが生じるのは当然です。

本書では、右の立場に基づき、『古今和歌集』の和歌や物語などのテクストを例にして、連接構文の表現解析を試みています。増補版には、『枕草子』冒頭の「春はあけぼの」のあとに「いとをかし」を補うという俗説を原理的に否定した一章を加えました。

ISBN978-4-305-70259-3
A5判・並製・332ページ
定価：本体2800円（税別）

③日本語書記史原論 （初版 1998）（補訂版 2000）（新装版 2006）

〈まとまった意味をもつ内容を文字で書き表わしたもの〉を《writing》と定義し、それを《書記》と翻訳しました。A.Gaur は、〈すべての書記は情報の蓄蔵である〉と規定しています。その規定のしかたに触発されて、総論では、日本語の書記史を解明するうえで、その規定が適切であることを具体例に基づいて裏付けました。そのあとに、後述する三つの書記様式が平安時代に発達した理由について考えた論と、藤原定家による校訂テクストの用字原理を解析した既発表論文などを集めて加筆した諸章を置き、最後に、ふたつの文献を選んで書記史研究の方法を実践して得られた成果を提示しました。

右のように解説すると、日本語史研究者にしか用がなさそうですが、古典文学作品の研究には、テクストの仮名や漢字の運用について正確な知識が不可欠です。また、中国の漢字を取り入れて、①中国語古典文（いわゆる漢文）を日本語向きに作り変えた《漢字文》と、②漢字の字体を極端に簡略化した片仮名の体系を形成して発達させた片仮名文と、③漢字の草書体を基本とする仮名の体系を形成して発達させた仮名文と、三つの書記様式が、異なる機能を担って共存していた理由についての知識は、現代の漢字仮名交じり文にどういう長所があり、どういう問題点があるかを考えるうえで、大いに役立つはずです。

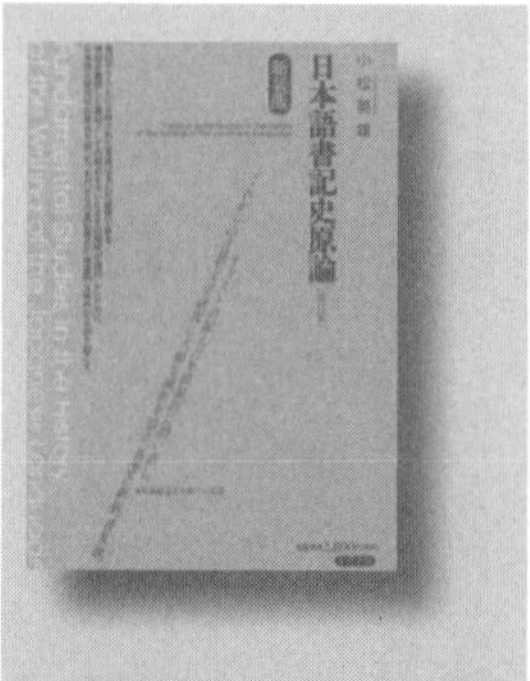

ISBN978-4-305-70323-1
A5 判・並製・400 ページ
定価：本体 2800 円（税別）

補訂版に十二ページの補注を加えました。

新装版 2006 は、広い層のかたがたに読んでいただけるように簡装にした普及版で、「後記」を加えたほかは補訂版と同じ内容です。

④ 古典和歌解読 和歌表現はどのように深化したか（2000）

万葉・古今・新古今と、三つの時代を代表する歌集を並べ、素朴・観念的・幽玄ということばで歌風の違いを対比する安易な方式が百年一日のごとく行なわれていますが、そういう大きな変容が、借字（いわゆる万葉仮名）による表記から仮名だけによる表記へ、そして、漢字と仮名との交用による表記へという、和歌の書記様式の転換と密接に連動して生じた、抒情表現の深化として捉えるべきことを証明しようとした試みです。

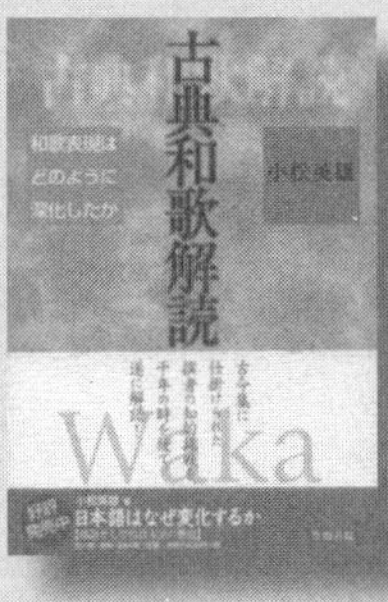

ISBN978-4-305-70220-3
A5 判・並製・122 ページ
定価：本体 1500 円（税別）

『古今和歌集』巻十九冒頭に「短歌」という標目で長歌が収録されていることは、古来、謎とされてきましたが、和歌表現の変遷をたどる過程で確実な説明ができたことなどは、文献学的アプローチによってはじめて可能な、目だった収穫だと考えています。

⑤ みそひと文字の抒情詩 古今和歌集の和歌表現を解きほぐす（2004）

『やまとうた』（講談社・1994）を隅々まで書き改め、さらに新たな一章を加えたものです。『仮名文の構文原理』に提示した新しい考えの裏づけとして、『古今和歌集』から複線構造による多重表現

ISBN978-4-305-70264-7
A5 判・並製・368 ページ
定価：本体 2800 円（税別）

になっている作品を中心に十二首を選び、徹底した表現解析を試みました。〈古注〉とよばれ、伝統的国文学で尊重されている平安末期以来の歌学者たちによる注釈が、厳密な批判に耐えない思いつきにすぎないことを指摘し、それに代わるべき客観的な表現解析の方法を提唱したためか、現在までのところ、古典文学の専門研究者の多くに、拒否されたり、無視され続けたりする状態が続いていますが、古注尊重の伝統に汚染されない世代に、時間をかけて浸透していくはずだとひそかに期待しています。順序どおりに読むことを前提にして叙述してありますが、試みに本論1「春は来にけり」あたりに目をとおして、論理の筋道をたどってみてください。

⑥古典再入門　『土左日記』を入りぐちにして（2006）

「をとこもすなる日記といふものを、をむなもしてみむとてするなり」と前文に記されているので、『土左日記』は紀貫之が女性のふりをして書いた作品だと信じられてきたし、古典文法では、この文を例にして、ふたつの助動詞ナリの区別を説明してきましたが、それは、この文が、複線構造になっている事実に気づかなかったことによる読み誤りでした。平安前期の和歌に特徴的な複線構造による表現については、④⑤の本に詳説しましたが、本書でも、必要な解説を加えました。

この文は、一次的仮名連鎖「をむなもしてみむ」に二次的仮名連鎖「をむなもし」（女文字＝仮名）

ISBN978-4-305-70326-2
四六判・上製・352ページ
定価：本体1900円（税別）

を重ね、この日記を仮名文で書こうという意思表示をしたものでした。「をとこもすといふ」にも、「をとこもし」が不完全に重ね合わせられています。女文字とは、女性が書く文字という意味ではありません。《女文字》、《女手》についても詳細な検討を行なっています。

「それのとしの」以下についての従来の解釈もまた、徹頭徹尾、間違っていたことを、文字どおり一字一句の丹念な検証によって証明し、新たな解釈を提示しました。

古典文法を頼りに、作品の断片を《古文》として読む作業のむなしさを随所に指摘し、まとまったテクストとしての《古典》を読まなければ意味がないことを示すために、二月九日の叙述を『伊勢物語』の対応部分と対比しながら、古典としての読みかたの実践例を提示しました。紀貫之は名文家であったと思い込んで、そのままでは明白な矛盾を含む拙劣な表現を絶賛したり、ため息がでるほどの名文を読み過ごしてきたことを随所に指摘しています。

⑦ 丁寧に読む古典（2008）

漢文には古くから素読という学習法がありました。意味など気にせずに訓読文をひたすら暗唱することです。内容の学習はそのあとです。仮名文の感覚を身につけるにはこの手段がたいへん有効なのですが、現実には、いきなり難解な古典文法を手掛かりにお粗末きわまる解釈が押しつけられています。これでは、話の大筋が漠然と理解できるだけで、文学作品の繊細な表現を読み味わうことなどとうていできません。この領域の専門研究者のほとんども表現解析の方法を身につけていないので粗読の欠陥を認識しておらず、そのために古い注釈書と現行の注釈書との間に進歩の跡が認められません。

『丁寧に読む古典』とは、勘を頼りにした空疎な粗読から脱却して、テクストの一字一句にこだわりながら書き手の意図したとおりに表現を読み取ろうということに他なりません。第一・二章では『古今和歌集』の和歌について筆者の方法による解釈を試み、第三・四章では、平安前期の仮名の運用のありかたを、古筆を引用しながら解明します。第五章では、『方丈記』の冒頭の一節の表現を丁寧に解きほぐして、粗読では読み取れなかった生き生きとした表現を再構築します。

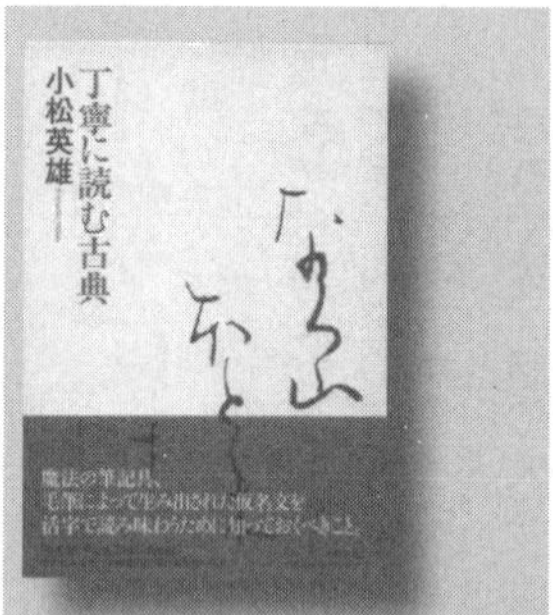

ISBN978-4-305-70352-1
四六判・上製・304ページ
定価：本体1900円（税別）

「行く川の流れは絶えずして、しかも、もとの水にあらず、淀みに浮かぶうたかたは、かつ消え、かつ結びて、久しくとどまりたるためしなし」、という『方丈記』冒頭のこの表現を実景として具体的にイメージできますか。また、そういう場面を実見した経験がありますか。文章の調子のよさに乗せられて、考えてみなかったかもしれません。そもそも、五七調でも七五調でもないのに、なにが、この調子のよさを生み出しているのでしょうか。そういうところにこだわりながら丁寧に読めば、新しい世界が目の前に広がってくるでしょう。

⑧伊勢物語の表現を掘り起こす

《あづまくだり》の起承転結（2010）

疑問がなければ解決はないし、進歩もありません。思いつきの注釈など、なんの価値もありません。

現行の『伊勢物語』の注釈書は、ほとんどが旧注の受け売りとその場限りの思いつきなので、ちょっと考えただけでも矛盾だらけです。注釈や現代語訳を読めば、why?, why? の連続です。そもそも、元服を済ませた「をとこ」は、どうして、「奈良の京、春日の里」に狩に出かけたりしたのでしょう。目的地で狩をした形跡がないのはどうしてなのでしょう。従来の解釈では、第一段だけでも why? また why? で、寝付けなくなってしまいます。

『伊勢物語』のなかで、もっとも広く知られているのは、「（業平《なりひら》の）東下《あづまくだ》り」とよばれて古文教材にもよく採用されている第九段でしょう。藤原定家によって校訂されたテクストは百二十五の挿話で構成されており、任意の挿話が前後と切り離してつまみ食いされていますが、無秩序な挿話集成ではなく、全体でひとつの作品であり、その内部に下位の挿話群があります。本書では、第一段から第十五段までが緊密な連鎖としての《あづまくだり挿話群》であるとみなして詳細な表現解析を試みました。

右のような捉えかたに基づき、〈すぐれた作品のテクストに不要な語句はない〉という作業仮説のもとに個々の表現を慎重に解析した結果、これまでは素通りされてきた数々の大切な事柄を見いだし、埋もれていたもろもろの表現を掘り起こ

ISBN978-4-305-70513-6
四六判・上製・350ページ
予価◯定価：本体 1900 円（税別）

して、無秩序に並んだモノクロ写真の集合をカラーの動画に置き換えることができたと筆者は考えています。もとより、開拓者的作業ですから、さらに洗練する必要があります。

II　言語変化の原理を探る

⑨ 日本語はなぜ変化するか

母語としての日本語の歴史（1999）

〈五千円からお預かりします〉などという日本語はないと悲憤慷慨《ひふんこうがい》しても、どういう意味であるかは間違いなく理解されているので、伝達は確実に成立しています。

日本語の乱れは大衆の恒常的関心の的であり、その道の専門家らしき人物が、それぞれの時点における気がかりな乱れを愛国者的トーンで慨嘆し、もっともらしい論評を加えてみせます。しかし、常連の大家のなかに言語変化の原理をよく理解している人物を探すのは難しいのが現状です。近世国学の流れを汲む国語学の専門家が国際レヴェルの言語学の専門家ではないことを大衆は知りません。

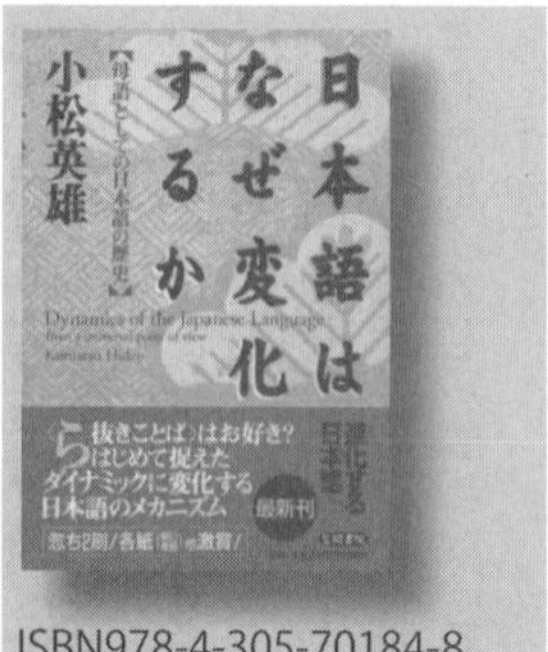

ISBN978-4-305-70184-8
四六判・上製・290ページ
定価：本体 2400 円（税別）

本書を書いた時点で大きな問題になっていた〈ラ抜きことば〉を例にして、それが日本語の運用を円滑化する変化であることを歴史をたどって証明し、それと同じように、いつの時期のどの言語に生じる変化も、体系の運用を効率化するための動きであって、乱れではないことを理解してほしいと願って書いたのが本書です。

本書には「母語としての日本語の歴史」という副題があるのですが、本の帯に、当時の状況に合わせて「ら抜きことばはお嫌い？」というキャッチフレーズが書かれていたために、そのほうが注目され、結論だけを求める読者は、〈ら抜きことば〉の起源を解明した本だと早合点して、それと直接に関連する部分だけを拾い読みしてしまい、どの言語変化も乱れではないのだという一般論まで読んでいただいた読者は少なかったようです。お茶のみ話レヴェルの日本語論に慣れているからなのでしょう。〈ら抜きことば〉について変化の原理を理解すれば、これからつぎつぎと問題になるはずのすべての〈乱れ〉に正しく対応できるのに――。

たとえば、動詞終止形は母音ウで終わるのが鉄則なのに、アリ、ヲリ、ハベリだけはイで終わるのでラ行変格活用とよぶ、と教えらますが、暗記するまえにちょっと立ち止まって、どうしてそれらの動詞だけが？と考えたら寝つけなくなるでしょう。例外的事象こそ本質に迫るカギなのです。本書ではそういう事例をいくつも取り上げています。歴史をたどることによって言語運用の繊細なメカニズムを理解すれば、砂を噛むような古典文法に腹が立ってくるはずです。

ISBN978-4-305-70234-0
四六判・上製・268ページ
定価：本体 1900 円（税別）

⑩ 日本語の歴史 青信号はなぜアオなのか
（2001）

本書と同じようなタイトルの本はたくさんありますが、どれも、8世紀には母音が八つあったとか、ラ行音や濁音で始まる和語はなかったとか、昔の日本語はどうであったかという説明ばかりです。専門分野が細分化されているために通史を一人では書けないので、たいてい、政治史の時代区分に合わせた分担執筆になっており、一貫性がありません。過去の日本語がどういう状態であったとしても、それ自体としては、日常生活と無関係なパンダやコアラなどを見るような珍しさしかありません。過去の日本語に関する情報は、現代日本語の体系や、運用のありかたについての深い理解につながらなければ、なんの価値もありません。身に付けて役立つのは、軸足を現代語に置いた日本語の歴史です。本書は、そういう基本的立場で書かれています。

カタカナ語の急激な増殖を放置してよいのか？　アオ信号はミドリ信号と改めるべきではないか？　古代語の「読みて」、「書きて」が現代語ではヨンデ、カイテになっているのに、どうして名詞〈読み手〉、〈書き手〉は、それと同じ変化をしていないのか。本書では、そういう身近な例を七つ選び、変化の筋道をたどることによって、言語変化の原理を探っています。

日本語はなぜ変化するか
【母語としての日本語の歴史】
小松英雄
Dynamics of the Japanese Language
〈ら抜きことば〉はお好き?
はじめて捉えたダイナミックに変化する日本語のメカニズム
進化する日本語
最新刊
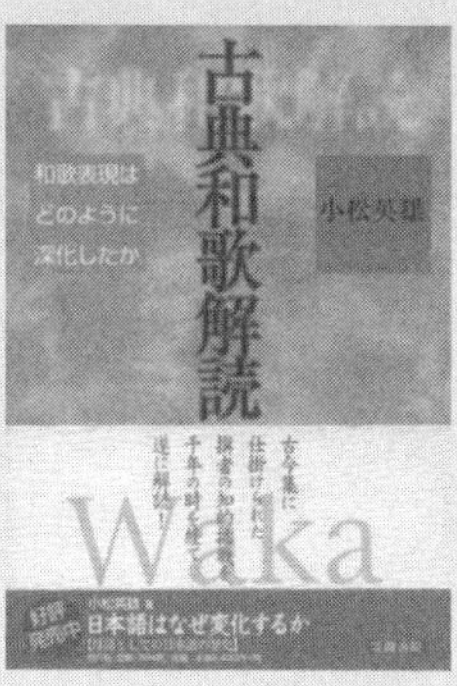
古典和歌解読
和歌表現はどのように深化したか
小松英雄
Waka
日本語はなぜ変化するか

日本語の歴史
青信号はなぜアオなのか
小松英雄
役に立つ日本語史入門
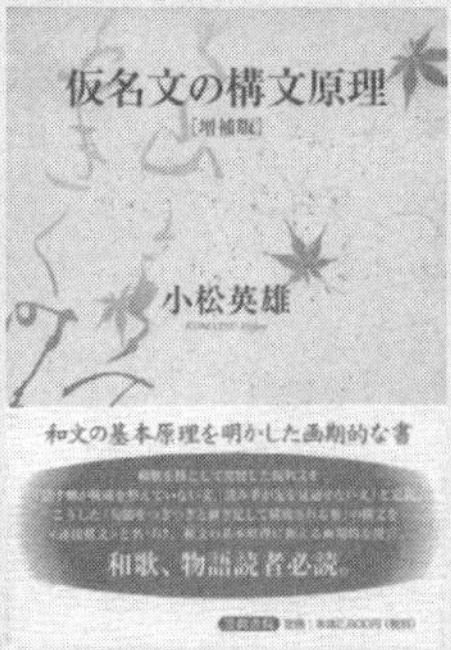
仮名文の構文原理
［増補版］
小松英雄
和文の基本原理を明かした画期的な書
和歌、物語読者必読。
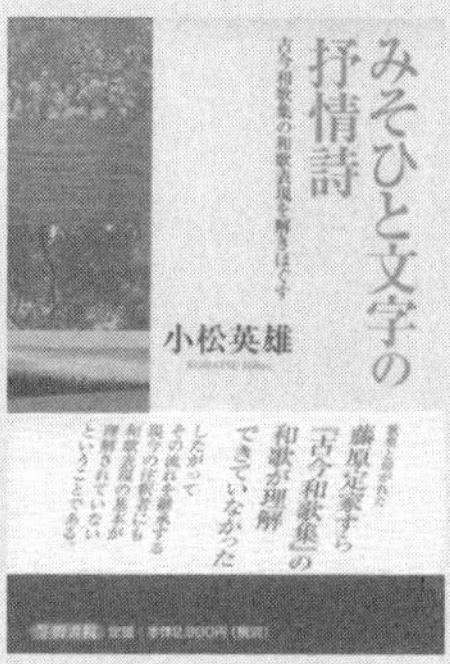
みそひと文字の抒情詩
古今和歌集の和歌表現を解きほぐす
小松英雄
藤原定家すら『古今和歌集』の和歌が理解できていなかった

日本語書記史原論
小松英雄
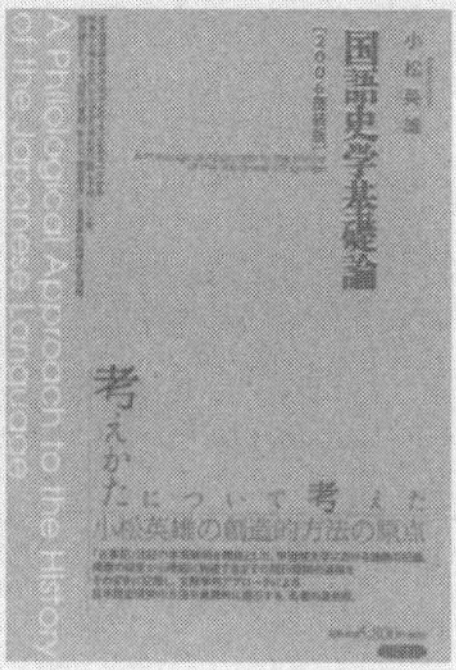
国語史学基礎論
小松英雄
考えかたについて考えた
小松英雄の創造的方法の原点
A Philological Approach to the History of the Japanese Language

古典再入門
小松英雄
教室で習った古文
教えた古文をリセット
仮名文の楽しさにはじめて触れる
醍醐味と目からウロコの連続
紀貫之は女性のふりなどしていません
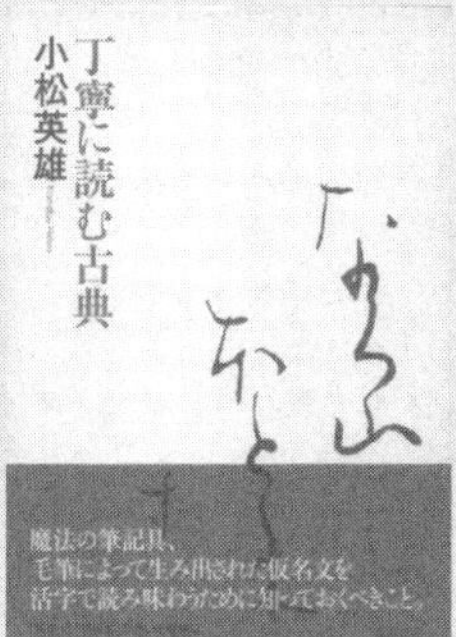
丁寧に読む古典
小松英雄
魔法の筆記具、
毛筆によって生み出された仮名文を
活字で読み味わうために知っておくべきこと。

2007 年 01 月 15 日初　版第一刷（非売品）
2008 年 11 月 15 日第二版第一刷（非売品）
2010 年 04 月 30 日第三版第一刷（非売品）
著者●小松英雄
発行人●池田つや子
発行所●笠間書院
〒 101-0064
東京都千代田区猿楽町 2-2-3
電話　03-3295-1331
Fax　03-3294-0996
info@kasamashoin.co.jp
www.kasamashoin.co.jp

を表記しない形だ、という意味のようです。しかし、平安時代の信頼できる仮名文テクストに、「にき」と仮名で書いた事例があることを筆者は知りません。十六世紀末ごろまでの語形は仮名表記になじまない nitki（この t は、息が外に出ない音《おん》）だったので、仮名文テクストでも漢字で書いていたからです（『日本語書記史原論』補訂版・第二章3「『土左日記』所用の漢字」）、『日本語の歴史』2.07（「『源氏物語』の漢語」）。これは確実に証明できることなので、日本語研究者が関わった古語辞典の類では見出しを「にっき」にしていますが、大多数の古典文学研究者はその事実を知らないのか、無視しているのか、それとも、nitki と発音されていた論拠が理解できないのか、右に指摘したように、注釈書のほとんどは「にき」と振り仮名を加えています。仮名文は優雅な文体なので、そういう汚い発音は排除されていたという独断的な決め付けを疑おうとしないからです。ただし、かなり早い時期の注釈書に、「日記」の発音に関して、つぎの説明があることを指摘しておきます。伝統的な説明に合わないために、事実上、無視されたままになっているようです。

> 貫之の自筆祖本にも外来語として漢字表記されていたと考えられるのであるから、ニッキと読むのが当然である。
> 〔萩谷朴『土佐日記全注釈』角川書店・一九六七〕

『土左日記』に漢字で表記されている語については、あとでさらに補足します（第二章）。

■「する＋ナリ」と「す＋ナリ」

男もすなる日記といふものを、女もしてみむとてするなり。

つぎに取り上げる話題は、あいにく助動詞の用法です。あいにく、とは、古典文法を習ったばかりに古文嫌いや文法アレルギーになる事例がたいへん多いからです。読者もその一人かもしれませんが、ここで投げ出さずに、つきあってください。実のところ、日本語史研究を中心課題としてきた筆者自身も、古典文法にはウンザリなのですから——。

以下に述べることは、古典文法の復習ではありません。新鮮な発見を期待してください。読者のなかには古典文法が得意だとか大好きだというかたもおいでになるかもしれません。『土左日記』の前文なら任せてくれという先生がたもおいでになるでしょうが、これから述べることは、そういう知識をほぼ全面的に否定することになるはずです。最初から背を向けずに、筆者の見解をよく理解したうえで、批判するなら根拠をもって批判してください。筆者も研究者の良心にかけて、書いたことには全責任を負うつもりでいます。

古典文法がわかれば古文が読めるとか、古典文法をマスターしないと古文は読めないとか、文法は暗記だなどという教育が横行しているようですが、それは、文法とはどういうものであるかを知らない人たちの考えかたです。

文法とはどういうものかをここでは議論しませんが、結論をいえば、教室で教えられている古典文法はもはや時代遅れの規範文法です（『日本語はなぜ変化するか』補説）。規範文法とは、正しい言いかた、正しい書きかたを集めた公式集であって、ことばが現実にどのように運用されているかを整理した記述文法ではありませんから、原理的にいって、過去の日本語に基づくテクストを読み解くための手掛かりになりうるはずはありません。文法が先にあり、それに合わせてことばを使っているわけではありません。まして対象は文学作品です。

古典文法の重要なチェックポイントとされているのは、「男もすなる」のナルと、「女もしてみむとてするなり」のナリとの違いです。両者の関係は、つぎのように説明されています。

これは、みなさんが学校で習ったことの復習になります。

(1)す-なる　……ス（＝サ変動詞スの終止形）＋ナル（＝助動詞ナリの連体形）

◎終止形に後接する助動詞ナリは伝聞・推定を表わす（ここは伝聞）。スルソウダ、スルトイウ話ダ。

(2)する-なり……スル（＝サ変動詞スの連体形）＋ナリ（＝助動詞ナリの終止形）

◎連体形に後接する助動詞ナリは指定、断定を表わす。スルノダ。

以下、(1)を〈終止ナリ〉、(2)を〈連体ナリ〉とよびます。

頭が混乱するとしたら、それは、古めかしい文法用語がたくさん出てくるからです。

(a)雨が降るそうだ。　(b)雨が降りそうだ。

日本語話者なら、聞いたとたんにわかるのに、伝統文法の用語で説明すると、連体形接続の助動詞ソウダと連用形接続の助動詞ソウダの違いということで、ややこしい話になってしまいます。平安時代の日本語には、接続関係が異なり、意味用法も異なる二種類の助動詞ナリがあったということなのですが、歴史的には、(1)から(2)が派生したのでしょう。

〈伝聞〉とは、その情報が人づてに得られたものであることを表わし、〈推定〉とは物音や鳴き声などを耳にして、あれは鐘の音だとか、ウグイスの鳴き声だとか推定することを表わすと説明されていますが、ここで、〈推定〉と、〈推量〉との違いがわからなくなってしまいます。推量と推定とは同じ意味の語ではないのですかと質問されたら、よくわかるようにきちんと説明できる先生が、どれほどいるのでしょうか。

「男もすなる日記」のナルは、右の意味の推定ではないので伝聞ということになります。男性も書くとかいう日記というものの実物を見たことはないが、うわさで聞いたことがある、ということです。

こんな短い文に二種類のナリが使われていますから、この前文は、ふたつのナリの違いを覚えるための例文として、教室で重宝《ちょうほう》に使われています。

■定家による現代語訳

「をとこもすなる日記」を、定家は「乎とこもすといふ日記」と書き換えています。「〜といふ」は伝聞ですから、当時における現代語訳、すなわち、鎌倉時代語訳です。終止ナリと連体ナリとが接近しているために紛らわしいので、前者をわかりやすく書き換えたものであって、終止ナリが出てくれれば、定家はいつでも「といふ」に書き換えているわけではありません。

■現今の現代語訳

古語辞典の現代語訳をみてみましょう。

(a)男性も書いているとかいう日記というものを、女(である私も)書いてみようと思って書くのである。〔『全文全訳古語』「にき」〕

(b)男の人が書いていると聞いている日記というものを、女の私も書いてみようと思って書くのである。〔同「なり」〕

どちらも二つのナリを区別して訳していますが、同じ辞書なのに訳文がかなり違います。特に気になるのが、(a)「男性も」と(b)「男の人が」との違いです。モをガに置き換えたら別の表現になってしまいます。「男も」のモについては、あとで詳しく取り上げます。

(c)男も書くと聞いている日記というものを、女であるわたしも試みてみようと思って書くのである。

〔菊地靖彦訳注『土佐日記』新編日本古典文学全集・小学館・一九九五〕

これもまた(a)(b)と同じく、結びが「書くのである」になっています。書き手が教養ある女性なら、「のである」などとは表現しないでしょう。いずれも、デリカシーに欠ける現代語訳です。

■男性の書いた日記の書記様式

日記は男性が書くものだが、それを女性も書いてみよう、というのがこの一文の趣旨だと考えられています。男性は日記を漢字漢文で書いたが、女性は漢字漢文を書けなかったので、この作者が書いた日記は、当然、仮名文だということになっています。ただし、日本で日記などの記録に使用されたのは、定家本の奥書を読む過程で指摘したように、日本語に基づいて構成された漢字文です。漢字文とは、仮名文、片仮名文とともに、情報を日本語に基づいて記録するために発達した書記様式のひとつです。なお、漢文と言う用語は、中国語古典文を訓読の対象として捉えた場合に限定して使用すべきだというのが筆者の主張です。

■女性に仮託した理由

この問題を議論するときに仮託という語がよく使われています。他人に託して自分自身のことを述べるという意味です。紀貫之が、なぜ、この日記を女性が書いたと思わせようとしたのかについて、たとえば、つぎの説明があります。

貫之が仮名の日記を書くのに我が身を女に仮託した、その理由に、男であれば漢文の日誌の形をとるのが当然、という抵抗感があったことは確かであろう。〔渡辺実『平安朝文章史』第四節・東京大学出版会・一九八一〕

「〜ことは確かであろう」とは、その説明を否定はしないが、もっと重要な理由がある、という含みの表現であり、力点は、そのあとに挙げられた理由に置かれています。

だがそれは同時に、土佐前司《とさのぜんじ》、従五位下、といった公的な立場から自分を解放することであったろう。古今集仮名序は、この上なく公的な晴《はれ》の仮名文の模索であった。それに対して土佐日記は、まさに対極的に、この上なく私的な褻《け》の仮名文の試みであった。

「晴」とは、晴舞台などのハレの意。「褻」とは、日常的なとか、かざらないとかいう意味の伝統的用語です。『古今和歌集』仮名序と『土佐日記』とは文体の硬軟において対極に位置づけられるということです。

筆者を女性とすることによって、①平仮名表記、②歌を記すこと、③私的な記事内容が可能となり、実記ならぬ日記文芸となる。〔菊地靖彦（頭注）〕

『土佐日記』に先行する仮名文として貫之自身による『古今和歌集』仮名序があり、また男性も和歌を自由に作っているので、右の①②は女性に仮託した理由になりません。③は、内容にマッチした書記様式の選択であって、書き手の性別と無関係です。

この作品に女性らしさを認めにくいことについて、つぎの解釈が示されています。事実上、女性仮託が実践されていないとみなす立場です。

作者貫之はこの日記の筆者を女性に仮託することによって、官人の立場を離れ、自由に感懐を述べようとする。通説では、後文ところどころに女性の筆を匂わせると見るが、おそらくこの女性仮託は、本日記の文学空間への導入を意味し、以後作者の筆はその女性仮託からも解放されて進められるというべきであろう。

〔木村正中校注『土左日記 貫之集』（頭注）新潮日本古典集成・一九八八〕

女性仮託の理由はほかにもさまざまの説明があり、いずれも作品論に直結していますが、本書の目的はもっと基礎的な事柄を確認することですから、深入りしません。

■古典文法との関わりを検証する

古典文法にいう伝聞とは、話に聞いただけで対象を実見していないことを表わすと説明されていますが、ほんとうに、この書き手は、男性の書いた日記を見たことがなかったのでしょうか。この作品の内部徴証に基づいて検証しましょう。

文字どおりの古典文法なら、古典文学作品のテクストから用例を集め、それぞれに的確な解釈を加えたうえで帰納された規則でなければなりません。古典文法の規則を当てはめて文脈が素直に理解できるなら、ひとまず文法規則の正しさが裏づけられたことになりますが、そうでない場合には、規則の見直しが必要になり、その結果がフィードバックされて規則が書き改められます。「をとこもすなる日記」のナルがほんとうに伝聞を表わしているかどうかについて検算の手順が踏まれてこなかったのは、文法規則を当てはめれば正解が得られるという思い込みがあったからです。

連体ナリと終止ナリとの機能が違うこと、したがって、「俗言《サトビゴト》」（いわゆる話しことば）の訳も異なることを指摘したのは本居宣長でしたが（『古今集遠鏡《とほかがみ》』）、終止ナリの機能を「あなたなる事を、こなたより見聞《きき》ていふ詞《ことば》」とみなしたことについて疑問が提出され、論議された結果、現在は伝聞・推定にほぼ落ち着いていますが、筆者はその捉えかたに批判的です。そのことについては前著『みそひと文字の抒情詩』（本論2・8・9章）に詳しく述べたので、以下に、その帰結だけを要約しておきます。

(a)伝聞とみなされている事例は、その情報が人づてに得られたことではなく、直接に見聞していない情報であるために不確実であることを表明している。

(b)推定とみなされている事例は、音響や音声などに基づいて音源を推定したことではなく、音源を目撃していないために不確実な判断であることを表明している。

(c)伝聞と推定とは、一つの助動詞の担う二つの機能とみなされているが、直接に確認していない情報や判断の不確実さを表明する機能としてひとつに統合される。
(d)助動詞メリの機能はナリと無関係に説明されているが、メリは目撃した対象についての判断が不確実であることを表明する場合に使用されており、不確実さの表明という点でナリと特徴を共有している。ナリもメリも、終止形に後接することに注目すべきである。

つぎの説明は、伝聞と推定とを統一的に説明する立場をとる点が筆者と共通していますが、捉えかたも帰結もまったく違っています。

推定・伝聞の「なり」は、音を聞いて判断するのであり、遠い音〔うわさなど〕だと伝聞、近い音〔虫の鳴き声など〕だと推定になる。
〔『全文全訳古語』「〈なり〉は断定か推定・伝聞か」〔助動詞ワンポイント講座〕〕

推定と伝聞とが遠近の違いであるなどという説明は、言語道断《ごんご》といわざるをえません。耳元でささやかれた情報でも伝聞は伝聞です。また、遠くかすかなホトトギスの鳴き声を「鳴くなる声」〔古今和歌集・物名・四二三〕と表現した事例もあります。

京に疾《と》く上げ給ひて、物語の多く候《さぶら》ふなる、有るかぎり見せ給へと、身を捨てて額《ぬか》をつき、祈り申すほどに〔更級日記〕

「物語の多く候ふなる」とは、物語がたくさんあると聞いているが、実物を確認していないことをナルで表わしているのではなく、たくさんあることを聞いて知っていながら実物を見ることのできない心もとなさ、もどかしさをナルで表明しているとみなすべきです。だからこそ、早くわたしを上京させて、ありったけ見せてくださいと仏に懇願しています。

古典文法の教条的《ドグマティック》な信奉者は、つぎの筋道で結論を導くことに疑いをいだきません。

〈「男もすなる日記」のスはサ変動詞の終止形であるから、それに後接しているナルは伝聞または推定である。この場合、音源の推定ではないから伝聞を表わしている、すなわち、〜ト聞イテイルという意味である〉。

これを否定して、直接に確認していない情報や判断なので不確実であることを表明する、とみなすのが筆者の立場です。

■『土左日記』の書き手は、漢字文の「日記」を見たことがなかったはずか

女である筆者は、男の日記なるものの存在は伝聞しつつも、その実態は知らぬ建前。よってこの「日記」という概念はかなり曖昧《あいまい》で、作者が都合よく利用する余地を残していることに注意。〔菊地靖彦（頭注）〕

「男もすなる日記」は伝聞であるから、この書き手は漢字文の日記を見たことがなかったはずであり、したがって、『土左日記』は、「日記」という語の意味をかってに解釈して書いたものだということです。この解釈が正しいなら、『土左日記』には、男性の書く日記と共

通する特徴的事象は認められないはずなので、そのことを証明しなければなりません。もしも、『土左日記』のなかに漢字文の日記と共通する特徴的事象が見いだされるなら、①古典文法を適用して「男もすなる日記」のナルを「伝聞」とみなすことはできなくなります。また、②古典文法の規則が正しいなら、どうして、この場合、伝聞によって得られた情報ではないのに、「男もすなる日記」と表現されているのかについて、説明が必要になります。

あとで改めて取りあげますが、「男もすなる日記」の助詞モの用法も素直には理解しにくいことをあらかじめ指摘しておきます。

■「男もすなる日記」のナルは伝聞・推定を表わしていない

『土左日記』のテクストは、日付が変わるごとに改行されており、どの日付も目立つように漢字で太く書いてあります。漢字文の日記は、参照したり確認したりする必要が生じた場合のために事実を記録しておくことが目的ですから、日付は検索のインデックスとしての機能を持っています。『土左日記』の日付が漢字文の日記と同じ形式になっていることは、その形式を踏襲したものと考えるべきです。この一事だけ見ても、『土左日記』の書き手が漢字文の日記を実見した経験を隠そうとしていないことは確実です。したがって、「男もすなる日記」のナルが伝聞を表わしているという説明は成り立ちません。ほかに証拠はいくつもありますが、それぞれに細かい証明が必要なのでここには省略します。

伝聞・推定ではなく、筆者が提示した機能を担っているとみなすなら、この場合のナルを説明できるわけでもありません。ここで考えられるのは、①終止ナリについてのこれまでの説明に大きな誤りがあるか、さもなければ、②この事例の場合、なんらかの理由で、終止ナリの機能を無視して、「男もすなる日記」と表現しているか、そのどちらかと考えなければなりません。もしも①だとすると、他のすべての用例が従来の伝聞・推定、あるいは確認していないための不確かさの表明として説明可能であるのに、ただこれだけが例外になるのはあまりにも不自然なので、②と考えるべきです。そうだとすれば、終止ナリの機能を無視してまで、「男もすなる日記」と表現している理由を解明しなければなりません。

■いを不用

前項末尾に提起した問題に取り組むまえに、漢字文の日記などに使われる語が仮名文の繊細な表現に生かされている事例をひとつ指摘しておきます。

あるひと、あざらかなるもの、もてきたり、よねしてかへりごとす、をとこどもひそかにいふなり、いひぼして、もつつるとや、かうやうのこと、ところどころにあり、けふ、せちみすれば、いを不用〔二月八日〕

土地の人が新鮮な魚を持ってきたので、米で返しをした。飯粒《めしつぶ》を餌にして値打ちのある魚を釣る（エビでタイを釣る）とかいうのは、このことだろうと、男どもがひそひそ話をしているようだ。行く先々でこれに似たことがある。そんなものを押し付けられても、今日は精進をする日だから魚などあってもなにもならない、ということです。

たとえば、『源氏物語』に六例、『枕草子』（三巻本）に四例、仮名で表記した「ふよう」がありますす。本来は「不用」という漢語ですが、仮名で表記されていますから、すでに仮名文になじんでいて、和語のような感覚で使用されていたと考えてよいでしょう。文脈が理解しやすい用例を選んで、ふたつの作品から一例ずつ引用します。

生き出《い》でたりとも、あやしきふようの人なり、人に見せで、夜、この川に落とし入れ給ひてよ〔源氏物語・手習〕

川に身を投げて救い出された女性の懇願です。命をとりとめても、どうせ、賎しく、存在価値のない人間です、だれにも会わせずに、夜、この川に投げ入れてください、ということです。

昔おぼえてふようなるもの、繧繝縁《うげんばし》の畳《たたみ》の、節《ふし》、出《い》できたる、（略）色好みの、老いくづほれたる〔枕草子・昔おぼえて〕

絢爛《けんらん》豪華であった昔の状態が偲ばれるが、なんの役にも立たないもの。無地の布に美しい糸で模様を織り出した縁《へり》の付いた畳が擦り切れ、節が出ているもの。色好みだった男性が、年老いてよぼよぼになっている状態、ということです。

このように、「ふよう」とは、存在価値がないとか、せっかくあっても使い道がないとかいう意味ですから、『土左日記』の「いを不用」と同じ語と認めてよいでしょう。

前述の「日記」などと違い、仮名で「ふよう」と表記できるのに、この文脈で、「いを不用」と、漢語を剥き出しにしているのは、お礼を目当てにこんなものを押し付けたって、今日は精進日なのだから食べるわけがないだろう、という腹立たしさをきつく表明しようとしたからです。「かうやうのこと、ところどころにあり」すなわち、行く先ごとに、こんなやつらが必ずいる。腹の虫がおさまらない、という怒りが、漢字表記の「不用」から読み取れます。テクストのほとんどの文字が仮名ですから、画数は少なくても、漢字表記による際立たせの効果は十分に発揮されています。

「不用なり」と整えず、ぶっきらぼうに「いを不用」と切って当日の記事を終わっているので、やり場のない怒りが余韻として残り、船が遅々として進まないことへの苛立ちがよく表われています。

このような用字と表現とによって読者に怒りを伝えている貫之の腕前はさすがですが、仮名文でなければ、このような表現ができなかったことに注目すべきです。その意味で、「いを」に漢字を当てた「魚《いを》不用」という注釈書の校訂テクストは、仮名文テクストの命を無残に奪っています。

二月八日の末尾に、苛立ちが表明され、翌日九日の末尾に、まだ、聞いたこともない場所にいることが記され、そしてその翌日十日に、なじみ深い山崎に着いて歓声を上げる、という順序で日記の記事は進行します（本書第四部）。「いを不用」という表記は、苛立ちのピークにあることを示唆しています。これが、筆者のテクストの読みかたです。

ひとつひとつの用字、用語、表現に細かく気を配って読むのが文献学の基本姿勢です。そうしなければ、書き手の繊細な心配りを感じ取ることはできません。古典文法では、「いを不用」のあとに「なり」を補って解釈すると説明しますが、「なり」を補ったりしたら、書き手の怒りが消えてしまいます（『仮名文の構文原理』増補版・第七章）。テクストを読み解く場合に不可欠の条件は、①解釈の対象とする事柄の把握が正確であること、そして、②解釈が客観的であることです。

青谿書屋本をはじめ、他の諸本のテクストに漢字で「不用」と記されており、『源氏物語』などのテクストを熟知している定家も仮名に書き換えたりしていません。検証を必要とするのは、右に述べた筆者の解釈が妥当かどうかですが、漢字文に親しんでいなければ、ここに「いを不用」という適切な用字はできなかったはずです。

■事実の確認から解釈へ

条件の許すかぎり事実の確実さを高めることは可能であり、確実さの度合いを客観的に査定することも可能ですが、解釈の妥当性を査定することには慎重でなければなりません。事実の確認から解釈に一歩でも踏み込んだら、誤りを犯す可能性から逃れることはできないからです。

伝統的国語史研究では、文献資料のうえに確認できた事実を指摘するだけで、解釈に踏み込まない傾向がありました。すなわち、確認した事実を精査して、なぜ、と疑問を提起し、その疑問をみずから解決しようという姿勢が欠けていました。しかし、プロの料理人を自認するなら、それが食べられるのかどうか、また、食べられるとしたら、どのような料理にどのように使えるかも確かめずに放り出したりせずに、おいしく料理して腕前をみせるべきです。前節に述べたこともこれから述べることも、すべて筆者の手料理です。それを評価するのは読者です。食べるかどうかは読者の判断であり、警戒せずに食べて病気になったら、無批判に呑みこんだ読者にも責任があります。

『土左日記』には漢字で「不用」とあり、『源氏物語』や『枕草子』の伝本には仮名で「ふよう」と書かれていることについては、すくなくとも、もうひとつの解釈がありうることを見逃してはなりません。それは、十世紀前半に「不用」はまだ生硬な漢語であったが、十一世紀初頭までに日常語として定着しており、漢字が意識されなくなっていたという可能性です。当時の人たちの証言が得られないので、直接には肯定も否定もできませんが、この「不用」を唯一の例外とみなさないかぎり、『土左日記』に生硬な漢語は使われていませんから、そのような解釈が成り立つ確率はたいへん低いと筆者は判断しています。

■をむなもしてみむとてするなり

つぎの現代語訳には、ことばづかいの基本に関わるふたつの問題があります。日本語話者として正常な言語感覚を生かして、点検してみましょう。

女であるわたしも試みてみようと思って書くのである。〔菊地靖彦〕

問題点のひとつは、日本語話者なら「試みてみよう」などと言わないし、書きもしないことです。右の訳文に抵抗を感じないとしたら、それは、似て非なる現代語による訳を訓練されすぎたために、日本語話者の正常な感覚が働かなくなっているからです。

なぜなら、動詞〈試みる〉が〈してみる〉という意味だからです。〈試みてみよう〉とは言いません。〈見てみよう〉、〈走ってみよう〉は自然な日本語ですが、〈試みる〉を使うなら〈試みよう〉です。

こういうわかりきった事実を確認しなければならないのが、いわゆる現代語訳の実情です。あえてこのような指摘をするのは、つねに正常な言語感覚を維持していなければ、現代語だろうと古代語だろうと、言語表現を適切に解析することはできないからです。

原文にしがみついて、ひどい現代語訳をしている人たちも、日常の場ではふつうの日本語を使っています。あきれたことに、前引の「試みてみようと思って」を「試みてみようと思い」と書き換えただけの現代語訳まであります（『古典入門』（別冊）筑摩書房・一九九八年）。剽《ひょう》窃《せつ》したモデルとの完全な一致を避けた小細工です。用例に現代語訳を添えた古語辞典の類には、筆者の目に触れた範囲だけでも、間違った答案のカンニングや、万引きを思わせるこの種の盗用がたくさんあります。

■シテミムとは

原文には「してみむとてするなり」と、サ変動詞が重複しています。それ自体としてみれば拙劣きわまる表現としかいえません。「みむ」の意味が問題ですが、そのことを保留して、貫之が書いているとおりに現代語に置き換えれば、「してみようということで、するのです」という、ぎこちない表現になります。サ変動詞を「書く」に置き換えたら原文の歪曲になります。

■仮名文の現代語訳

つぎのようにくだけた現代語訳もあります。

女のわたしもやってみようってわけで、書くのです〔萩谷朴〕

この注釈書の現代語訳は、右のような文体で貫かれています。それは、この作品をつぎのように捉えているからです。

童心誘掖　年少読者の興味共感をそそって次々と読み進ませ、作品の世界へ自ずと誘い込むような細かな配慮がなされている。（略）噛んで含めるようなわかりやすい歌論、前説《まえせつ》附きの洒落《しゃれ》、事物を擬人的に見る無邪気な童心の世界の設定がこれである。

「童心誘掖《どうしんゆうえき》」は、「本文解釈の作業から帰納して、この作品の諸性格を分析した」二十四の「評語」（「凡例にかえて」）のひとつです。

同書の「凡例にかえて」には、口語訳のありかたに関する注釈者の見解が明示的に述べられています。

原文のもつニュアンスをそのままに生かした現代語訳として、読むものの心に快く流れ込み、力強く愬《うった》え、美しく響く口語訳、これが原文の思想と感情とを完全に理解し味得したことを報告する本文解釈の決算表なのである。

この著者の目標は完璧な現代語訳であり、その目標は達成可能であるという前提に立っています。それに対して、筆者は、仮名文を等価の現代語に置き換えることは原理的に不可能であり、注釈の役割は、痒いところに手の届く説明をすることだと考えています。

右に引用した現代語訳には、注釈者の主張が実践されていますが、「やってみようってわけで」と調和するのは「書くのです」ではなく「書くんです」でしょうし、原文に忠実に訳せば「するんです」になります。ここで強調しておきたいのは、仮名文の文体は、このように砕けたものではなく、あとで述べる雅の文体だということです。筆者は、この作品に「童心誘掖」という要因を導入する立場を支持しません〔本書第Ⅳ部〕。

■をむなもして心みむ

現代語訳のありかたにまで議論が及びましたが、当面の課題は、「をむなもしてみむとてするなり」という表現の解析です。

注目されるのは、定家が、この部分を、「をむなもして心みむとてするなり」と書き換えていることです。「してみむ」が現代語の〈してみよう〉に当たるとすれば、「こころみむ」と同じ意味ですから、「して心みむ」は、〈して試みよう〉になってしまいますが、定家が、そういう幼稚な誤りをおかしたとは考えにくいので、理由はほかにありそうです。

現代語の〈書いてミル〉、〈走ってミル〉の〜テミルは、タメシニ〜スルという意味ですから、〈書いてミル〉は、〈タメシニ書く〉ことです。

現代語の感覚を投影すると、「女もしてみむ」は〈女もしてみよう〉、すなわち、〈女も書いてみよう〉という意味になりますが、平安時代には、現代語のような〈〜てミル〉という言いかたはなかったので、「女もしてみむ」は「女もして＋見む」、すなわち、〈女もそれを為《し》て、その結果を自分の目で確かめよう〉という意味に理解されるのがふつうだったはずです。この場合には、少し書いてみたうえで、あるいは、書き終わった時点で、この新しい試みの価値を査定しよう、となります。

男のまねをして途中まで書いてみたが、女には無理だったとか、こんなものを書いてもしかたがないとか判断したらそこで打ち切ったでしょうが、『土左日記』は、京の自宅に帰着するまで、その判断が保留されています。

この作品の末尾は、「とまれかうまれ、疾《と》く破《や》りてむ」と結ばれています。「とまれかうまれ」は、「ともあれ、かくもあれ」の縮約で、なにはともあれ、という意味です。この試みは失敗だった、なにはともあれ、早く破ってしまおう、ということです。もちろん、それが本心だったなら、なにも書かずにすぐさま破り捨てたはずですから、これはつまらない試みだったという謙遜です。

冒頭に「女もして見む」と書き、この試みは失敗だったと結んでいますから、ひとつの作品として首尾の呼応が図られています。そのことは、すでに指摘されています。

定家は首尾が呼応していることまで確認する余裕がなく、「してみむ」を〈試みよう〉というつもりの表現と理解し、「してみむ」が、「して＋見む」という意味に理解されないように「心」を挿入したのでしょう。この書き改めは文のリズムを損ねていますが、定家は、リズムを保全することよりも、意味が正確に理解されることを優先しています。

「老病中」の身でありながら、定家は、わずか二日間でテクストの整訂作業を終えています。その熱意には頭の下がる思いがしますが、この書き改めによって、もとの表現が歪曲されたことは否定できません。前文の書き換えが、このような結果になっていることは、他の作品についても、定家の整訂したテクストを扱う場合にどういう点に留意すべきかを我々に教えています。

第二章　仮名の形成と仮名文の発達

■読めること、そして書かないことが、上流女性のたしなみだった

「女もしてみむ」とは、女性のわたしも書いてみようという意味であり、貫之がこの作品を女性に仮託したと解釈されてきましたが、そのことに関連して、触れておかなければならないことがあります。

社会が複雑化し、文化のレヴェルが高くなると、大切な事柄を文字で記録しておくことが不可欠になりますが、前近代的社会では支配階級の男性が文字を占有しており、読み書きができなければ教養ある男性とみなされませんでした。ただし、平安時代の女性たちが中国古典文で書かれた典籍を読めなかったという思い込みは明らかに事実に反しています。

教養ある上流女性であることの条件は、中国古典文で書かれた典籍をかなりの程度まで読めること、そして、中国語古典文も日本で発達した漢字文も、書かないことでした。

紫式部は、つぎのようなことばで、清少納言の出すぎた行為を痛烈に批判しています。

清少納言こそ、したり顔にいみじう侍りける人、さばかり賢《さか》しだち、真《ま》

字《な》書き散らして侍るほども、よく見れば、まだ、いとたへぬこと多かり

（略）〔紫式部日記〕

「真字書き散らして」とは、漢字を乱暴に書いて見せて、ではなく、中国語古典文を臆面もなく書きまくって、ということです。彼女の書いたものをよく見ると、たいへん未熟なところが目立つということは、自分とは比較にならない浅学だということです。書けるだけの能力をそなえていても、書いたりしないという社会規範を平然と犯して得意がっている、はしたない女性だという批判です。しかし、そういう型破りの女性であった少納言でさえ、『枕草子』に自作の漢詩を披露したりはしていません〔『日本語書記史原論』補訂版・補注〕。

読む能力をもち、しかも書かないことが教養ある女性としての必要条件であったことは、日本に限らず、前近代的社会一般に共通する規範でした。彼女たちと同程度の能力があって、はばからずに書いたのは、上流の男性を相手とする職業の女性たちでした。その例として、A. Gaur は近世の花魁《おいらん》を挙げています〔GAUR, Albertine (1984): A History of Writing.〕。

そういう観点からすると、平安時代に紫式部、清少納言、和泉式部などをはじめとする女性たちが仮名文学作品を生み出し、それらが抵抗なく受け入れられたことは、世界的にも、たいへん珍しいことでした。しかし、仮名文学の終焉《しゅうえん》とともに日本文学史から女性の姿が消えて、他の諸国と同じ状況になっています。

■仮名の形成と仮名文の発達

こういう珍しい現象が日本で生じたのは、そして、その現象が平安時代に生じたのは、平安初期に仮名の体系が形成され、仮名文が発達したからです。

カナとは、カリ＝ナ↓カンナ↓カナと変化した語形で、本来は〈仮の文字〉、すなわち、正統の文字の代わりに使用するかりそめの文字、という意味でした。文字とよぶに値しない文字といってもよいでしょう。カリナは、日本語を表わすために借りた文字、すなわち、「借《かり》＝字《な》」でもあったでしょう。しかし、場面と文脈しだいで仮名も「文字」とよばれるようになり、仮名との対比において、漢字は真字《まな》とよばれるようになりました。

平安時代の日本は、朝鮮半島や越南《ヴィエトナム》などとともに、中国を中心とする東アジアの漢字文化圏に属していましたから、本来、文字といえば漢字のことでした。漢字は表語文字ですから、事柄を記録するにはたいへん便利でしたが、日本語で考えたことを漢字文で書き表わすと、日本語のニュアンスが消えてしまいます。特に、情緒を表わす形容語などは、どの漢字を選んでも必ず意味のズレが生じます。それに対して、平安前期に発達した仮名文は、日本語で考えたことを日本語のまま自由に書き記すことができました。

■かりそめの文字としての仮名

漢字には楷書、行書、草書という書体の系列があります。ただし、典型として三つの名称はあってもそれらの間に画然とした境界はなく、楷書から草書まで字体は連続しています。

楷書はフォーマルな書体であり、行書、そして草書と、崩しが進むほどインフォーマルになります。すなわち、書体の使い分けに書き手の態度が反映されます。仮名の体系は、漢字としてインフォーマルな草書体に基づいて形成されましたから、インフォーマルな事柄を書き記すためのインフォーマルな文字として最初から位置づけられていました。女性が書いても社会慣習に違背する行為とみなされなかったのは、仮名が正真正銘の文字（真字）ではなく、インフォーマルなかりそめの文字として認識されていたからです。次節で述べるように、仮名文テクストには漢字を交えることが不可欠であり不可避でもありましたが、その使用が最小限にとどめられたために、目こぼしにできたのでしょう。和歌の語彙は和語に限られており、仮名だけで書かれたために問題ありませんでした。

■仮名は女性専用の文字ではなかった

女性と仮名との関わりについて、事実に反する理解が現代社会に定着しています。仮名は、女性が作った、女性のための文字であったというのがそのひとつです。そういう間違った認識を支えつづけてきたのは学校教育です。

すでに述べたとおり、仮名は漢字の草書体に基づいています。草書体を自由に書きこなせたのは、漢字の書に熟達した教養階級の男性たちしかいませんでした。

漢字を日本語の音節文字に転用した借字《しゃくじ》を、いちいち四角張った楷書体で書くのは面倒なので適当に崩して書いているうちに、崩しの程度が極限に達し、中国で発達した草書体と同じような書体の仮名になったとか、なったのだろうとか思い込んでいる読者が少なくないでしょうが、そのような過程を経たと考えるべき根拠はありません。

象の鼻やキリンの頸《くび》は、樹木のように、時間の経過に比例して少しずつ伸びつづけたのではなく、ある段階にグッと伸びてその状態がある期間たもたれ、つぎの段階でまたグッと伸びてその状態がある期間たもたれるという、断続平衡（punctuated equilibrium）の経過をたどったと考えられています。借字から仮名への発達も、そういう発達過程をたどったと推定されます。

一字一字を切り離す楷書体の借字で散文を書くと、語句の境界がどこにあるのか見分けがつかなくなるので、《五・七》の韻律を手掛かりに語句を取り出すことのできる韻文を書く場合にしか使えませんでした。

草書とは、本来、急いで書く書体のことです。急いで書けば、運筆の都合であちこちに偶発的な連綿（続け書き）が生じます。そのことが、仮名の形成にとって大きな意味をもっています。

日本語を音節単位に表記する場合、文字を楷書体から草書体に切り替え、連綿や墨継ぎなどで語句単位にまとまりをつければ、英語などと同じような分かち書きが可能になります。そういう事実に気づいて楷書体の借字を草書体の仮名に切り替えたのは、中国語古典文や漢字文を書きなれていた人たち、すなわち、教養ある男性たちに違いありません。彼等は、漢字を読み書きできない無学な女性たちのために平易な文字体系を作ってやったわけではなく、一次的には自分たちが使うために工夫したものだったと考えるべきです。したがって、仮名は、女性のための文字ではなく、女性にも解放された文字であったというのが結論です。表音文字は組み合わせないと機能しないので、ここで仮名といったのは、仮名文、という意味です。

たとえば、『源氏物語』の発端に白楽天（李白）の『長恨歌《ちょうごんか》』の筋書がなぞられていることは、中国文学についての作者の素養を示しています。しかも、宮廷の女性たちが読むことを想定して書いたとすれば、当然、彼女たちも、話の筋をよく知っていたはずです。

■仮名文テクストには漢字の使用が不可欠だった

『源氏物語』や『枕草子』など、女性の書いた仮名文テクストは仮名だけで書かれていたというのも、事実に反する俗信です。

「土左日記」というタイトルも、前文に使用されている「日記」も「不用」も、漢字で表記されていました。このテクストにはほかにも漢字表記の語がいくつも出てきます。たとえば「京」は十二回も使われています。任国の土佐を離れて「京」に戻るまでの記録ですから、あちこちに出てくるのは当然です。貫之は漢字を日常的に書きなれていたために、ふだんの癖が出てしまったわけではなく、唐の都をモデルにした平安京が、中国語に近い発音で[kjaŋ]（キャン）とよばれていたからです。「きやう」という表記が工夫されたのは、はるか後になってのことです。

貴族階級は中国語式の発音をしていたとしても、庶民までがそういう複雑な構造の音節をマスターしていたかどうかは疑問だと考えるむきもあるでしょうが、犬がキャンキャン吠えるような言いかたは文献時代以前の日本語からあったので〔『日本語の歴史』1〕、やはり[kjaŋ]だったと考えてよいでしょう。同じ意味の語として和歌にミヤコ（＜宮処《こ》）が使われるのは、和歌の語彙から漢語が排除されていたからです。

五十音図が日本語の音節の一覧表だとすれば、tea party やDisney Landなどは、発音できないはずなのに、幼児でも、[ti]や[di]を自然に発音します。しかし、小さい「ィ」や長音を表わす「ー」がなかったら、英語のスペリングで書いておくほかないでしょう。もちろん、英語のスペリングで書いても、英語とまったく同じに発音する必要はありません。「京」もそれと同じことでした。

内裏《だいり》の図を見ると、建造物の名は漢語ばかりです。官職名も漢語です。仏教関係では、寺院の名称や寺院内の建造物、僧侶の位階、僧名、経典名、仏具の名称、どれをとっても漢語です。そういう社会環境のなかにあって、漢語を使わずに宮廷を舞台とする物語や日記などを書くことは不可能でした。漢字を交えずに書けたのは和歌だけです。

日本語の音韻体系に合わせることのできた漢語は、『土左日記』でも、「けゆ〔解由〕」、「れい〔例〕」のように仮名で表記されていますが、拗音を含んでいたり、末尾に -p〔入・合〕、-t〔列・発〕、-k〔徳・役〕などの入声音《にっしょう》をもつ漢語は、仮名文テクストでも漢字で書かれています。

■前文には実質的情報がない

『土左日記』の前文に話題を戻しましょう。

古今東西を問わず、文学作品の冒頭には練りに練った表現が目につきます。凝《こ》った表現も少なくないし、サラリと書き流したかのような表現に誘い込まれてしまう事例もあります。「国境の長いトンネルを抜けると雪国であった」〔川端康成『雪国』〕などは、後者の典型のひとつでしょう。

日本の古典文学作品に限っても、「春はあけぼの〜」〔枕草子〕、「祇園精舎《ぎをんしやうじや》の鐘のこゑ〜」〔平家物語〕、「行く河の流れは絶えずして〜」〔方丈記〕、「つれづれなるままに〜」〔徒然草〕、「月日《つきひ》は百代の過客にして〜」〔奥の細道〕と、名文の記憶がつぎつぎとよみがえってきます。

それなのに、『土左日記』前文の表現には、なんの工夫の跡も認められないようにみえるのはなぜでしょうか。

これまでの共通理解が正しいなら、この前文は必要がなかったはずです。なぜなら、外題に「土左日記」と書いてあるし、開いたとたんに目に入るのは仮名文テクストですから、仮名文を書くのが女性だけだったとすれば、女性も日記を書いてみようと断る必要はありません。日記は男性が書くものだったとすれば、女性が男性をまねようとしていることは、すぐにわかったはずですから、この前文から得られる情報は、事実上、ゼロに等しいことになります。そうだとすれば、「それの年の〜」から書きはじめればよかったのに、貫之は、どういうつもりで、これほどお粗末な表現の断り書きを冒頭に据えたのでしょうか。

どの注釈書にも、こういう疑問は提起されていないし、筆者が目を通した範囲の専門書や論文にも、そういう問題意識はうかがえませんでした。古典文学の専門研究者たちの間に、文献学の基礎知識が不可欠だという認識があれば、筆者が指摘するまでもなく、右の疑問は、はるか以前に提示され、すでになんらかの説明が試みられていたはずです。

前文に実質的情報がないといったことには、従来の解釈が正しければという条件がついています。そんなことはありえないとしたら、従来の解釈が誤りであるか、さもなければ、大切なところが見逃されているか、そのどちらかだと考えるべきです。

前文の表現はきわめて不自然であり、従来の読みかたでは事実と矛盾しているだけでなく、実質的情報を含んでいないことがここまでの検討によって明らかになりました。我々の目前の課題は、不可解ともいうべきこの事実をどのように説明すべきかということです。

豊かな文才に恵まれた貫之が、これほどまでに不自然で無意味な一文を作品の冒頭に据えたとは考えにくいので、この文の表現について、もうすこし掘り下げてみましょう。

■有意の可能性が成り立つ確率

一般に、特定の事象について解釈を加えようとする場合には、考えられる有意の可能性(possibility)のそれぞれについて、成り立ちうる確率(probability、蓋然性、公算)を厳密に査定しなければなりません。有意の可能性とは、現実に起こりうる可能性のことです。五月に東京に雪が積もる可能性は無視すべきであり、釧路ではその確率が査定の対象になるということです。可能性は、有るか無いかだけが問題ですが、確率は、天気予報の降水確率のように、どれほどの比率で起こりうるかを査定する必要があります。本書で扱う事柄について、起こりうる確率を数値で表わすことはできませんが、考えかたは同じです。

前文を第三者が加筆したとすれば、問題がまったく違ってしまいますが、この場合は、経験豊富な定家の鑑定を信じてよいと筆者は判断します。したがって、我々に残された道は、名文家として知られる貫之らしくないどころか、バカでも書かないような文を冒頭に据えて、この裏にナニカあるぞと読者に悟らせ、そのナニカがナニであるかを突き止めさせようという貫之の計算だったという作業仮説（working hypothesis）を設定して、そのナニカを探してみることです。作業仮説とは、作業を進めるために、証明されていない事柄を事実であると仮定することです。それによって導かれた帰結に矛盾がなければ、作業仮説の正しさが証明されます。

新しく提示された解釈は、それよりもいっそう説得的な説明が提示されるまで有効です。古典文学作品のテクスト研究が進歩しないのは、それまでの説明を否定せずに、新しい説明をつぎつぎと並べて水平方向に無限に広げてゆくだけで、垂直方向の積み重ねをしようと努力しないからです。

自然科学と違って、百人いると百の考えかたがあると煙幕を張られてしまいますが、もしそのとおりだとしたら、古典文学作品のテクスト研究は最初から進歩を放棄していることになります。率直な批判を避けて互いの面子《めんつ》を守りあうのは、伝統的国語国文学の致命的な風土病です。

第三章　仮名連鎖の複線構造

■「物名」の和歌の例

わかやとの　はなふみしたく　とりうたむ　のはなけれはや　ここにし
もくる〔古今・物名・四四二・紀友則〕
*我が宿の　花踏みしだく　鳥打たむ　野はなければや　ここにしも来る

『古今和歌集』は上下二巻で構成されており、上巻の最後に当たる巻十には、「物名《もののな》」の和歌が集められています。「物名」とは、三十一文字の仮名連鎖のなかに、題として与えられた語句の仮名連鎖を詠み込んで、その題にふさわしい内容の和歌に仕立てあげる、仮名文字の遊びです。

「物名」の和歌ですから、『古今和歌集』では最初に題が示されていますが、右には、その題を伏せて引用しました。みなさんは、この和歌の、どの部分になんという語句の仮名連鎖が詠み込まれているか探し出すことができるでしょうか。

わたしの家の花を踏みつけてだいなしにする鳥を叩いてやろう、野はないからなのだろうか、ここにばかりやって来る、という一次的理解では実にくだらない内容の和歌ですが、どこかに、この内容に関わる語句の仮名連鎖が隠されています。しかし、それを探し出すことはほとんど不可能ですから、「りうたむのはな」（龍胆《りうたむ》の花）、すなわち、リンドウの花、という題が最初に示されています。ただし、「りうたむのはな」を探しても、和歌の意味を考えながら読んだら簡単には見つけ出せません。詠み込まれた二次的仮名連鎖を見つけるためには、意味を引き当てずに一次的仮名連鎖を最初から目で追うことです。

舌を巻くほど巧みな重ね合わせの技巧を十分に堪能すれば、詩的感動の片鱗すらない一次的仮名連鎖は、食べ終わった弁当の箱と同じで、もはや用がありません。

この和歌のような仮名連鎖の重ね合わせを複線構造とよび、「とりうたむのはなけれはや」の部分を一次的仮名連鎖、「りうたむのはな」の部分を二次的仮名連鎖とよぶことにします。まとめて表わせば「とりうたむのはなけれはや」となります。仮名連鎖による複線構造は平安前期の和歌だけの表現技巧で、「物名」部ばかりでなく、『古今和歌集』のいたるところに使われています。「物名」部以外の和歌には二次的仮名連鎖が明示されていませんから、読者が探し出すことになります。

複線構造の和歌の場合、概して、一次的仮名連鎖よりも、析出された二次的仮名連鎖のほうに表現の重心があります。

複線構造などとよばないでも、掛詞（懸詞）という用語があるではないかと読者は考えるかもしれませんが、教室で当然のように教えられている、縁語、掛詞、枕詞、序詞（序）などは、どれも中世以後の歌学の用語であり、平安後期以降の和歌と構成原理の違う平安前期の和歌には当てはまりません。掛詞とよばれている技法は類型的であり、どの語にどの語を掛けた表現であるかがすぐにわかりますが、平安前期の和歌の複線構造は、その場に合わせて自由に構築されているので、個々の事例ごとに表現を解きほぐさなければ見つけることができません。

『古今和歌集』を中心とする平安前期の和歌は、仮名連鎖を巧みに運用して構築された複雑な表現を読者が丹念に解きほぐしながら読み味わうという、作者と読者との知的なゲームでした。その意味で、『古今和歌集』は一千余首の問題集ですから、組み立てが複雑な和歌ほど、きれいに解けたときの達成感は大きくなります。

三十一文字の仮名連鎖のなかに隠された語句や表現を、いろいろと知恵を絞って解き明かすことができたときに味わう詩的感動は、単純な構造の韻文を読んで受ける感動よりもはるかに大きいものがあります。筆者は、かつて、次章に述べる平安前期の和歌の複線構造に気づき、『古今和歌集』の和歌表現をつぎつぎと解析してゆく過程で、その喜びを存分に味わうことができました。ただし、『古今和歌集』だけに限っても、現在の筆者に解き明かすことのできない和歌がたくさん残っています(『みそひと文字の抒情詩』)。個人の能力には限界があります。みんなで知恵を出し合って、楽しみながら全歌を解き明かし、感動を共有しましょう。散文的でくだらない四季の和歌、小手先の技巧が目立つだけで真心の片鱗《かけら》すら感じられない恋の和歌、ユーモラスな作品であるはずなのに面白くもおかしくもない誹諧歌《はいかいか》(巻十九)などには、たいてい面白い問題が潜んでいます。それをひとつでも解くことができたら、あとは病みつきになるに違いありません。

■複線構造による多重表現のひとつの場合

つぎに引用するのは、『古今和歌集』の「羇旅《きりょ》」の和歌です。「羇旅」とは、遠方への旅をさします。

みやこいてゝ　けふみかのはら　いつみかは　かはかせさむし　ころも
かせやま〔古今・羇旅・四〇八・題知らず・詠み人知らず〕

都を発って今日で三日目、「ミカの原」に来た、ここを流れている「泉川」の川風が寒い。衣を貸してくれ、そこにある「カセ山」よ、といった内容です。注釈書によると、「瓶の原《みか》」は山城の国(現在の京都府)の地名。「鹿背山《かせ》」もその地にあると説明されています。

都出でて　今日瓶の原　泉川　川風寒し　衣貸せ山

右のように書き換えると、「三日」が消えて京からの距離がわからなくなり、また、「鹿背山」が消えて、「衣を貸せ。山よ」という表現になります。

都出でて　今日三日の原　泉川　川風寒し　衣鹿背山

こんどは、地名が「三日の原」になり、また、「衣」が浮き上って、「名前がカセ山なら衣を貸せ」と頼んでいるおもしろい表現が消えてしまいます。

「みか」が「三日」に言いかけられるとする説と、「み」だけが「見」にかけられるとする説とがあるが、前者に従う。

〔小沢正夫・松田成穂訳注『古今和歌集』新編日本古典文学全集・一九九四〕

こんな注を付けられたのでは、わかることまでわからなくなります。

甲に乙を掛ける、というのが伝統的な説明のしかたですが、この場合、「三日」と「瓶の原」と、どちらが甲で、どちらが乙だとは決められません。

理屈抜きでわかる和歌が、理屈を捏ね出すと手に負えなくなります。まして、古典文法ではどうにもなりません。こんなに機知に満ちた和歌が、おもしろくもおかしくもなくなってしまいます。「ミカの原」、「泉川」、「カセ山」などを、当時の京の人たちが具体的にイメージして読んだはずはありません。現在の我々も、ことばの巧みな操作が醸《かも》し出すおもしろさを素直に味わえばよいだけです。

仮名連鎖の複線構造による多重表現には、丹念に解きほぐしながら読みあじわうように作られた、作者との知恵比べの和歌が多い一方、このように、日本語話者の感覚だけで理解すべき事例もあります。複雑な構造をもつ和歌の表現を本格的にとりあげるとかなりのページが必要なので、やむをえず割愛します。そのような和歌の表現解析については筆者に別の著書があります〔『みそひと文字の抒情詩』、『古典和歌解読』、『仮名文の構文原理』増補版〕。

■和歌と和文との関係

つぎに示す段階的規定に飛躍がないとしたら、和文と和歌とは、韻律の有無によって区別される仮名文の、ふたつの文体です。

(a)日本語を記録する書記文体には散文と韻文とがある。
(b)和文は散文であり、和歌は韻文である。
(c)散文は自由に綴られた文体であり、韻文は韻律に拘束された文体である。

定家が歌学を確立して以来、現在に至るまで、和文と和歌とは、右のような割り切りのもとに切り離されてきました。しかし、右のような段階的規定に飛躍が含まれているとしたら、両者の関係は根本から捉えなおす必要があります。

■『古今和歌集』仮名序の冒頭表現

貫之は、『土左日記』より三十年以上まえに、『古今和歌集』の仮名序で、和歌の技法を導入した複線構造によって、インパクトの大きい表現をしています。

やまとうたは　ひとの　こころを　たねとして　よろつの　ことのはとぞ
なれりける

注釈書では、これをつぎのように書き換えています。

やまと歌は、人の心を種として、よろづの言の葉とぞなれりける。

文法を棚上げして読めば、和歌とは人間の心を種にして多種多様の心情を表現したものだ、といった意味であることが理解できます。和歌の本質をこれほど簡潔なことばで言い尽くした貫之の文才はさすがであり、格調の高さにおいて『土左日記』の前文とは雲泥の差が感じられます。

「ひとのこころ」は、どの校訂テクストにも「人の心」と表記され、〈人の心〉と現代語訳されています。なにも説明がないのは、現代語と同じ意味だということでしょう。

この表現に関して、すでに公表した筆者の考えがあるので（『みそひと文字の抒情詩』本論1）、以下にその趣旨を要約します。

■「ひとの心」

「やまとうたは、ひとのこころを種として」までの段階では、〈人の心〉としか読み取れませんが、「よろづの言の葉とぞなれりける」まで読むと、仮名連鎖「ひと」は、「ひとつ」と「よろづ」との対《つい》を喚起します。名詞の語形はヒトツですが、同じ意味の接頭辞ヒトが当時もふつうに使用されていたために、「ひとの心」は、「一《ひと》の心」とも反射的に分析されました。仮名連鎖「ひとの」を、まず「人の」と同定させたうえで、そのあとの「よろつ」からさかのぼって、「ひとの」を「一《ひと》の」、すなわち、ヒトツのという意味に同定させ、読者の脳裏で両者を重ね合わせさせるのがこの表現の仕組みです。同定とは、それに間違いないと確認することです。

以上のように、この一節は、「やまと歌は、人のひと（つ）の心を種として、よろづの言の葉とぞなれりける」、すなわち、万人の共有する心を、多様なことばで表現したのが和歌なのだ、という意味に理解すべきです。

「人の一《ひと》（つ）心」は、そのあとに出てくる「生きとし生けるもの」、すなわち、この世に生を享《う》けたすべての人間が共有する心性をさしていますから、「やまとうた」を中国語に翻訳すれば、その「こころ」は中国人にも同じように理解できると紀貫之は信じています。そのことについては、阿倍仲麻呂の和歌をめぐる挿話を扱うときに説明します。

仮名連鎖の重ね合わせによる複線構造は、三十一文字の厳しい量的制約を克服して豊富な表現を可能にする手段として発達した技巧ですが、和歌だけでなく、『古今和歌集』仮名序のように優雅な文体の和文にも応用されていることに注目しましょう。

右の一事だけを見ても、右の段階的規定は、和文と和歌との関係に当てはまりません。

以下には、『みそひと文字の抒情詩』（序論1）で『土左日記』（一月十二日・十三日）の例についで述べた筆者の解釈を要約して再説します。

■和歌と和文との親和性

前日から、いまにも雨が降りだしそうな空模様が続き、暁になって、降ったか降らないかという程度の軽い雨がさっと降って止んだ。そういうなかを、船中で見知った女性たちが、体を洗うために、どうにか人に見られずにすみそうな場所を探して下りていった、という叙述のあとに、つぎの描写が続いています。

海を見やれば、雲もみな波とぞ見ゆる、海人《あま》もがな、いづれか海と問ひて知るべく、となむ歌詠める〔一月十三日〕

「海を見やれば、雲もみな波とぞ見ゆる」は、〈ゾ〜連体形〉の、いわゆる係り結びの構文になっており、叙述がひとまず切れています。しかし、そのあとを読み進むと、「となむ歌詠める」、すなわち、ここまでが和歌だという断りがあるので戸惑ってしまいます。そこで改めてこの部分を読みなおすと、つぎの和歌が浮かび上がります。

雲もみな　波とぞ見ゆる　海人もがな　いづれか海と　問ひて知るべく

定家の奥書によると、原本では和歌を改行せず、そのまえに一字か二字分の空白があるということですが、青谿書屋本では、「うみをみやれは」まででその行が終わり、「くもゝみな」

からつぎの行になっているので欠字の有無は断定できません。しかし、日本大学図書館本の対応箇所に欠字がないことは明白です（本書「付録」）。

『土左日記』では、叙述の途中に和歌を挿入する場合、「詠める歌」とか「詠める」とか記したあとに和歌が続いていますが、ここ一箇所だけにその断りがなく、和歌のあとに「と歌詠める」と記されています。散文だと思い込ませておいて、ここまでが和歌でしたと断り、読者の意表を突く表現技巧です。

「海を見やれば」から読めば、「雲もみな波とぞみゆる」は散文で、しかも、そこで大きく切れますが、そのあとを続けて読めば和歌になります。どこまでが雲で、どこからが海なのか見分けがつかない状態を、どこまでが散文で、どこからが和歌になっているのか見分けのつかない形で表現した貫之の文才に感嘆せざるをえません。これほど見事な散文と韻文との融合は、さすが貫之というべきですが、このような表現が可能だったのは、和文と和歌とが水と油ではなく、双子にたとえるべき親和性をもっていたからにほかなりません。これほどの離れ業でなくても、和歌と叙述部分との親和性は、仮名文のいたるところに指摘できます。清水寺に籠もっていた清少納言によこした中宮の手紙は、この場合と逆に、和歌から和文への自然な移行でした（二九ページ）。

和文は韻律に支配されないという意味で散文ですが、新聞記事のような、情報の効率的伝達を一次的目的とする書記文体ではなく、優雅な事柄を優雅に表現する書記文体であり、また、自然なリズムに基づいて書かれ、自然なリズムに基づいて読まれる書記文体でもあったので、和歌と異質ではありませんでした。余韻嫋々《じょうじょう》たる『枕草子』の冒頭などは、そのような散文の典型です。

■言語の線条性と書記テクストの線条性

テクストの表現を理解するうえで重要な基礎知識のひとつについて説明しておきます。それは言語の線条性です。

話し手による発話は、聞き手の耳に届いた瞬間につぎつぎと消滅します。聞き手は、聞き取った順序に従って、すなわち、聞き取った発話を一本の線条として、順次に理解してゆきます。

すでに述べたとおり、テクストとは、まとまった内容を表わす、不可逆的な文のまとまりです。不可逆的とは、文の順序を入れ替えられないという意味です。この場合の〈文〉とは、本来、発話として実現された文をさしますが、右の原則は、文字で記録されたテクスト、すなわち書記テクストにも当てはまります。なぜなら、書記テクストは文字を媒体とする伝達手段ですが、基本的に言語と同じ構造をもっているので、線条的に理解されるからです。左から右に、あるいは上から下に、つぎつぎと文字が現われ、そして消えてゆく電光掲示板になぞらえれば理解しやすいでしょう。

『土左日記』は、ひとつのまとまった内容を表わす、緊密に結びついた複数の文の不可逆的集合ですから、作品全体が単一の書記テクストです。ただし、前文はテクストの最初にあり、後続するすべての文は不可逆的に配列されていますから、この一文だけでひとつの理解が成り立つように書かれているはずです。

日本の社会が変化し、それに連動して日本語も変化したために、現今の我々は古典文学作品のテクストを手放しでは読めません。本来は楽しんで読むために書かれた作品を、最初から〈解釈〉の対象とみなして身構えてしまいます。難解な箇所があると、注釈書は、あとに叙述されていることを根拠にして〈解釈〉を加えます。言語による伝達の基本原理を無視しているというよりも、基本原理を認識していないからです。筆者が、『土左日記』のすべての注釈書をひとまとめにして批判した根拠はそこにあります。

■「をとこもすなる日記」の助詞モ

古典文学作品の用語や表現について考えても、解明できずに残さざるをえない事例は珍しくありません。そういう場合、我々は、当時の人たちならすぐにわかったはずだという前提のもとに、二つの可能性を考えます。すなわち、①日本語が変化したためにカギが見失われてしまったか、さもなければ、②転写を重ねた過程で、その部分に誤写が生じたか、ということです。

どちらの可能性も十分にありえますが、個々の具体例がどちらであるかを判断することには、そして、②の可能性を考えた場合、もとのテクストにどのように書かれていたかを推定することには、最大限に慎重でなければなりません。注釈書に、「～の誤りか」、「～の誤写」などと注記されていたら、そのように判断した根拠を疑ってみるべきです。たとえば、「男もすなる」は「男のすなる」の誤写か、と注記されていたとしても、なるほど、それならよくわかると納得してはいけません。『土左日記』の場合は、作者の自筆テクストに準じるものが残っているので気安く誤写だといえませんが、他の諸作品については証拠がないので、そのような事例がいくらでもあります。

十世紀の人たちなら、この前文をすらすら理解できたはずだと決めてかかってはいけません。彼らもまた、現今の我々と同じように、「男もすなる日記」まで読んで、おそらく、オヤ？と首を傾げたことは間違いないでしょう。なぜなら、当時の社会慣習として、日記は男が書くものであって、男も書くものではなかったからです。

当時の人たちも現今の我々も「男もすなる日記」に違和感をおぼえて、オヤ？と立ち止まるところまでは同じですが、そのあとの反応が違います。我々は、それを平安時代における助詞モの用法のひとつと捉えて、どのように説明すべきかを考えてしまいますが、当時の人たちは、この奇妙な表現にはなにかシカケがあるに違いないと勘づいて、あとに続く叙述を慎重に読んだはずです。

読んだはずですと表現したのは、直接に確かめる手段はなくても、確度の高い推定だと考える根拠があるからです。その根拠は、さきに指摘した、同じく貫之の書いた『古今和歌集』仮名序の「ひとのこころをたねとして」という複線構造です。

『古今和歌集』仮名序と『土左日記』の前文と比較する限り、表現の適否を別にすれば、渡辺実のつぎの見解は当を得ているようにみえます。

古今集仮名序は、この上なく公的な晴《はれ》の仮名文の模索であった。それに対して土佐日記は、まさに対極的に、この上なく私的な褻《け》の仮名文の試みであった。〔『平安朝文章史』前引〕

当を得ているようにみえます、と主観的に表現したのは、この鮮やかな対比が正統の表現解析の手順を踏んで導かれた結論ではないからです。一般に、二元論的対比は、わかりやすい分だけ真実から遠くなりがちです。天皇に奉呈する勅撰集が「この上なく公的」であり、『土左日記』は「この上なく私的」であると定位したりすることは、この上なく空疎な対比にすぎません。そもそも、公的であること、私的であることの極限がどこにあるかは、理念的に想定できるにすぎません。

仮名による複線構造の多重表現は、三十一文字の厳しい量的制約を克服して豊富な表現を可能にする手段として発達した技巧ですが、和歌だけでなく、優雅な文体の和文にも応用されています。次章で『土左日記』の冒頭表現を解析するときのために、このことを覚えておいてください。

■をむなもしてみむ

これほどまでに不自然な表現の一文を作品の冒頭に据えたのは、この作品の大切なキーワードがそのなかに潜ませてあることを読者に悟らせるためだったという解釈が正しいなら、そのキーワードは二次的仮名連鎖として一次的仮名連鎖のどこかに重ね合わせてあるはずです。その技法が可能であった箇所は漢字表記の「日記」を挟んだ、①「をとこもすなる」②「といふものをゝむなもしてみむとてするなり」というふたつの仮名連鎖です。

底本のテクストは仮名の比率が高すぎて正確に読み取りにくいという理由で、つぎのように適宜に漢字を当てて読みやすい校訂テクストを作る習慣が定着しています。

男もすなる日記といふものを、女もしてみむとてするなり。

このように書き改めた校訂テクストは、もとのテクストと、事実上、等価であると考えられていますが、漢字を当てた「男」と「女」とが際立つために、「男=も」、「女=も」という対比が強く印象づけられます。しかし、つぎのように仮名に戻してみると、読み取りかたが微妙に違ってきます。

をとこもすなる日記といふものをゝむなもしてみむとてするなり

仮名表記では語句の境界が必ずしも一目瞭然ではないので、読み解きの手順として、まず仮名連鎖「をとこもすなる」を語句の単位に区切らなければなりません。

自分自身でも複線構造の和歌を詠んでいた平安前期の人たちなら、切りかたを変えると一次的理解に含まれない語句が浮かんでくるはずだと考えて、慎重に読みなおしたはずです。

複線構造になっている可能性を頭に置いて読みなおせば、現今の我々にも、この前文は最初のフレーズから、どこかしっくりしない表現であることが感じ取れます。なぜなら、「をとこもすなる」のモが腑に落ちないからです。ただし、その先があるので、ここでは突き詰めて考えず、「をむなもしてみむとてするなり」まで読むことになります。

「をむなもしてみむとて、するなり」などという表現は、歯切れが悪すぎます。これで、「日記」を挟んだふたつの仮名連鎖のどちらも複線構造になっている可能性があることがわかりました。

最初に透けてみえるのは、「をむなもしてみむ」に重ね合わされた「をむなもし」です。「をむなもし」とは、「女文字」でしょう。そうだとすれば、一次的仮名連鎖と二次的仮名連鎖との関係は、「をむなもしてみむ」と書き表わすことができます。

ここに埋めこまれた「女文字」は、『土左日記』の本質に関わる大切なキーワードであるにもかかわらず、カクレンボで物陰に身をひそめている間にみんなが家に帰って置いてけぼりにされた子どものように、千年以上も見つけてもらえないまま、今日に至ったことになります。それは、貫之の隠しかたが上手すぎたためではなく、このテクストを発見した定家は、平安前期の和歌に複線構造の技法があったことを、そして、その技法が、しばしば和文にも応用されていたことを知らなかったために、二次的に組み込まれた仮名連鎖を探そうとしなかったからです〔『古典和歌解読』〕。定家の時期には、カクレンボの遊びをだれもしなくなっていたということです。

■をとこもすなる日記

前文の後半から仮名連鎖「をむなもし」、すなわち、「女文字」という語が析出されたことは、前半の一次的仮名連鎖「をとこもすなる」に重ね合わされた二次的仮名連鎖を探すうえで有力な示唆になりました。

「をとこもすなる日記」のナルは、検算した結果、いわゆる伝聞を表わしていないことがわかりましたが、「すなる」のスも不自然です。なぜなら、これほど短い文のなかに、日記を書く行為が、「スなる」「シテみむ」「スルなり」と、三箇所もサ変動詞スで表わされているからです。

「をむなも」のあとに「し」がこないと「をむなもし」にならなかったので、すなわち「シテ」でなければ、「をむなもしてみむ」という複線構造を構成できなかったので、事実上、「してみむ」が可能な唯一の選択でした。そうなると、そのあとを「書くなり」とはできないので、「するなり」が、やはり、可能な唯一の選択だったことになります。したがって、説明できないのは、最初の「スなる」です。

貫之は、どうして、具体的行為を表わす動詞をここに使わなかったのでしょうか。「イギリス人もスルという英語というものを、日本人もシようと思ってスルのです」といえば、いちおう理解できますが、こんな言いかたをする日本語話者はどこにもいません。『土左日記』の前文もそれと同じことです。まして、貫之がその気になれば、凡人には思い及ばない巧みな表現ができたはずです。

動詞スは、あらゆる動詞に代えて使うことができますが、具体的行為を表わす動詞が先行していないのに、いきなり「をとこもすなる日記」と表現することはきわめて不自然です。貫之がそのように書いたのだからクレームをつけてみてもしかたがないと蓋《ふた》をしてしまえば、不自然さの問題はそのまま眠ってしまいます。現代の日本語話者の感覚でもそのままには読みすごせないはずなのに、ほとんどの注釈書がこのモに触れていないのは、原文がそうなっているのだからと頬かぶりしてしまったのかもしれません。「男も書くと聞いている日記」（菊地靖彦）と、原文のモをそのままモにした現代語訳は、触らぬ神に祟りなしということなのでしょう。ただし、すべての注釈書がこのモを無視しているわけではありません。

■役に立たない説明

男も書くと聞いている日記。「も」は下の「女も」と同じで、並立の意。

「なる」は伝聞。

〔長谷川政春校注『土佐日記』新日本古典文学大系・岩波書店・一九八九〕

注釈書の利用者が知りたいのは、前文の表現でこのモがどういう役割を果たしているかということなのに、「並立」という文法用語は、その疑問に答えてくれません。ナルを伝聞と説明するのは現今の共通理解ですが、伝聞によって知りえた情報であれば、必ずナリを添えるわけではなく、伝聞であってもナリを添えない事例のほうが多いのですから、それが伝聞によって知り得た情報であることを、この場合にどうして明示的に表現しているのかを説明しなければ意味がありません。

■その場しのぎの説明

男だって書くという日記。「男も」の「も」は、「男」を不確定なものとして扱う（大野晋氏）。「男のすなる日記」といえば、男しか書きようのない日記、すなわち漢文日記を特定すると考えられるが、「男もすなる」と

表現することで、漢文日記を指しながら、必ずしもそれにこだわらなくなる。〔木村正中〕

読者にはこの説明が理解できたでしょうか。煙《けむ》に巻かれて、古典文法は難しい、古典は難しいという印象を新たにしたかもしれませんが、この説明は筆者にもそのままには理解できません。

これまで、いろいろと率直な批判を開陳してきましたが、筆者自身も、この場合の助詞モの用法に関しては、スネに古傷をもつ一人であることをカミングアウトせざるをえません。

筆者は、この「〜も〜も」という表現を、つぎのような趣旨として理解すべきであろうと書いたことがあります。

京に戻るまでの旅の経過については、男性も漢字文で公式の日記を書くそうだが、わたしも、女性の視点から日記を書いてみよう〈要約〉

これを書いた時点で、筆者はすでに『古今和歌集』の和歌の複線構造を指摘していましたが、それと同じ技法が和文にも及んでいることに気づいていなかったのです。

理詰めで仮死状態に追い込んでも、真実は必ず息を吹き返します。今、改めて考えなおしているのは、ねじ伏せた真実が蘇生して、筆者に再審を迫ったからです。

助詞モの根幹的な意味用法は、平安時代も現代も同じであると考えてよいでしょう。「男もすなる日記」のモに違和感をおぼえるとしたら、それは、この表現が日本語としてしっくりしないからです。古典文法にすがったりするまえに、まずその事実を認識すべきです。

右に引用した解説がピンとこないのは、当時の人たちが、この文脈におけるモをどのように読み取ったのだろうと考えずに、この助詞のこの場合の文法機能をどのように説明すべきか、あるいは、どのように説明すれば反論できないか、という立場で考えているからです。この場はそれで切り抜けても、助詞モがここと同じように使われている事例を、もうひとつ教えてくださいといわれたら立ち往生するほかないでしょう。その場しのぎ（ad《アド》 hoc《ホック》）の説明には価値がありません。〈男だって書く〉というダッテの含みも判然としません。

筋道を立てて考えても説明できない事例についてはさしあたり帰結を保留して、どこまでわかったのか、どこからがどうしてわからないのかを明確にしておくべきです。

書記テクストの線条性とは、読み進むに従って理解を積み重ねてゆくということです。「男も」の「も」は、「男」を不確定なものとして扱う、という説明は、線条性の基本を無視しています。なぜなら、作品の冒頭ですから、「男もすなる日記といふものを」まで読んだ段階で、この場合のモの機能は理解できなければならないからです。

「をとこもすなる日記」のモをこれまで適切に説明できなかったのは、仮名文字の運用に関する認識が十分でなかったために、前項に引用した解説のように、それを古典文法の問題として捉えるべきだと信じて、ほかの選択肢を探そうとしなかったからです。

■二次的仮名連鎖「をとこもし」の可能性

この文は前半と後半とが対比的に構成されているので、後半に「をむなもしてみむ」という複線構造があるなら、前半にも、やはりそれと並行する複線構造があることを疑ってみるべきです。後半から「をむなもし」が析出されていますから、前半に期待される二次的仮名連鎖の候補は、その対としての「をとこもし」（男文字）です。

しかし、このように筋道を立てて、複線構造が存在するであろう一次的仮名連鎖の範囲を「をとこもすなる」と特定し、重ね合わせてある可能性のある二次的仮名連鎖の候補を「をとこもし」と特定してみても、その見通しはあえなく裏切られてしまいます。

理屈がどうあろうと、想定したとおりの結果が出てこないし、それ以外の二次的仮名連鎖は考えられないので、いさぎよく見切りをつけるべきだと筆者がここで判断したら、読者はその判断を支持するでしょうか、それとも、支持しないでしょうか。どちらを選ぶにしても、根拠が必要です。読者自身が直面した問題として考えてみてください。

「をとこもすなる日記」のモについて、筆者は、真実をねじ伏せてゴリ押しすべきでないという立場を表明しました。その立場を貫くなら、二次的仮名連鎖「をとこもし」の可能性にここで終止符を打たなければ、真実をねじ伏せることになるというのが、ひとつの判断です。しかし、筆者は、あえて、まだ見切りをつけないことにします。未練がましいと軽蔑するのは、しばらく待ってください。筆者には、もうひと押ししてみるべきだと考える根拠があるからです。それは、「をとこのすなる日記」が自然なのに、「をとこもすなる日記」という不自然な表現になっていることです。「をとこのすなる」ではどうにもなりませんが、「をとこもすなる」となると、事情がまったく違ってきます。

「をとこもすなる」を、偶然に生じた思わせぶりの重なりではなく、意図的に構成された不完全な重ね合わせとみなすべき根拠のひとつは、仮名連鎖を構成する仮名の数です。

「をとこのすなる」と三字まで重なっても、「をとこもし」との不完全な重ね合わせと認めるには不安が大きすぎます。今の場合、そのほうが都合がよいので認めてしまったりしたら、帰結の信頼性に直接に影響します。しかし、「をとこもすなる」と、五字のうちの四字までが一致して、最後の一字だけが一致しない場合には、条件しだいで、不完全な重ね合わせになっている可能性を考えてみるべきです。

たとえば、仮名連鎖「をみなへす」は植物名「をみなへし」（女郎花）を喚起します。なぜなら、音節［ス］と音節［シ］とは、子音が共通しており、どちらも狭い母音なので、聴覚印象が近似しているからです。

仮名文テクストの複線構造とは、視覚で認知される仮名連鎖の重ね合わせですから、聴覚で認知される音《おん》は原理的に無関係ですが、仮名は音節文字なので個々の仮名文字に特定の音節が結びついています。五文字の仮名連鎖は、五音節語に対応しているので、四番目の仮名までが一致していて、最後の一文字の聴覚印象が近似していれば、二次的仮名連鎖によって表わされる語形を喚起するのは当然です。意味をもたない仮名連鎖「をとこもす」は意味をもつ仮名連鎖「をとこもし」を喚起します。条件しだいでといったのはそのことです。すでに後半から導かれている「をむなもし」は、それとの対として導かれた「をとこもし」が幻影でないことを保証しています。一次的仮名連鎖と二次的仮名連鎖との重なり合いを示すと「をとこも すなる」となります。

線条としては「をとこもすなる」が「をむなもし てみむ」に先行していますが、「をむなもし てみむ」が先に洗い出されていなければ、「をとこも すなる」に気づくことはほとんど不可能です。

■仮名文と書記テクストの線条性

前項の最後の説明は、筆者が強調的に指摘した書記テクストの線条性を無視していることになりそうですが、矛盾はありません。

発話は耳に届いた瞬間に消滅するのでもとに戻れませんが、文字は目に入っても消滅しないので、繰り返して読みなおすことが可能です。書記テクストも線条に沿って理解されるのが原則ですが、三十一文字の枠のなかに豊富な表現を盛り込むには、仮名を使い捨てにせず、効率的にリサイクルする必要があるので、そのための技法として複線構造による多重表現が工夫されました。したがって、平安前期の和歌には線条的に読んでも理解できないものが少なくありません。そういう複線構造の技法を、貫之は、和歌だけでなく『古今和歌集』仮名序や『土左日記』前文にも取り入れていることがここに明らかになりました。

■前文の趣旨

以上の検討の結果、前文には、つぎのように、仮名連鎖の重ね合わせが対比的に含まれていることがわかりました。

をとこも すなる日記といふものを をむなもしてみむとてするなり

析出された二つの二次的仮名連鎖によって表わされる「男文字」と「女文字」とが、この作品の本質に関わるキーワードですから、それらを前面に立てると、前文の趣旨は、〈日記を男文字ではなく女文字で書いてみよう〉という意味に理解すべきことになります。一次的仮名連鎖の「してみむ」を生かすなら、末尾は、書いて、その結果がどうなるかを判断しよう、となるでしょう。

検討の過程を振り返ると、古典文法で説明のつかない助詞モや終止ナリの用法、そしてサ変動詞スの不自然な連続使用などは、すべて、隠された二次的仮名連鎖を探し出すようにという貫之からのメッセージでした。宝探しですから、前文から探し出された宝は、この作品のキーワードにほかなりません。結局のところ、貫之の計算どおりに振り回されてしまいましたが、あとに残るのは、まんまと手玉に取られたという悔しさではなく、貫之と膝づめで知的に語り合えた快さです。これこそが、文献学的アプローチならではの楽しさです。

■貫之は女性に仮託していなかった

前文は、これまで、「男も書くと聞いている日記というものを、女であるわたしも試みてみようと思って書くのである」〈菊地靖彦〉というような意味に理解されてきたので、そういう前提のもとに、どうして女性に仮託したのかについて、いろいろと、もっともらしい説明がなされてきました。しかし、「をとこもし」、「をむなもし」というふたつの二次的仮名連鎖を取り出したあとの一次的仮名連鎖は、まえと同じたとえを繰り返すなら、食べ終わった弁当の箱のようなものですから、そのことについて議論する意味は失われてしまいました。残された課題は、貫之が日記を男文字ではなく女文字で書こう、すなわち、漢字文でなく仮名文で書こうと考えた理由を解明することです。

日記を漢字文ではなく仮名文で書こうとは、漢字文で書くのと同じ内容を仮名文で書こう、すなわち、漢文の訓《よ》みくだし文に近い文体で書こうという意味ではありません。あとで述べるように、漢字文と仮名文とでは、どのような事柄についてどのように書くかが、まったく違っていたからです。

■キーワードを二次的仮名連鎖として組み込んだ理由

作者が、前文で、この作品の本質に関わる大切なことを言いたかったのなら、読者に謎解きを強いるような、遊び半分の小細工などせずに、ストレートにそのように書くべきだったし、また、そのように書くことができたはずではないかと、読者に反問されそうです。その反問に対して筋の通った説明ができなければ、そもそも、この前文が「をとこも す なる日記といふものを、をむなもしてみむ」という複線構造になっているなどという前代未聞の奇抜な話を御破算にして、これまでの共通理解に戻らざるをえなくなるでしょう。しかし、ここまでの検討は、果たして、火のないところに煙を立てて大騒ぎをしたにすぎないと片付けてすむことでしょうか。石橋を叩いて渡る慎重な姿勢は大切ですが、新しい世界に安全に渡れる橋まで叩き割ってしまってはなにもなりません。

右のような反問が出てくるとしたら、それは、二次的仮名連鎖を読者に見つけさせることを、閑人《ひまじん》の遊びと捉え、ここは、ふざけたり遊んだりする場面ではないと考えるからです。しかし、そういうクソ真面目な捉えかたで、人間の素朴な心理を理解することはできません。なぜなら、簡単には見つけにくい形で隠してある大切なものを、頭を使って見つけ出すことができれば、発見の喜びが大きいので、ストレートにそれを示されるよりも、はるかに強く印象づけられるからです。博物館に整然と陳列された発掘物を見ても、そのひとつひとつを掘り当てた人物と同じ興奮を味わうことはできません。現に筆者は、前文の不自然さに気づき、なにか大切なことばが隠してあるはずだと考えて、「をむなもしてみむ」を見つけたときは、抑えがたいほどの興奮をおぼえました。

第五章　「女文字」、「男文字」という語の存在証明

■存在証明

前章では、『土左日記』の前文が、「をとこもすなる日記といふものを、をむなもしてみむ」という複線構造になっていることを発見し、二次的仮名連鎖として重ね合わされた「をとこもし」と「をむなもし」とに対応する「男文字」と「女文字」とがこの作品のキーワードであると述べました。ただし、この日記を、漢字文でなく仮名文で書こうという文脈ですから、主役のキーワードは「女文字」であり、不完全に重ね合わされた「男文字」は脇役です。

従来の確固たる共通理解が誤りであることを確実に証明し、貫之の真意を明らかにできただけでも、ここまでの検討は十分な価値を主張できると筆者は考えます。…

というところまで来ましたが、ここで、いったん立ち止まらなければなりません。その理由は、「十分な価値を主張できる」という評価を、読者も共有してよいかどうか確かめてほしいからです。

研究者は、自分自身が導いた帰結を第三者の観点から客観的に査定できなければなりません。くだらない発見です、と謙遜するのが東洋的美徳であり、つねに謙虚さを忘れないことは大切です。ただし、それは、みずからの導いた帰結がどこまで確実であるか、また、どのように発展させることができるかを自分自身で的確に査定できたうえでの謙虚さでなければなりません。筆者による自己評価を読者が自画自賛とみなすなら、どこがどうだから価値がないのかを具体的に指摘する責任があります。右には査定の基準として確実性と発展性とを挙げましたが、発展性については、本書でこの問題をさらに推し進めることによって証明できるはずです。

十分な価値を主張できる、などと声高に主張するつもりなどないのに、あえてそのように表現してみたのは、そういう自画自賛の独善的な態度に対する読者の批判的なリアクションを誘発したかったからです。すなわち、そのように宣言するまえに踏まなければならないはずの不可欠の手順を踏んでいないではないかということです。

■証明の手順

発見とは、discovery の訳語です。dis-covery とは、確実に存在している物を覆って見えなくしているcoverを取り除き、存在しているのに見えなかった事物や事象をだれにでも見えるようにすることです。仮名連鎖「をむなもしてみむ」のなかに意図的に組み込んで、直接には見えなくしてあった仮名連鎖「をむなもし」を析出し、その仮名連鎖に対応する「女文字」という語を我々は発見しました。つぎに、その発見を手掛かりに、いくらか込み入った手順を踏んで、尻を隠していた「男文字」という語も発見できました。しかし、そのあとに踏むべき手順を我々はまだ踏んでいません。その手順とは、当時、「男文字」とか「女文字」とかいう語が、実際に使われていたという存在証明です。存在証明とは、これらの語が、『土左日記』の他の箇所で、あるいは、同じ時期の他の文献資料のなかで使用されていた証拠を提示することです。どういう場面で、どのようにということも大切です。

■実像か幻影か

信頼できる文献資料のなかに使用例が確認できれば存在証明は問題なく完了します。しかし、確認できない場合には、「女文字」、「男文字」は、思い込みが作りあげた幻影ではないかという疑いが出てきます。

この作品のこの文脈で、「男文字」、「女文字」という見せかけのセットが偶然に浮かび上がる確率は、限りなくゼロに近いとみてよいでしょう。ここまで追い詰めた立場にとってはゼロと認めてしまいたいところです。しかし、世の中には想像を絶する不可思議な偶然が現実にしばしば生じていることが報告されていますから〔例：Ripley's Believe it or not〕、確率の低さだけを根拠にしてそれを葬り去るべきではありません。

■「女文字」という語の存在証明

仮名連鎖「をむなもし」に対応する語の候補は「女文字」以外にありえません。しかし、この語の存在証明に取りかかると、厚い壁に突き当たって動きがとれなくなってしまいます。なぜなら、『土左日記』に内部徴証が見いだせないだけでなく、平安時代に成立した多くの仮名文学作品をはじめ、可能な限りの文献を調べても、「女文字」という語が使われていた証拠が見当たらないからです。近世になると、女性の筆跡をさす語として「女文字」という語が使われていますが、これは他人の空似《そらに》です。

昔話になりますが、筆者が学部学生だった一九五〇年代前半には、古典文学作品の用例を探すには、見落としをしないようにテクストを丹念に読むほかありませんでした。利用できるのは『万葉集総索引』ぐらいのものだったからです。しかし、その後、古典文学作品の総索引が続々と刊行され、現在では、コンピュータによる検索が可能なものが少なくありません。それらを探しても見つからなければ、その語句は使われていなかったらしいと、ひとまず判断できるようになっています。この場合、ラシイとかヒトマズとかいう表現しかできないのは、それぞれの総索引の間に質的な差があるからです。思わぬ抜け落ちが出るのは不可避ですし、ミスプリントの可能性も付きまといます。二次的仮名連鎖から導かれる語句などは総索引に採録されているはずがありません。

総索引の類を検索して明らかになったのは、「女文字」という語が、ふつうには使用されていなかったらしいということです。このままでは行き止まりなので、「女文字」の存在証明をひとまず保留し、その対《つい》として析出された「男文字」のほうを検討してみましょう。もしも「男文字」の確実な使用例があり、漢字の文をさしていることが証明できるなら、その対として、仮名文をさす「女文字」という語が存在したことも保証されるからです。

■「男文字」という語の存在証明

存在証明の手順として最初に『土左日記』を調べると一例だけ出てきます。その文脈を確認しましょう。

あをうなはら　ふりさけみれは　かすかなる　みかさのやまに　いてし
つきかも〔一月廿日《はつか》〕

＊滄溟《あをうなはら》　ふりさけ見れば　かすかなる（微かなる・春日なる）　三笠の山に
出でし月かも

『百人一首』で知られている形と初句が違います。『古今和歌集』で確かめてみましょう。

もろこしにて月を見て詠みける　阿倍仲麻呂《あべのなかまろ》

あまのはら　ふりさけみれは　かすかなる　みかさのやまに　いてしつき
かも〔羇旅・四〇六〕

＊天の原　ふりさけ見れば　かすかなる　三笠の山に　出でし月かも

この和歌には、つぎのような内容の長い左注があります。左注とは、その和歌を読む場合に参考になる事柄を、和歌のあとに、すなわち左側に書き添えたものです。

中国に留学した仲麻呂は「あまたの年」中国に滞在していたが、あとから遣わされた遣唐使と連れ立って帰国することになり、中国の人たちが明州の海岸で別れの宴を催した。この和歌は、夜になって月がくっきりと出てきたのを見て詠んだものだ、ということです。

一月二十日の月が海から上るのを見た『土左日記』の書き手は、昔、仲麻呂もこれと同じような情景を見てあの和歌を作ったのだろうと、右の和歌を引用していますが、初句が「あまのはら」ではなく、「あをうなはら」になっています。『古今和歌集』の撰者の一人である貫之が、うろ覚えで間違ったはずはありません。

「あをうなはら」とは、青黒く恐ろしい海をさします。仲麻呂は、これからその海を渡らなければなりませんでした。貫之は当夜の状景を想像し、かすかに記憶に残る春日の三笠山の月などよりも、まず、目の前に広がる恐ろしい海の印象を詠むべきだという、歌人の立場からの添削です。これは、『土左日記』が基本的に仮構《フィクション》であることを明確に裏づける決定的証拠のひとつであり、作品の本質を解明するうえで重要なカギとなる部分でもありますが、ここでは、さしあたり、「男文字」に関連する事柄だけに限定して考えます。

『土左日記』では、仲麻呂の和歌のあとに、つぎの叙述が続いています。

かの国人《くにびと》、聞き知るまじく思ほえたれども、ことの心ををとこもじに様《さま》を書き出《い》だして、ここのことば伝へたる人に言ひ知らせければ、心をや聞き得たりけむ、いと思ひのほかになむ愛《め》でける、唐《もろこし》と、この国とは、言《こと》異なるものなれど、月の影は同じことなるべければ、人の心も同じことにやあらむ〔一月廿日〕

中国の人たちに日本語の和歌など理解できまいと思われたけれども、中国語に意訳して「をとこもじ」で書き、仲麻呂が日本語を教えた人に言って聞かせたところ、その意味が理解できたのだろうか、思いがけないほど絶賛した、ということです。

この「をとこもし」が「男文字」であり、漢字の文をさしていることは確実です。「男文字に様を書き出だして」とは、和歌の意味を漢字の文で書き表わして、という意味です。『古今和歌集』の仮名序に、貫之は、「やまとうたは、ひとの心を種として、よろづの言の葉とぞなれりける」と書いています。すでに述べたとおり、「ひとの心」とは、すべての人間が共有している心です。大和のことばで詠んだ「やまとうた」は大和の人にしかつうじないが、翻訳して男文字で書き表わすと理解できるのは、もろこしの人たちも、心は同じだからなのだろうと、仮名序に述べた考えを貫之はここで確認しています。平安前期に成立した

「やまとうた」はすべてが抒情詩なので、その心は言語の違いを越えて万人共通です。

『土左日記』のなかに「男文字」は右の一箇所しかなく、「女文字」の場合と同じように、他の諸作品に確実な用例がありませんが、孤例であってもテクストの信頼性は十分です。

「男文字」は、前文のなかに不完全な二次的仮名連鎖として潜在しており、右に引用した部分に顕在していますから、「男文字」の存在は確実に証明できたことになります

■足でかせぐ国語史研究

「女文字」、「男文字」の存在証明と関連して、ぜひ述べておきたい私見があります。老人の昔話ではないつもりです。

筆者が大学に在学していた一九五〇年代の国語史研究で高く評価されていたのは、古文献の発見や収集整理、あるいは、新たな用例の指摘などでした。国語学は足でかせぐ学問だと確信をもって語るその道の大家のことばに筆者は戸惑いを感じたものです。

一つの語句の意味を確定しようとする場合には、その語句の用例を隈なく洗い出して意味を帰納するという手順を踏むことが要求されました。特定の課題を解決するための、必要にして十分な資料をそろえるという考えかたをせずに、手当たりしだいでしたから、対象を体系のなかに位置づけて捉えようという風潮は希薄でした。

木や竹、象牙などの尖端でテクストの行間などに書き込んだ文献があることを発見して、

それらを角筆文献と命名し、学生や卒業生を中心とするグループを動員して悉皆《しっかい》調査という名目で、角筆による書き入れがあるかどうかを手当たりしだいに調査しつづけている熱心な研究者などは、足でかせぐ国語史研究の典型です。角筆文献はおびただしく発見されたものの、ほとんどが散発的な書き入れであり、言語研究の資料として定位しにくいために、断片的事実に基づくセンセーショナルな憶断がメディアに大きく取り上げられたりしたものの、言語研究として批判に耐える成果は公表されていないというのが筆者の査定です。奔放なイマジネーションに手綱をかけないとファンタジーが暴走します。手綱をかけるとは、個別の事象を体系のなかに確実に定位することです。手綱を適切に操作するには、方法についての自覚と反省とがなければなりません。

解明すべき問題が設定され、調査すべき対象が特定され、その問題を解明するために策定された方法がなければ研究とはよべません。角筆文献の調査には、切手やコケシなどの趣味的なコレクションと同じように、明確な研究目的がないために、解明すべき問題を設定できず、収集の対象があるだけなので、確実な学的成果につながらないのは当然です。

■考える日本語史研究

足でかせぐ旧派の国語史研究の立場からみれば、二次的仮名連鎖などは、いかがわしい心霊写真もどきの幻影にすぎないかもしれません。そして、どうでもよいような「男文字」とか「女文字」とかいう片々たる語を、ああでもないこうでもないといじりまわしたりすることは、それこそ、研究と無縁の暇つぶしとしか映らないでしょう。あやふやな孤例ではどうにもならないから、もっとたくさんの用例をそろえることが先決だと、厳しく批判されるに違いありません。しかし、筆者は、どうして、貫之が、社会的に通用していない「女文字」という語を『土左日記』の前文に使う必要があったのか、という疑問を解明するほうが大切だと考えます。端的に言えば、足ではなく頭を使って真実に迫ろうということです。今後、「女文字」の用例がほかのどこかに見つかったなら、その例を加えて考えてみればよいだけです。

■男文字、女文字は、どうして、どちらも孤例なのか

筆者が総索引を使って「男文字」、「女文字」の用例を探したのは、それらの語が、当時の社会でどのように使われていたかを知りたかったからです。しかし、どこにも用例がなさそうだとわかった時点で考えなおしてみると、総索引で調べあげた作業は徒労でした。なぜなら、これらの語は、『土左日記』を書く際に、二つの文字体系を対比的にさす語を貫之が臨機に作り出した確率がきわめて高いからです。もしもそのとおりなら、貫之がほかの場面で使っておらず、貫之以外の人物も使っていない理由が理解できます。『土左日記』が、書かれた直後から広く読まれたなら、これらの語が上流社会に広がったかもしれませんが、この作品は、十三世紀まで世に出る機会がありませんでした。

わざわざ新しい名称を作り出さなくても、すでに、「真字」、「仮名」という名称があったのではないかという疑問が出てきそうですが、しばらく待ってください。

■貫之による造語の例――まくらことば

貫之による造語と推定されるものは、このほかにいくつも指摘できます。

『古今和歌集』の本体ともいうべき歌集のまえに置かれた長い文章は「仮名序」とよばれていますが、伝存するテクストに題はありません。

『古今和歌集』の現存するテクストは少なくありませんが、十一世紀から十二世紀に芸術作品として書かれたものは、切り分けて掛け軸にしたり、手鑑《てかがみ》に張ったりしたものが多く、全巻そろったテクストは元永本（一一二〇年写）が最古です。ただし、伝存する『古今和歌集』の多くがそうであるように、元永本には「真字序」がありません。注釈書は、真字序だけ他の写本を使い、オマケのような形で末尾に添えていますが、本来は仮名序の前、すなわち、この歌集の巻頭に置かれていたようです。「真字序《まな》」とは、「仮名序」と区別するための、後世の便宜的名称で、ほんとうのタイトルは「古今和歌集序」です。この名称をあとのために覚えておきましょう。真字序は正統の中国語古典文です。

テクストによって、タイトルの下に紀淑望《きのよしもち》という作者名がないものもあります。伝存する写本の多くに真字序がないのは、おそらく、和歌を詠むうえで直接には役立たないために、一部の人たちにしか関心をもたれなかったからでしょう。
仮名序の結びに対応する一節は、つぎのように書きはじめられています。

それ、まくらことは、春の花、にほひ少なくして、むなしき名のみ、秋の夜の長きをかこてれば、かつは人の耳に恐り、かつは歌の心に恥ぢ思へど

この「まくらことは」について、注釈書のひとつは、つぎのように解説しています。

まくらことば まな序の「臣等、詞…」に当る部分で「(それ)まくらごとは」は「臣等《われら》、詞《こと》は」の誤写か。未詳。しばらく、枕となることば、すなわち、序文の意で、この「かな序」全体をさすと解しておく。

〔小島憲之・新井栄蔵校注 新日本古典文学大系『古今和歌集』岩波書店・一九八九〕

仮名序は真字序とパラレルに叙述されていると決めてかかっているために、「まくらことは」に対応する位置にある真字序の語句を探して、〈「臣等《われら》、詞《こと》は…」の誤写か、未詳〉と意味不明の注を加えていますが、そのように硬直した読みかたをすべきではありません。

テクストの語句や表現をうまく説明できない場合、誤写の可能性を示唆したり、誤写と断定したりするのは、文献学的方法によらない伝統的注釈の通弊です。仮名序と真字序とが、おおむねパラレルに叙述されていることは事実ですが、完全にパラレルではありません。

当時の日本語には、まだ接続詞が発達していなかったので、ここでは、中国語古典文の「夫」の訓読「ソレ」を導入して、そこから話題が転換すること、すなわち、序文の本体はその直前で終わり、以下は撰者の結びのことばであると明示したうえで、この序文はまことにお粗末で恥ずかしい限りだと謙遜のことばを述べています。漢語の「序」に相当する和語がなかったので、歌集全体の枕に当たる文章という意味で、臨機に「枕詞《まくらことば》」とよんだのでしょう。落語のマクラと同じ発想です。「女文字」や「男文字」などと同じように、「序」に相当する「まくらことば」も他の諸文献に用例がありません。一方、真字序のほうは天皇の命に基づいて編纂した勅撰集なので、自分たちを「臣等」と位置づけています。写本では、「臣等」を小さく書いて自分たちを低め、「臣等詞少春花乃艶」と書いてあります。「詞少春花艶」とは、わたくしどもの序文は春の花の艶麗さに欠けており、ということです。[図版]

ただの思いつきにすぎない中世の注釈を継承して意味をなさない注をつけたりせず、テクストの表現を素直に読めば、「誤写か。未詳」などではなく、「しばらく〜と解しておく」と

古今和歌集序（筋切）

いう中途半端な形で提示された「序文の意」という解釈しかありえません。ただし、正確に言えば、「かな序」全体をさす、ではなく、この直前までの序文をさす、です。撰者の認識に基づくなら、「それ」以下は、撰者たちの「跋文《ばつ》」、すなわち、あとがきですから、仮名序の本体の外にあります。

■貫之による造語の例――やまとうた・からうた

やまとうたは　ひとのこころを　たねとして〔仮名序〕

歌集の正式名称は『古今和歌集』ですから、「やまとうた」が「和歌」をさしていることは明白であり、真字序にも「夫、和歌者」となっています。現今では、上代以来の長歌、旋《せ》頭歌《どうか》、短歌などを総称して和歌とよんでいますが、『古今和歌集』では、「みそ文字あまりひと文字」〔仮名序〕の抒情詩だけに限定して「やまとうた」とよんでいます。

仮名序の最初に「やまとうた」と記されているだけで、それ以下の部分はすべて「うた」になっていますから、文学作品を話題にして「うた」といえば、三十一文字の和歌を意味したはずですが、文学作品という限定なしにウタといえば、フシをつけて声に出すものをさしたでしょうから、仮名序を「うたは～」と書きはじめると、和歌のことだと反射的に理解される保証はなかったので、「和《やまと》＋歌《うた》」と和訓に置き換えて臨機にそうよんだのでしょう。したがって、「やまとうた」の「やまと」に排他的な含みを読み取るべきではありません。その証拠に、貫之は、さきに引用したように、「唐《もろこし》とこの国とは、言異《こと》なるものなれど、（略）人の心も同じことにやあらむ」と述べています。「ひとの心」を種として表現された「うた」は、言語の障壁さえ取り除けば、互いに通じあえるということです。

「やまとうた」と関連して、貫之による造語と考えられるものが、もうひとつあります。

九日の宴に、まづ、難《かた》き詩の心を思めぐらし、いとまなきおりに〔源氏物語・帚木〕（漢字、仮名の別、仮名遣は大島本による）

漢詩は「シ」とよぶのがふつうでした。中世に書写された『源氏物語』のテクストにも、漢字で「詩」と表記されています。作者の自筆テクストにもそうなっていたと推定されます。「かたきしの心を」では、判じ物になってしまいます。

『土左日記』には、「詩」ではなく「からうた」とよばれています。

からうた、声あげて言ひけり、やまとうた、あるじも客人《まらうど》も、異人《ことひと》も言ひあへりけり〔十二月廿六日《にじふろく》〕

「からうた」という語に初めて出会っても、文脈から、唐《から》の歌、すなわち漢詩のことだとすぐにわかります。「からうた」は、『土左日記』に六例ありますが、他の諸文献には見当りません。『土左日記』には、漢詩と和歌とが対比されているので、「男文字」、「女文字」の対《つい》と同じように、「やまとうた」の対として貫之が作った語だろうと推定されます。

「やまとうた」は、『古今和歌集』仮名序のほか、右の引用を含めて『土左日記』にも二例、使われていますが、そのほかの文献には稀にしかみえません。つぎに引用する『源氏物語』の二例は、どちらも、漢詩と対比して使用されています。

やまとうたは悪《あ》し悪しも続け侍りなむ、むねむねしきかたの事、はた〔行幸〕

和歌なら拙《つたな》くてもでっち上げられそうですが、まともな方面のこと、すなわち、漢詩を作ることなど、とても、ということです。

作りける文《ふみ》のおもしろき所々うち誦《ず》し、やまとうたも事につけて多かれど〔総角〕

幕末から明治にかけて、西洋の文明や文化に関する語が漢語に翻訳されて大量に日本語に摂取されました。平安時代の状況は、それによく似ていました。ただし、違っていたのは、平安時代には、中国語の多くが日本語の音韻体系に語形を近づけた漢語として摂取され、仮名文に取り入れにくい一部の中国語だけが和語に翻訳されたことです。

貫之は、本格的な和文の創始者として、仮名文に摂取しにくい中国語を和文になじむ和語に置き換えるパイオニアの役割を果たしています。右に指摘した諸例は、いずれも、そういう目的で貫之が翻訳した和語だと考えられます。ただし、「男文字」と「女文字」とのセットは、それらと別の理由で新しく作られています。

新しい概念を表わす和語は〈和語+和語〉という構成の複合語として作られるのがふつうですから、「やまと-うた」、「から-うた」、「まくら-ことば」、「をとこ-もじ」、「をむな-もじ」などは、はじめて耳にしても、目にしても意味がわかる語ばかりです。文脈のなかにあればいっそうよくわかります。「もじ」は中国語起源ですが和語の感覚で使用されています。

■貫之による造語の例―誹諧歌

『土左日記』に直接の関わりはありませんが、貫之の機知のあらわれというべき事例を、造語との関連でひとつ付け加えておきましょう。

『古今和歌集』は二十巻で構成されていますが、内容からみて巻十八までが本体で、以下は付編に相当します（『古典和歌解読』）。巻十九のなかに短歌形式の「誹諧歌」があります。ユーモラスな作品なので、正統の抒情詩と区別して、付編に収められています。

漫然と眺めると、つい「俳諧歌」と読んでしまいますが、信頼できるテクストは、どれも、最初の文字が人偏《にんべん》でなく言偏《ごんべん》になっています。「誹」の字にはヒの音《おん》だけで、ハイの音はないので、「誹諧」を中国語の規範で読めばヒカイになります。

「誹諧歌」をヒカイカと読んでいる注釈書のひとつは、つぎのように解説しています。

> （略）誹諧の語義は説が多い。「誹」は悪いの意、「諧」は調べの意（広雅・釈詁「誹悪也」。周礼・調人注「諧調也」）で、右の正体の歌に対して欠点のあ

る歌の意か。又、「誹」はそしる、悪口をいう〈原本系玉篇「謗也」〉、「諧」はやわらぐ、戯れる〈原本系玉篇「和也」〉の意でもあるので、おどけたり、悪口をいう、ふざけるの意か。〔小島憲之・新井栄蔵〕

この注釈書を参照する人たちのほとんどは、右の解説を理解できないでしょうが、たとえば、「欠点のある歌」をまとめて勅撰集にほんとうに採録してあるのだろうかと考えてみれば、検算をしていないことは明らかです。それ以上のコメントは省略します。

たいていの注釈書は、「誹諧歌」をハイカイカと読み、「俳諧歌」という意味に理解していますが、「誹」の字にヒの音《おん》しかないことに頬かぶりするのは無責任です。右に引用した注釈のペダントリーも、また、無断でハイカイカと読む頬かぶりも、注釈書にとっては倫理に関わる問題です。

「俳諧」を「誹諧」と表記したのは、『古今和歌集』の撰者が「俳」の人偏をこっそり言偏に掏《す》り換えて、言《ことば》の戯れにふさわしい表記にしたのだと筆者は考えています。そうだとすれば、最初に示された「誹諧歌」という分類名がすでに絶妙な俳諧になっています。撰者は、「俳」と別義の「誹《ひ》」という文字があることを承知のうえで、読者がそれを必ずハイカイカと読み、その掏り替えに顔をほころばせることを十分に計算に入れていたはずです。

第Ⅱ部　女文字から女手へ

第一章　女文字とは

■仮名が女文字とよばれた理由

第Ⅰ部で指摘したとおり、『全文全訳古語』の「をんなもじ」の項は「↓女手」となっており、用例はありません。「女手」の項を引くと「(〔手」は筆跡の意。女性用の文字の意)平仮名。〈女文字〉とも」という解説があります。「女手」が正式のよびかたで、「女文字」は別称とみなしているようです。この説明の当否については、あとで改めて検討します。

「女手」の項には、つぎの用例が引用されています。

　例「おほどかなる女手の、うるはしう心とどめて書き給へるは」《源氏・梅枝》訳ゆったりとした平仮名で、きちんと注意深くお書きになったものは。

「女文字」も「女手」も平仮名をさすとみなすのが現今の共通理解ですが、「女手」に「女性用の文字の意」という解説を加えたうえで引用した用例なのに、「女手」の書き手が男性の光源氏であることを、この辞書の編纂者は気にしていないようです。なお、「手」とは「筆跡の意」ではなく、あとで述べるように、文字の巧拙が評価の対象となる場合の書きかたのことです。

この辞書の用例の引用のしかたや訳をみると、辞書の基本に関わる重要な問題があるので、あえてその無神経さを指摘しておきます。

右の用例は、つぎの描写のなかに含まれています。


高麗《こま》の紙の、肌《はだ》こまかに、和《なご》うなつかしきが、色などは華やかならで、なまめきたるに、おほどかなる女手の、うるはしう、心とどめて書き給へる、たとふべきかたなし（略）〔源氏物語・梅枝〕

『全文全訳古語』の用例は、「書き給へるは」と切れており、訳の末尾にも「は」がありま す。しかし、知られている限りの『源氏物語』の諸伝本は、どれも「かきたまへる、たとふべきかたなし」となっており、「は」の付いたテクストはありません〔池田亀鑑『源氏物語大成』巻三・校異篇・中央公論社・一九五四〕、したがって、この「は」は、項目の執筆者か校閲者、あるいは編者が添えたものです。総索引で見つけた用例をできるだけ短く切り取った原稿を読み、係り結びでもないのに連体形「給へる」で終わるのはおかしいと考えて、「は」を加えたのでしょう。

用例をよく読んで文脈をきちんと把握し、そのうえで、「女手」とはどういう意味かを考えるという手順を踏むべきなのに、あらかじめ他の辞書を引いて「女手」とは平仮名のことだという知識を得たうえで、『源氏物語』総索引を検索して出てきた三例のなかからひとつを選んで適当に切り取り、適当に現代語訳をつけたために、こういう結果になったことは明らかです。適当にとは、適切にではなく、やっつけ仕事という意味です。

■仮名の体系の成立

上代には、古代印度の梵字《ぼん》も学んでいた密教の僧侶を除いて、「文字」といえば漢字のことでしたが、九世紀になると、日本語の音節に対応する二種類の文字体系が形成されました。仮名と片仮名ですが、片仮名は本書の主題と直接の関わりをもたないので、もっぱら漢字と仮名とについて考えます。

漢字は、原則として、《形《けい》=固有の字形》、《音《おん》=固有の語形》、《義=固有の意味》の三要素を総合した表語文字（logogram）です。それら三つの要素をそなえていることが「文字」であることの必要条件だとすれば、《義》をもたず、漢字の《形》と《音》とを借りて形成された、機能的に不完全な仮の符号が、「文字」としての条件を完備する漢字と対等に位置づけられなかったのは当然です。

仮名の体系は特定の人物による創作ではなく、社会の産物ですから、初期の状況は推察するほかありませんが、貫之の時期には、すでに「文字」とよばれるようになっていました。

ちはやぶる神代には、歌の文字《もじ》も定まらず、（略）人の世となりて、素盞《すさの》

烏尊《をのみこと》よりぞ、三十文字《みそもじ》あまり一文字《ひともじ》は詠みける〔古今和歌集・仮名序〕

たとひ、時移り事去り、楽しび悲しび行き交ふとも、この歌の文字あるをや〔同〕

ありとある上下《かみしも》、童《わらは》まで酔《ゑ》ひ痴《し》れて、一文字をだに知らぬ者しが足は十文字に踏みてぞあそぶ〔十二月廿四日〕

みんな酔いつぶれて、「一」という文字さえ知らない者が足は「十」という文字を踏んで遊んだということで、この場合の「文字」は漢字をさしています。現代語の〈十字架〉〈L字形〉〈T字路〉などと同じように、漢字の字形になぞらえた捉えかたです。青谿書屋本には、「一文字」、「十文字」と漢字で表記されています。

この歌どもを、人のなにかと言ふを、ある人、聞きふけりて詠めり、その歌、詠める文字《もじ》、三十文字《みそもじ》あまり七文字《ななもじ》、人みな、えあらで、笑ふやうなり〔一月十八日〕

そばの人が和歌の批評をするのをじっと聞いていて詠んだ歌が三十七文字あった。居合わせた人たちが、我慢できずに笑っているようだった、ということで、「文字」が三箇所、続いて出てきますが、どれも仮名で「もし」と表記されています。「一文字」「十文字」は漢語の語形で、モンジ、そして、三十文字《もじ》、七文字《もじ》は、和語に融和して実質的に和語になっていたモジだったのでしょう。

あやしく、歌めきても言ひつるかな、とて書き出《い》だせれば、げに三十文《みそも》字《じ》あまりなりけり〔二月五日〕

『源氏物語』や『枕草子』には、つぎのように、発話までが「文字《もじ》」とよばれています。

ことわりや、聞こえ違《たが》へる文字かな、とて〔源氏物語・花宴〕

＊ごもっともです、わたしの申し上げかたがいけませんでしたね、ということ。

同じことなれども聞き耳異《こと》なるもの、法師のことば、男のことば、女のことば、下衆《げす》のことばには必ず文字あまりたり〔枕草子〕

最後の部分は、身分の低い卑しい人たちは、たとえば、「思はる」、「過ぐ」ではなく、「思はるる」、「過ぐる」と、必ず余計な文字を付けて言うのが耳につく、という意味だと筆者は解釈しています。これもまた、仮名文字と音節とを区別なしに「文字」とよんでいる事例です。下層の人たちが終止形の代わりに連体形を使っていたわけではなく、それが日本語の新しい終止形だったからです。古典文法の終止形は「来《く》」、「為《す》」、「落つ」、「流る」ですが、口語文法の終止形は「来る」、「する」「落ちる」「流れる」です。庶民階級の日常語には、その変化が生じつつありました。一般に、新しい言いかたは庶民階級の間に生じ、下品なことばとして排斥されながら定着するものです。

「ちはやぶる神代には、歌の文字も定まらず」と、仮名を「文字」とよぶようになったのは、音節文字を数えて韻律を確かめたことから始まっているようです。日本語の音節がCV（a consonant + a vowel）、すなわち、ひとつの子音とひとつの母音との組み合わせであるために、指を折って和歌の音節数を確認することは、そのまま、仮名文字を数えることでもありました。そのために、音節と仮名とが意識のうえで融合し、紙に書いても書かなくても、「文字」を数えることになったのでしょう。

右に引用した『源氏物語』と『枕草子』との例では、和歌ではなく、発話された音節やことばづかいまで「文字」として捉えられています。

「文字」といえば漢字をさしたのに、仮名が、もうひとつの「文字」として加わったので、二種類の「文字」を対比的に捉える場合に別々の名称が必要になりました。いちばん自然な命名は、それぞれの「文字」に対比的な限定詞を添えることです。「男文字」、「女文字」というよびかたは、そういう動機で作られたセットでした。

貫之が『土左日記』で、自分が作った「男文字」、「女文字」という語をいきなり使っても、読者は、どちらがどちらなのか、すぐにわかったはずです。しかし、直感的に判断できても、どうして漢字文が男性に結びつき、仮名文が女性に結びつくのかと問われたら、説明できるでしょうか。問題は、男性と女性との違いについての社会通念のうち、どういう特性が、漢字と仮名との特性の違いに結びつけられたのかということです。

漢字文を「女文字」とよび、仮名文を「男文字」とよんだら、だれでも違和感をおぼえるでしょう。違和感の根源は、それぞれの属性をつぎのように捉えていることにあります。

漢字、漢字文……直線的　端正（きちんと）　フォーマル　強　→　男性的
仮名、仮名文……曲線的　柔和（なよなよ）　インフォーマル　弱　→　女性的

右のような対比的特性が日本社会における男性と女性とのイメージと自然に結び付いて、「男文字」、「女文字」と名づけられたのでしょう。現行の印刷体にもそういう面影は残っていますが、毛筆で書かれた漢字文や仮名文を脳裏に描いて考えれば、いっそうよくわかります。ただし、それだけではなさそうです。異色の書家、石川九楊は、このことに関連してつぎのように述べています。

> 新生の文字・平仮名を日本では女に喩え、男＝漢字と対をなすものと位置づけた。文治の東アジア文化圏においては、漢文・漢詩・漢字で政治をとりしきることは犯すことのできない不文律である。そのような空間に新生の文字をつくり上げたとき、その文字を正式のものではないというポーズをとることは言わずもがなの共通の認識であった。

〔石川九楊『日本書史』第15章「女手＝平仮名の誕生」名古屋大学出版会・二〇〇一〕

正統の書史研究から導かれた鋭い洞察です。なお、右の引用で「平仮名」、「女手」がさしている対象は、筆者のいう「仮名」に当たります。

以上のことに関連して、ひとつの経験を思い出します。はじめて東欧に行き、ワルシャワのホテルでトイレを探したら、△印と○印とふたつのドアが並んでいたので、とっさの判断で△印のドアを押しました。同じ場面では、だれでも筆者と同じ判断をするでしょう。△と○との対比は、「男文字」と「女文字」との対比と根がつうじています。

■一次的仮名連鎖、二次的仮名連鎖

この用語は筆者の造語ですが、一次、二次の順序は、テクストを読む側から捉えたものであって、複線構造の表現を構成した立場からは、一次、二次の順序が逆になります。すなわち、「をむなもしてみむ」の場合でいえば、作者の脳裏に「女文字」という語が先にあり、それに相当する仮名連鎖「をむなもし」を上手に組みこめる仮名連鎖を工夫したはずだからです。

『土左日記』の前文が、日記を女性も書いてみようという意思表示ではなく、日記を仮名文で書いてみよう、という意思表示として読むべきだとしたら、この一文について、筆者がさきに提示したいくつもの不審や疑問は一挙に解消し、また、解決します。

なにより不思議だったのは、ほかならぬ貫之が、どうして、これほど稚拙で不自然な表現で、事実上、なんの情報も含まない断り書きを作品の冒頭に据えたのかということでしたが、「をむなもしてみむ」、「をとこもすなる」という複線構造を構成するための工夫であり、読者に不自然さを感じさせ、この裏になにかあるはずだと疑わせるためのシカケであったとすれば、疑問は氷解します。

先行する部分に、〈書き記す〉という意味の動詞やそれに相当する表現がないのに、「男もすなる」、「女もしてみむ」と、サ変動詞を重複して使用している不自然さは、仮名連鎖「をむなもし」を組み込む入れ物を作るためだったとすれば、それは当然の処置でした。「をとこもすなる日記」についても同様の説明が可能です。

「女もしてみむ」を男性の貫之が女性に仮託したものとみなし、その理由についてさまざまの解釈が提示されてきましたが、二次的仮名連鎖「をむなもし」が析出されたことによって、女性のわたしも書こう、ではなく、仮名文で書こうという意味であることが明らかになりました。

女性仮託を前提とするなら、つぎの状況把握は基本的に正しかったことになります。

そのような（新撰和歌序などのような—小松補）漢文の書き手であった貫之が仮名散文を書くについては、それなりの理由があったはずである。（略）

> しかし、土左日記については、作者女性仮託と併せて種々の説明がなされているものの、万人の納得し得るような定説はおろか、通説すらもない。

〔秋本守英『仮名文章表現史の研究』「紀貫之と仮名散文」・思文閣出版・一九九六〕

ただし、そのあとに提示されたつぎの解釈を万人が納得するかどうかは別の問題です。真実に近づいていることは確かですが――

> つまり、土左日記を仮名文で書いたことも、作者を女性に仮託したことも、ともに和歌の指導者紀貫之が、和歌の方法を仮名散文に持ち込むことによって、実用の文章ならぬ文芸の文章としての新しい可能性を開拓しようとするためだったのである。

著者がいうところの仮名散文に持ち込まれた「和歌の方法」とはどういうことをさしているのか、具体例に即した説明がないとわかりません。

■思い込みが真実から遠ざける

「女文字」が、書き手の示したこの作品のキーワードであることがわかったのに、まだ、その判断の妥当性を確かめていることを、読者は、筆者個人の、あるいは、文献学的アプローチの、病的なこだわりと感じるかもしれません。しかし、土台をしっかり固めておかないと、なにかひとつ疑問がわいてきただけで全体がぐらぐらになってしまいます。

これまで、少なからぬ専門研究者がこの前文について大学で講義したり、論文や注釈書を書いたりしてきたのに、だれひとりとして女性仮託を疑わず、また、表現の不自然さを指摘せずに、作品の本質を取り違えたまま無意味な議論を重ねてきました。「前車の覆《くつがへ》るは後車の戒め」〔漢書〕です。我々の責任は、後車が安全に踏んで進むことのできる轍《わだち》の跡を残すことです。

検証は常識を踏み外してはなりません。ただし、この場合の常識とは、世間常識ではなく、論証の手順に手抜きや飛躍を含まないことですから、硬い表現をすれば、学的《アカデミックな》レヴェルの常識です。検証の過程に世間常識を持ち込むと、検証の過程も、導かれた帰結も、すべてお茶のみ話になってしまいます。筆者は、学問至上主義のような立場でこのようにいっているわけではありません。

説明できない事柄が出てきても、そのことに触れなければ、だれも気づかないだろう、そこまで細かく詮索する人はいないだろう、とタカをくって蓋をすることは許されません。説明のつかないことや証明できないことがあれば、そのことを明示的に断っておくのが研究者の責任です。なぜなら、別の頭脳で新たな観点から検討しなおせば、思わぬ発展がありうるからです。

貫之が、「女もしてみむとてするなり」と冒頭に記しているのだから、女性に仮託したことに疑う余地はないと確信して、仮託した理由を解明しようと試みても、思弁《スペキュレーション》に陥って、「万人の納得しうるような定説はおろか、通説すらもない」〔秋本守英〕状態の堂々巡りを繰り返してきたことは、思い込みによる安易な決めつけが、我々を真実から遠ざけてきた典型的事例として銘記すべきです。

■新たな疑問

ひとつの疑問が解決すると視野が広がって、つぎの疑問がわいてきます。

ここに来て疑問になるのは、定家が前文を「乎とこもすといふ日記といふ物を、おむなもして心みむとてするなり」と思い切った書き換えをしていながら、どうして、「乎とこもすなる」を「乎とこのすなる」と書き換えなかったのだろうかということです。

定家は、歌論書『近代秀歌』に、つぎのように述べています。

> 昔、貫之、歌の心巧みに、丈《たけ》及びがたく、ことば強く、姿おもしろきさまを好みて、余情妖艶《よせいえうえん》の躰《てい》を詠まず

貫之は、和歌の発想が巧みで格調が高く、明確なことばづかいによる絶妙な表現を好み、（連体形や名詞などで言い止《さ》したあとに）余韻の美しさが残る、（当代の和歌のような）深みのある詠風を好まなかった、ということです。

この叙述から明らかなとおり、定家は、平安前期の和歌が、仮名文字の連鎖を目で追いながら、頭を使って読み解くように作られていることに気づいておらず、その前後の時期と同じように、線条性に基づいて表現されていると信じています。それは、洞察力が欠如していたからというよりも、平安前期の和歌表現の重心がことばから仮名文字にシフトしていたこと自体が、仮名文字の形成にともなって発達した特異な現象だったからです。和歌の詩形が変わっていなかったために、重心が仮名文字からことばに再びシフトしていたことに、すなわち、言語表現として自然なありかたに戻っていたことに、定家は気づきませんでした。まして、散文にまで複線構造の技法が及んでいたことに思い及んだはずはありません。定家の脳裏にあったのは、せいぜい、単純な掛詞の技法ぐらいのものでした。

定家が、「乎とこもすなる」を「乎とこもすといふ」と改めておきながら、どうして、もう一歩、「乎とこのすといふ」と改めなかったのか、現在の筆者には説明できません。

定家はスナルやシテミムに気を取られて、「をとこも」のモにまで注意が及ばなかったという可能性は十分にありえます。上手の手から水が漏るという諺もあります。そういう想定を支持する状況根拠もあります。それは、病弱で目が極端に悪い老人であった定家が『土左日記』の証本テクストをわずか二日間で整訂し終えていることです。最初から焦りがあったでしょう。しかし、定家がみずから「老病中、眼如盲」と記していても、具体的状態はわかりません。はっきりしているのは、証本全体をつうじて細かい心配りが行き届いていることです。ここだけに「老病中、眼如盲」を持ち出したら御都合主義になってしまいます。

一定のモノサシですべての対象を処理すると、ボーダーラインの事例が必ず出てきます。定家の整訂したテクストにも、手を加えるべきかどうか迷ったあげく、どちらかに決めた事例は少なくないはずです。「乎とこも」のモの場合も、そういう事例のひとつだったかもしれません。しかし、そうでなかったかもしれないので、結論は保留せざるをえません。よく調べてよく考えれば、あらゆる疑問を解決できるわけではありません。オソラク〜ダロウ、〜カモシレナイ、〜ナノデハナイカ、という可能性を根拠にして、肯定も否定もできない解釈を提示するのは慎むべきです。

解決を保留した疑問の数が多いほど、テクストの理解は深まると筆者は考えています。基礎を着実に固めておけば、いつの日か、だれかがきれいに説明してくれると信じています。

追記　定家本の奥書に、読み解けない箇所は、もとのテクストどおりに書いておいた（只任本書也）と記されています。どの部分をさしているかは不明ですが、「乎とこも」の「も」もそのひとつであったなら、どうして「乎とこの」に改めなかったのかという疑問は解消します。ありうる可能性のひとつとして指摘しておきます。

■貫之筆『土左日記』のテクストをイメージする

『土左日記』の前文から析出された「男文字」、「女文字」が、それぞれ、漢字と仮名とをさすための貫之による臨機の造語であり、前文は、この作品を仮名文で書こうという意味であるというのが前章までの検討から導かれた帰結ですが、仮名文といっても、具体的にどのような字体の仮名が、どのように運用して書かれていたかを具体的にはイメージできません。端的にいえば、毛筆を手に持たされて、『土左日記』の前文を、自分の想像で、貫之が書いたように書けといわれても見当がつかないということです。

博物館や美術館には、伝貫之筆、伝道風筆、伝公任筆などと記された、仮名の書の名品が展示されているし、書の手本として複製されているものもたくさんありますが、それらのほとんどは十一世紀後半から十二世紀にかけての能書が書いたものですから、わかりやすく言えば、貫之と定家との中間ぐらいの時期の芸術作品です。

「伝貫之筆」とは、近世の古筆鑑定家が、貫之の筆跡に相違ないと極札《きわめふだ》（鑑定書）を付けたものであり、現在はその鑑定が否定されているという意味であって、意図された贋作《がんさく》ではありません。結果としてはいいかげんな鑑定だったことになりますが、伝貫之筆のテクストが、仮名の書として最高の傑作ぞろいであることは動きません。そのような鑑定がまかり通っていたのは、貫之が『古今和歌集』随一の歌人であったのと同じぐらいに、傑出した能書でもあったと信じられていたからです。

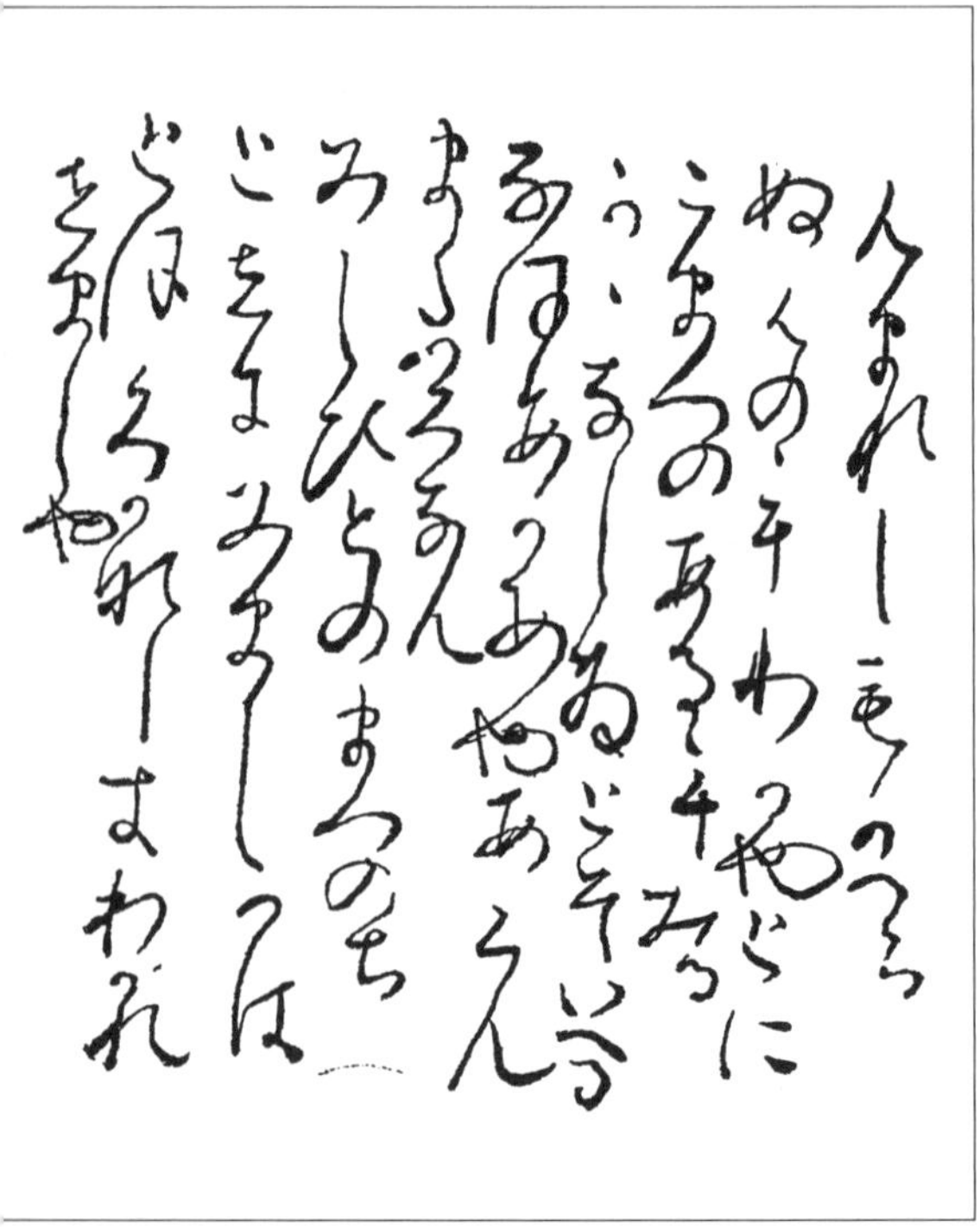

定家臨写（尊経閣文庫蔵）

■定家の臨写した貫之自筆『土左日記』

前文にそのように断られているのですから、『土左日記』の貫之自筆テクストは、仮名女文字で、すなわち、仮名文で書かれていたはずです。

『土左日記』の貫之自筆テ

クストは失われましたが、幸いなことに、定家がその末尾部分を忠実に臨写したものが残っているので、貫之の書いた仮名文テクストのおおよその姿を推察することができます。［図版］

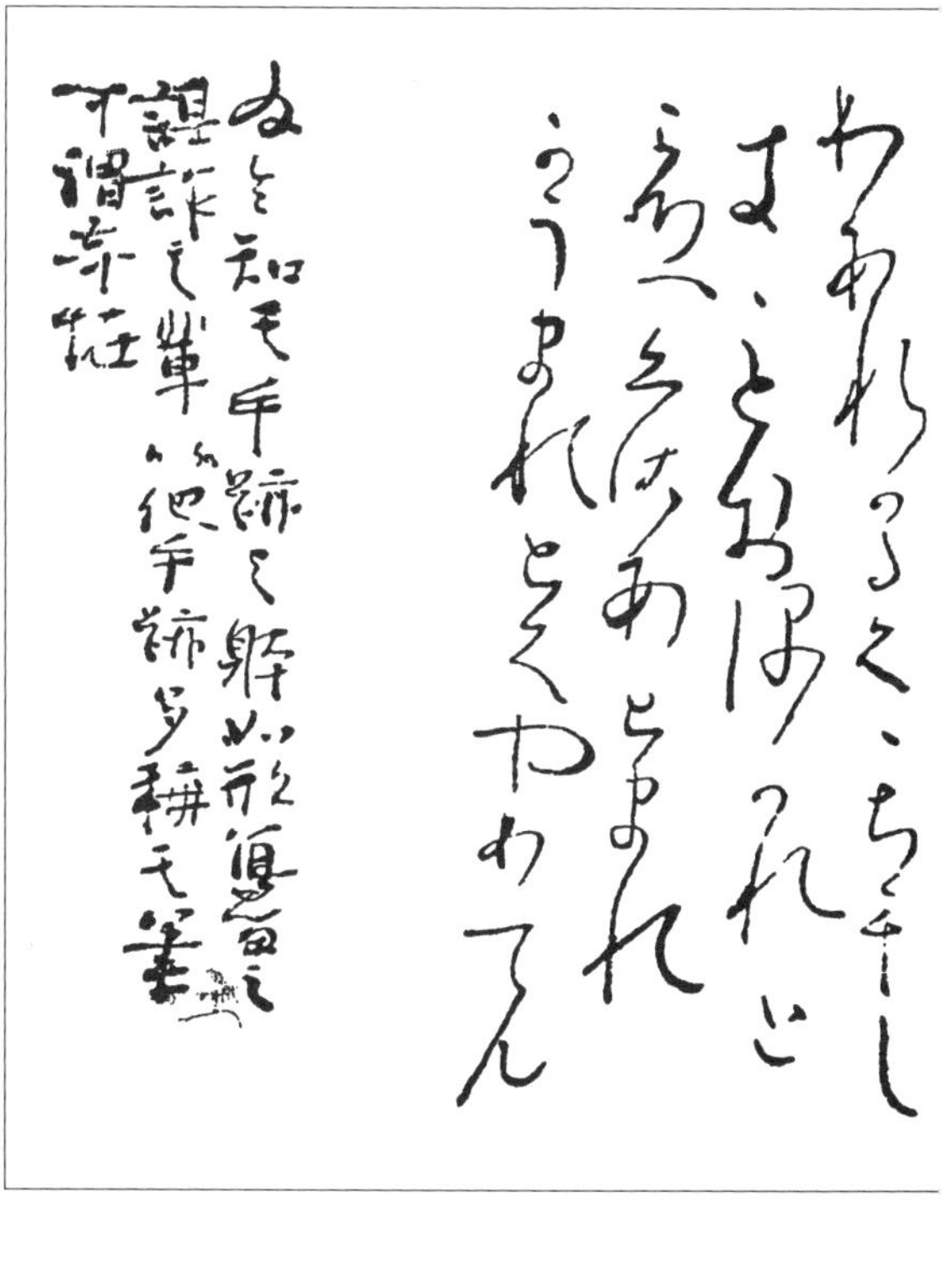

臨写のあとに、定家はつぎのように書き添えています。

為令知手跡之躰、如形寫留之
謀詐之輩、以他手跡多称其筆
可謂奇怪

手跡《シュセキ》ノ躰《テイ》ヲ知ラ令《シ》メムガ為ニ、形ノ如クニ写シ留《トド》ム。
謀詐ノ輩《ヤカラ》、他ノ手跡ヲ以《モッ》テ、多クソノ筆《ヒツ》ト称ス、
奇怪ト謂《イ》フベシ

［図版より］

无《む》まれし　毛　可へら
ぬ　无《も》の乎《を》　わ　可《が》やと《ど》に
こまつの　ある乎　みる
可《が》ゝ《か》なし散《さ》　とそ《ぞ》　いへる
な保《ほ》あ可数《ず》やあ　ら无《む》
ま多《た》か久《く》なむ
みしひとの　まつのち
と　世《せ》に　みまし可は《ば》
と保《ほ》　久《く》可《か》那《な》し支《き》　わ可れ
（せ）世ましや
わ数《す》れ　可《が》多久ゝ《く》ち乎し
支《き》　ことお保可れ　と《ど》
衣《え》つ久佐《ざ》数《ず》　とまれ
かう　まれ　と久　やり　て无《む》

生まれしも　帰らぬものを　わが宿に
こ松のあるを　見るが悲しさ　とぞ　言へる
なほ　飽かずあらむ　また　かくなむ
見し人の　松の千年に　見ましかば
遠く悲しき　別れせましや
忘れがたく　くちをしきこと　多かれど
え尽くさず　とまれかうまれ　疾く　破りてむ

貫之の筆跡がどのようなものであったかを知ることができるように、それをそっくりにまねて写し留めておく。詐欺師の連中が、他人の筆跡を貫之の筆跡と称しているのは怪《け》しからぬことだ、ということです。

「如形寫留之」とは、もとのテクストを見ながら、できるだけ忠実に写し取ったという意味でしょうが、文字の大きさや太さ、連綿などまで守っているのかどうか、には疑問があります。

定家が若い時期から見てきたたくさんの仮名文テクストのなかには、貫之の真筆と称するものも少なくなかったでしょう。それらを比較するといくつもの異なる筆跡が混在しているので、偽物があることには気づいても、真偽を判別する決め手がありませんでした。なぜなら、これこそ真筆だと断言できるテクストがなかったからです。しかし貫之筆の『土左日記』にめぐりあったことによって、それまで見たものがすべて偽物だったとわかり、「可謂奇怪」と、怒りを表明しています。

■小野道風筆『和漢朗詠集』

定家が「謀詐之輩」云々と書いてから数十年後に成立した『徒然草』につぎの挿話が記されています。それは、小野道風《おののとうふう》筆と称する『和漢朗詠集』を持っていた人に、ある人が、藤原行成（九七二～一〇二七）が編纂した『和漢朗詠集』を道風（八九四～九六六）が書いたとすると時代が逆のようで気がかりですと言ったところ、持ち主は、それだからこそ、めったにないものなのだと言って、いよいよ秘蔵した、という話です〔第八八段〕。定家の時期にも、貫之筆と称するいかがわしい偽物が横行していたに相違ありません。

■定家の模写した『土左日記』の価値

この模写は、当時における仮名文テクストの実態を知るうえで、まさに百聞は一見に如《し》かずの、きわめて貴重な資料です。全部で十四行しかありませんが、これだけあれば、当時における仮名文テクストのひとつの姿を知ることができます。もとより、文字には個人差があるので、これはひとつの姿にすぎないし、定家の筆癖が多少とも反映されている可能性もありますが、およそのイメージは捉えることが可能です。

貫之の真筆と認められる仮名文テクストはひとつも伝存していないので、貫之の筆跡の面影を知る手掛かりはこれ以外にありません。

■定家の筆癖

池田亀鑑は、この模写について、つぎのように述べています。

彼が巻末に模写した部分を見ると、拙劣な臨摹《りんも》ながら、貫之時代の風格をしのぶ事が出来る。〔『土佐日記』解説四・岩波文庫（旧版）・一九三〇年〕

定家の手蹟には特殊の癖があるが、臨摹の部分にはこれが殆《ほとん》どあらはれず、稚拙ながら原本の特色・風格が示されてゐる点。

〔『古典の批判的処置に関する研究』一九四一年・第一部第二章第二節〕

筆者は大学以前の実学歴が空白に近いために、書道を学校で学ぶ機会がなく、そのうえ極端に不器用なので金釘流で通してきました。毛筆で書いた文学作品のテクストを扱うようになって、読みかただけは独習でひととおり身につけたものの、どのような筆をどのように使って書いたテクストなのか見当がつきません。その程度の能力で、池田亀鑑の見解を批判するのは気がひけますが、いろいろと調べている間に、筆者もそれなりの勘がはたらくようになっているので、定家の手跡の「特殊の癖が（略）殆どあらはれず」という認定をそのままには受け入れがたいところがあります。

「殆どあらはれず」とは、裏返せば、いくらかは表われていることを意味します。「殆ど」を使うと、〈山には、ほとんど雪がない〉というように、数量を特定したり、具体例を指摘したりせずに表現が完結しますから、書き手がどこにその形跡を認めたのか、読む側にわからないので議論になりません。明言できない場合にたいへん便利な表現ですが、「殆ど」の誘惑を排除しなければ検討の対象が特定できません。しかし、ここで筆者の弱みが出て歯切れが悪くなってしまいます。なぜなら、この模写全体に定家の筆跡の雰囲気が漂っていることを筆者は感じ取るのですが、どこに、どのようにと具体的に指摘できないからです。ただし、定家の筆癖が出ていても、貫之の書いた仮名文テクストの特色を把握するうえで障害になるほどではないといってよいでしょう。

定家の筆跡になじんでいれば、彼の筆跡に「特殊の癖」があることをだれでも知っています。ただし、だれの筆跡にも癖は付き物ですから、「特殊」といわずに、その弁別的特徴を指摘しなければ客観的な議論はできません。さきに述べたように、世間常識のレベヴェルで書いたものを、世間常識で素直に納得してしまうようでは、お茶呑み話のレヴェルから抜け出せません。「特殊の癖」などと表現されたばかりに、この模写にその癖が「殆ど」出ていないか、雰囲気として全体を支配しているかという低レヴェルの対立になってしまうので、毛筆の運用のしかたに即して説明すべきです。「殆ど」とか「特殊の」とかいう漠然たる表現しかできないなら、そのことに言及しても意味がありません。

■稚拙な臨摹

「特殊の癖」とともに問題になるのは、「拙劣な臨摹ながら」、「稚拙ながら」という表現です。問題を二つに分ければ、①池田亀鑑は定家の模写を「拙劣」、「稚拙」（以下、「稚拙」で代表）と評価していること、そして、②稚拙な模写であるのに、「原本の特色・風格」をとどめていると認めていることです。

キーワードは三つ。臨写の拙劣さ、筆跡の特色、筆跡の風格ですが、いずれについても、評価や判断の客観的尺度はありません。

この模写が稚拙だとしたら、①稚拙な貫之の筆跡を、定家が忠実に写し取ったか、②貫之の流麗な筆跡を、定家が稚拙にしか模写できなかったか。③貫之の稚拙な筆跡を定家が稚拙に模写したか、そのいずれかですが、池田亀鑑は①③の可能性を考慮せず、②に短絡しています。

短絡の原因は、貫之ほどの能書が稚拙な文字を書いたはずはないという思い込みにあります。伝貫之筆の仮名の書は、先に述べたとおり、いずれ劣らぬ名品ぞろいです。卓越した歌人であり、名文家でもあった貫之は、抜群の能書でもあったはずだという思い込みです。しかし、かつて貫之筆と鑑定されたテクストが、ひとつ残らず「伝」になってしまった現在、貫之の筆跡の面影をとどめるものはこの模写しかありません。芸術品として書かれた流麗な伝貫之の筆跡に比べたら、定家による模写が上手に見えるはずはありません。

池田亀鑑は、模写の筆跡を稚拙であると評価し、その理由を全面的に定家のせいにしています。しかも、臨写が稚拙なのに、「原本の特色・風格」がとどめられているとみなしているところに御都合主義を露呈しています。稚拙という語を使うなら、もとになった貫之の筆跡が稚拙であり、定家はそれを精一杯、忠実に写し取った可能性も考えるべきでした。

■定家の模写を読んでみる

平安時代の仮名文学作品について豊富な知識をもつ読者でも、活字印刷の校訂テクストしか読んだことがなければ、ミミズが這ったような毛筆のテクストを敬遠したくなるかもしれません。また、仮名の書に練達している読者でも、これと似た文字の仮名文テクストは目にしたことがないか、あったとしても、まともに取り組んだ経験はないでしょう。なぜなら、どう見ても、手本にして練習したくなるような美しい仮名ではないからです。筆者が見てさえ、芸術的価値があるとは思えません。かといって、稚拙だという評価も支持できません。『土左日記』は、仮名文で記した日記のテクストであり、仮名の美を発揮した芸術作品ではないからです。その意味で実用的な仮名文テクストですから、書き手に要求されたのは、流麗に書くことではなく、正確に、そして、すばやく読み取れるように書くことでした。

一例として、二首の和歌のうち後者（七行—十行目）の書きかたを見てみましょう。

　　み　しひ　との　まつのち
　　と　せに　みましかは
　　とほ　く　かなし　き　わかれ
　　　せましや

音数律が手掛かりになりますが、和文をこのように書いたら、すらすらとは読み取れません。青谿書屋本の対応部分はつぎのように書かれています。

　　みし　ひとの　まつのちとせに

みましかは　とほく　かなしき
　わかれせましや（わすれかたく）

このように書いてあれば、「見し　人の　松の千年に　見ましかば　遠く悲しき　別れせましや」と容易に読み取ることができます。定家は個々の仮名文字を貫之の筆跡とそっくりに写し取ることに神経を集中して、連綿にまで気が回らなかったようです。

細かく見てゆくと、この模写には、ほかにも疑問があります。たとえば、「わすれかたくゝちをし（改行）き」（十一行目）の連読符（ゝ）に対応する文字が、青谿書屋本では、改行された行頭に「く」の仮名で書かれています。どちらのテクストも貫之の自筆テクストを忠実に写し取っているはずですが、貫之自筆のテクスではどちらだったのでしょうか。ちなみに、連読符は次行に送らないのが原則です。

定家本と青谿書屋本との奥書には、それぞれ、末尾に、つぎのように記されています。

　定家……不読得所ゝ多、只任本書也
　　読み解けない部分があちこちにたくさんある。そういう箇所は判断を加えず、もとのテクストのままに書いておいた（任本書也）。
為家……以紀氏正本書写之、一字不違、不読解事少々在之
　紀貫之自筆テクストを、一字も違えずに書写した。読み解けない事が少

しある。

父親は、読み解けないところが多いと記し、子息は少々あると記していますが、どの部分が読み解けなかったかは記していません。「多」も「少々」も、絶対数ではなく、印象を表わしています。

すでに見たとおり、定家は貫之の書いた仮名文字をそっくりに模写することに精一杯で、もとのテクストの仮名の切れ続きをないがしろにしています。同じことは青谿書屋本のテクスト全体にも当てはまるでしょう。なぜなら、為家は、「散＝さ」、「数＝す」、「乎＝を」、「支＝き」など、自分自身は使わない仮名字母を原本どおりに写し取るために、注意を集中した形跡があるからです。

貫之の自筆テクストを直接に写した最後の人物、三条西実隆は、奥書の末尾に、つぎのように記しています。

古代仮名、猶科蚪、末愚臨写、有魯魚哉、後見輩、察之而已

古代の仮名は、まるでオタマジャクシのようだ（猶科蚪）。愚鈍な人間が臨写したので、「魯」と「魚」とのように字形の紛らわしい文字を取り違えているだろう。このテクストを見る人はそういう誤りを見破ってほしい、ということです。

■こまつのあるを見るが悲しさ

すでに述べたとおり、校訂テクストでは「こまつ」に「小松」を当てる決まりになっていますが、〈芽生えたばかりの、これから千年《ちとせ》を生きつづける小さな子どもの松〉ですから、「こ」の意味を「小」に限定すべきではありません。正月の子《ね》の日の行事として「こまつ」を引いて千年《ちとせ》の齢《よわい》を祈るのは、十二支の「ね」を「子」と書くことと無関係ではないでしょう。年中行事として引いた松ですから、背の低い松でさえあれば、どれでも「こまつ」とよばれたわけではありません。

生まれしも　帰らぬものを　我が宿にこまつのあるを　見るが悲しさ

この和歌の「こまつ」は、「子松」という意味を含めて読まなければ理解できません。

(a)もとはなかった小松の生え育っているのを見るのが〔萩谷朴〕
(b)このわが家には小松が生えている〔木村正中〕
(c)わが家にその間に育った小松があるのを見るのは〔菊地靖彦〕

三つの注釈書の現代語訳は、どれも「小松」ですから、「子松・小松」とみなす筆者の解釈と違っていますが、それはともかくとして、(a)に、「もとはなかった」と補足しているのは、小松が留守の間に自然に生えたという理解を表わしています。しかし、これは、土佐に赴任する直前の正月の子の日に引いて植えた「こまつ」でなければ、そのつぎの和歌と整合しません。あのときの「こまつ」は、数年の間にすくすくと成長しているのに、いっしょに生まれた我が子はもういない。あの子もこの松と同じに千年の命を授かっていたら、遠い土佐の国などで悲しい別れをしないですんだのに、ということです。(b)も(c)も、それと同じ理解に基づいているようです。

　これらふたつの和歌には、幼くして世を去った我が子を偲ぶ心情が切々と表明されており、それが作品全体の余韻として強く残ります。女性に仮託した日記だと思い込んで読みはじめた読者でも、ここまで来るとそれを忘れ、貫之の心情としてすなおに共感を覚えるでしょう。ただし、文学作品としては、右のような解釈でよいかもしれませんが、筆者は、別の意味で、これら二首の和歌に注目します。なぜなら、これらの和歌は、『土左日記』の本質を把握するうえで重要なカギになると考えられるからです。

　兼輔朝臣《かねすけあそむ》なくなりてのち、土左のくによりまかりのほりて、かのあはたのいへにて、

ひきうへ《ゐ》し　ふたはのまつは　有なから　君かちとせの　なきそ悲《かなし》き　つらゆき

〔（定家筆の透写）後撰和歌集・哀傷・一四一一〕

＊引き植ゑし　双葉の松は　ありながら、君が千年の　なきぞ悲しき

藤原兼輔は、貫之が土佐から帰任する二年まえ、九三三年に没した。

この和歌の発想が『土左日記』の末尾の二首と著しく類似していることは、すでに指摘されているとおりです。『土左日記』のほうは、これを二首に分けて詠んだ形になっています。「双葉の松」は芽を出したばかりの、かつて、正月の子の日に兼輔といっしょに引いた「こまつ」ですが、ともに長寿を祈った兼輔は亡くなってしまったので、もはや「小松」としての意味を失っています。それで、「双葉の松」と表現したのでしょう。ちなみに、マツは単子葉植物なので、芽が双葉ではありませんから、観念的に捉えています。『土左日記』の場合にも、目前にあるのは引き植えてから数年を経た松ですから「小松」ではなくなっていても、作者にとっては亡くなった女児と不可分の「子松」でした。

『土左日記』が実録なら、京の自宅に戻ったときにふたつの和歌を詠んで日記を結び、そのあと、土佐在任中に亡くなっていた兼輔の、粟田にある別荘を訪れて右の和歌を詠んだことになりますが、実際にはその逆で、帰京してまもなく兼輔の別荘を訪れて右の和歌を詠み、その印象がまだ強く残っているときに、日記の結びにそれを二首の和歌にしたと考えるのが自然でしょう。要するに、この作品は基本的にフィクションなので、亡くなった女児がほんとうにいたのかどうかも疑問です。もし、いたとすれば貫之が七十歳に近いころに生まれた計算になります。

わが家におけると、恩顧の深い兼輔家におけると、恐らく同様の感懐を抱いて、同様の表現が生まれたと考えるべきであろうが、もし、貫之がそのような幼児を持ち、かつそれを土佐で喪《うしな》ったということ自体が虚構であったとするならば、兼輔家での哀傷歌が先で、それを、土佐日記の世界に移植したということもできる。〔萩谷朴〕

ふたつの可能性を想定している点で筆者と同じですが、筆者は作品そのものをフィクションとみなしているのに対して、萩谷朴は「〜べきであろうが、〜ということもできる」という腰の定まらない表現からうかがえるように、筆者と逆の選択に大きく傾斜しているところに違いがあります。第Ⅲ部で「それの年」という表現について検討するときのために、この違いを記憶しておいてください。

■女手についての俗説

「女文字」という語は、『土左日記』の前文を書く際に貫之が臨機に考え出した語であろうと推定しましたが、「女文字」とよく似た語に「女手《をむなで》」があります。

『全文全訳古語』の「女手」の項には、〈(「手」は筆跡の意。女性用の文字の意)平仮名。「女文字」とも〉という解説があり、『源氏物語』(梅枝)から用例が引用されていました。

「女文字」も「女手」も平仮名をさす語だったとすると、『土左日記』で貫之が臨機に使用した「女文字」という語は世に知られずに終わり、あとの時期に、それと同じ対象をさす「女手」という語が作られたことになりますが、はたして、そのとおりでしょうか。

「女文字」を「女手」の同義語と決め付けてきたのは、男性が漢字を書き、女性が平仮名を書いていたという共通理解があったからです。また、「女性用の文字の意」といういいかげんな説明も、それと同じ共通理解に基づいています。しかし、裏づけなしにそのような説明で済ませるのは安直すぎますから、改めて、「女手」の実態について検討してみましょう。

■仮名、平仮名、草仮名の定義

本書では、つぎの定義のもとに「仮名」、「平仮名」、「草仮名」を区別していることを再確認しておきます。

仮名……平安初期に形成された、清音と濁音とを書き分けない音節文字の体系。連綿の有無や墨継ぎ、文字の太さなどによって語句の境界を明示できるので、楷書体の借字よりも効率的な読み取りが可能になった。

平仮名……仮名の体系を受け継いだ、清音と濁音とを書き分ける音節文字の体系。句読点を交える現行の書記様式に使用されている。個々の文字が独立しており、前後の文字と関連づけて書かないので、毛筆で書く必要はない。

草仮名……字源になった漢字が透明な、あるいは半透明な程度に草体化された日本語の音節文字。連綿や墨継ぎは運筆の都合によって不規則に生じるだけで語句のまとまりを表示する機能をもたないため、音数率で区切ることのできる韻文にしか使用されていない。

■連接構文

ここでたいへん大切なことを付け加えておきます。それは、仮名文テクストにどうして句読点が使用されていないかです。

仮名文テクストは、ちょうど貨物列車のように、つぎからつぎへと句節が継ぎ足されて構成され、ひとまず書き終わったところが文末になるという融通自在の方式で構成されています。筆者はそれを連接構文とよんでいます。原理は日常の発話行為と共通しており、大学の講義のような硬い内容でも連接構文で話されています。現今の新聞記事や本書の文章のような、句読点を組み込んだ、その意味で整えられた拘束構文とは質的に違っています。

このあたりでひとまず列車の編成を切り、残りの車両は後続の列車として編成することを明示しようとする場合には、しばしば助詞ゾ、ナムなどでそのことを予告して切る方式がとられます。いわゆる係り結びです。読むときには、それらの助詞と呼応する連体形のあとにポーズ（pause）が挿入されます。ナムを使うのはそのあと話題を変える場合です。貨物列車にたとえれば、つぎの列車の行く先が変わりますから、結びの連体形のあとのポーズは長くなります。つぎの列車が編成されずに終わることもあります。

古典文法では、ゾ、ナムの機能を強調と説明していますが、その語句を強調したとたんに文が切れてしまうのはどうしてなのですかと教室で質問したら、どんな答えが返ってくるのでしょう。ちなみに、中世に接続詞が発達し、予告して切る必要がなくなったために、ゾ、ナムの係り結びは不要になって、自然に消滅しました〔『日本語の歴史』7〕。

■仮名文と句読点

仮名文テクストで句節と句節との間に挿入されるのはポーズです。現代語の書記様式に使用される句読点はテン（読点《とうてん》）とマル（句点）の二種類ですが、ポーズは伸縮自在です。日常の発話を観察すればそのことがよくわかります。

九世紀や十世紀の人たちは、句読点を使うことに思いつかなかったのだろう、などと一人合点してはいけません。仮名文テクストに句読点を挿入したら表現が半殺しになってしまいます。「はるは　あけほの」を一息《ひと》に読むか、「はるは」のあとに短いポーズを置くかで、文章の味わいが違ってきます。注釈書の校訂テクストでは、そのあとテンを付けたりマルをつけたりしていますが、ここは長めのポーズです〔『仮名文の構文原理』増補版〕。

■女手

『源氏物語』の「梅枝《むめがえ》」の巻には、十一世紀初頭に仮名の書がどのように評価されていたかを知るうえで重要な手がかりになる叙述が全巻に散在しています。

この巻には、「女手」という語が三箇所に出てきます。『全文全訳古語』の用例の引用のしかたを批判した際、そのひとつに簡単に触れましたが、以下、それら三例について、「女手」とはどういうものであったかを検討します。

『源氏物語』の女手―第1例

■仮名の書の洗練

説明の便宜のために適宜に改行すると、つぎの一節の(c)(d)に、仮名の書記に関する紫式部の見解が、光源氏の口を借りて開陳されており、「女手」の最初の例が(d)に出てきます。

(a)草子の箱に入《い》るべき草子どもの、やがて本《ほん》にもし給ふべきを選《え》らせ給ふ、

光源氏が、道ならぬ恋で失脚し、明石に隠棲していた時期に結ばれた女性の娘が輿入《こしい》れ（嫁入り）に際して持参する「草子の箱」に、そのまま手習の手本にもなる、上手な字で書いた草子をお選びになった、という場面設定です。

(b)いにしへの上《かみ》なき際《きは》の御手どもの、世に名を残し給へるたぐひのも、いと多くさぶらふ

かつて、最高の地位にあった人物がお書きになり、名品として世に知られたものも少なからずあったということです。貫之の時期も含まれているでしょう。

(c)よろづのこと、昔には劣りざまに浅くなりゆく世の末なれど、仮名のみなむ、今の世はいと際《きは》なくなりたる、

すべてが昔に比べるとしだいにレヴェルが低下し、浅薄になってゆく末世であるが、仮名だけは、比類なく優れたものになっている、ということです。

たとえば、兼好は、『徒然草』で、つぎのように述べています。

何事も、古き世のみぞ慕《した》はしき、今様《いまやう》は、むげに卑しくこそなりゆくめれ〔第二二段〕

このあとに、近年はことばづかいが下品になっていると、実例を挙げて慨嘆しています。世の中のすべてが軽薄になってゆくという基本認識では、紫式部も兼好も変わりありませんが、そういう情けない状況のなかで、仮名だけは、今の時代が絶頂の段階にある。すなわち、これ以上、洗練の余地がないほどにすばらしくなっていると紫式部は考えています。

(d)古き跡は定まれるやうにはあれど、広き心豊かならず、ひと筋にかよひてなむありける、妙《たへ》にをかしきことは、とよりてこそ書き出づる人々ありけれど、女手を心に入れて習ひし盛りに、こともなき手本、多く集《つど》へたりしなかに、中宮の母御息所《みやすどころ》の、心にも入れず走り書い給へりし一行《ひとくだり》ばかり、わざとならぬを得て、際殊《きはこと》におぼえしはや

古い時期の筆蹟は、オーソドックスのようではあるが、のびのびしておらず、個性に乏しいので、どれを見ても似たような印象を受ける。味わい深くおもしろみのあるものは、近年になって書く人が現われたが、わたしが心を注いで女手を盛んに練習していた時期に、これといった特徴の無い手本をたくさん集めたなかに、中宮の母堂に当たる御息所がさらさらと

走り書きなさったごく短いもので、自然な感じの筆跡を手に入れ、これは格別にすぐれているという印象を受けた、ということです。「とよりて」は「外《と》寄りて」、すなわち。その範囲から外れてこちらに近寄って、それよりあとの時期になって、という意味です。

■十一世紀初頭の仮名

仮名は今の時代が発達の極限にあるという紫式部の見解が当時の社会における共通認識であったかどうかは疑問ですが、彼女は仮名文の書の発達過程を鋭く捉えていますから、その見解を参考にして考えてみましょう。

光源氏は、ということは、作者の紫式部は、古い時期の仮名がヴァラエティーに乏しいと言っています。ここにいう「いにしへ」とは、仮名の発達史からみて、十世紀前半あたりを漠然とさしているとみてよいでしょう。貫之もその時期の人です。『源氏物語』が執筆されたのは十一世紀初頭ですから、数十年まえの筆跡が、まだかなり残っていたのでしょう。

当然でもあり、やむをえないことでもありますが、現在の我々の立場からなんとも残念なのは、当座の備忘や私的な連絡のために書かれた最初期の仮名文テクストがほとんど残っていないことです。公的記録や文学作品などと違って、大切に保管されたり写し継がれたりすることはなく、表《おもて》も裏も使ってしまえば反故《ほご》として捨てられたからです。わずかに残っているのは、保存する必要のある文書が、たまたまその裏面に書いてあったものです。大切に保存されたほうの文書は、漢字文による記録です。資料が極端に乏しいなかで、定家による模写は、「女文字」で書くと明言して書いたものですから、十世紀の仮名の実態を知るうえできわめて貴重です。

古い時期の仮名文テクストに紫式部がどれも画一的だという印象を受けたのは、芸術的書記様式として本格的に発達しはじめる時期よりも以前に書かれたものだったからでしょう。資料がほとんどないために推測するほかありませんが、仮名文の書記が、段階を追って発達したことは間違いないでしょう。

私的な、あるいは非公式の情報伝達や備忘などのために生み出された仮名文テクストが美的な書記として本格的に発達する方向をとったのは、和歌を書くのに使われたからだと考えられます。

■てならひの和歌二首

『古今和歌集』仮名序には、神代にはウタの形式がさまざまだったが、「人の世」になって「三十《みそ》文字あまり一《ひと》文字」の和歌が確立されたと述べられており、それに続いて、つぎの一節があります。

なにはつの歌は御門《みかど》の御《おほむ》はじめなり、あさかやまのことばは采女《うねめ》の戯《たはぶ》れより詠みて、このふた歌は、歌の父母《ちちはは》のやうにてぞ、手習ふ人のはじめ

にもしける

「難波津《なにはづ》の歌」と「安積山《あさかやま》の詞」とは、つぎのふたつの和歌をさしています。一方が「歌」で他方が「詞《ことば》」になっているのは、修辞的な言い換えです。

(a)なにはつに　さくやこのはな　ふゆこもり　いまはゝるへと　さくやこのはな

＊難波津に　咲くやこの花　冬籠り　今は春辺と　咲くやこの花

(b)あさかやま　かけさへみゆる　やまのゐの　あさきこゝろを　わかおもはなくに

＊浅香山　影さへ見ゆる　山の井の　浅き心を　我が思はなくに

「手習《てならひ》」とは仮名の書きかたを覚える〈学習〉ではなく、テクストを上手に書く〈練習〉です。十一世紀から密教の僧侶たちが読経《どきょう》や声明《しょうみょう》の節回《ふしまわ》しを練習する楽譜として使用していた四十七字の〈以呂波《いろは》〉が一般社会でも使用されるようになり、寺子屋で手習の基礎として教えられたのは、この誦文にすべての種類の仮名が、重複することなく網羅されているからです。「なにはづ」の和歌と「あさかやま」の和歌とを合わせても、六十二字、二十九種類の仮名しかありませんから、仮名の種類を覚えるための手習ではありません。

天皇の位にある人が最初に詠んだ「三十一文字」を和歌の父のように、また、宮中で炊事や食事などを司る、身分の低い女性が詠んだ「三十一文字」を和歌の母のようにみなして、その二首から手習を始める習慣になった、ということです。最高位にある天皇と賎しい身分の采女との対比は、「生きとし生けるもの、いづれか歌を詠まざりける」という主張を裏づけていますが、そういう習慣が定着したのは、作者の身分と関係なしに、それぞれの和歌が初心者に適した条件を備えていたために違いありません。和歌を書く練習ですから、和歌の内容や巧拙よりも大切だったのは、それぞれの和歌のテクストを、どのような字体の仮名の組み合わせで、どのように書くべきかという基本的技術だったはずです。

■放ち書きと続け書き

高貴な身分の、まだあどけない少女に光源氏が心を寄せ、その少女を預かっている尼君に、彼女を自分のもとに迎えたいと手紙で申し入れたのに対し、尼君は、つぎの理由でその申し出を断っています。

まだ、なにはづをだに、はかばかしう続け侍らざめれば、かひなくなむ　〔若紫〕

「つづけざめれば」の「ざめれば」はズアルメレバの縮約形です。見たところ、「なにはつ」の和歌さえも、すらすらと続け書きできないようですので、お手紙を頂戴しても御返事を書けません、ということです。

この事実は、その当時、「なにはづ」の和歌を自由に続け書きできることが、仮名文の書記を身につける第一段階であったこと、すなわち、おとなとしてつきあうことができると認められるための条件であったことを物語っています。和歌を含めて、仮名文テクストは語句単位の続け書きにしないと判読に手間がかかりすぎて実用にならなかったからです。

光源氏は、いただいたお手紙にまだ返事も書けないのですと断られてもあきらめきれず、「かの御放ち書きなむ、なほ見給へまほしき」、すなわち、彼女が、仮名をぼつぼつ放してお書きになっているというのを拝見したいものですといって、つぎの和歌を送っています。

　　あさかやま　浅くも人を思はぬに　など山の井の　かけ離るらむ

「あさかやまかけさへ見ゆる山の井の〜」の和歌をもじって、わたしは浅からぬ思いをいだいているのに、どうして、彼女の影（姿）がかけ離れてゆくのだろうということです。

仮名文字を「放ち書き」できるようになることが、「手習」を始めるための予備段階です。「なにはつ」の和歌は仮名の体系が形成されるよりもずっと以前から広く知られており、木簡や五重塔の天井裏の落書きなどにも断片が残されていますから、続け書きを練習する素材としてこの和歌が選ばれたことには理由がありますが、「手習」の手順として、最初にこの和歌を書く習慣が定着したのは、さきに述べたように、その目的のために都合のよい特色をそなえていたからに違いありません。それは、①「さくやこのはな」の句が重複していることと、②「は」「こ」の仮名が重複していること、③「いまはゝるへと」の部分に連読符が出てくることなどです。もうひとつの「あさかやま」の和歌も、それと同じような条件をそなえています。

情報伝達の手段として形成された仮名が、美的表出の素材として洗練されるようになってからは、ヴァラエティーを求めていわゆる変体仮名が大量に導入され、また、同じ字源の仮名も複数の書体に分化したために、仮名文の書記の様相が一変しました。

『古今和歌集』仮名序が執筆された十世紀初頭には、芸術としての仮名の書はまだ発達していなかったので、連綿の練習が「手習のはじめ」であり、そのあとに、絶え間ない練習の過程があったと考えてよいでしょう。しかし、それから約百年後、『源氏物語』の時期までに、「梅枝」の巻の叙述から知られるように、仮名文テクストの優美さが教養の尺度になっていたので、いちおうの水準に達するには、かなりの時間を要したはずです。

平安時代の前期と中期との手習の過程は、概略、つぎのように対比されます。②と③との間に明確な境界はありません。

平安前期……①放ち書き→②連綿→③巧みな筆使い
平安中期……①放ち書き→②連綿→③巧みな筆使い→④美的に洗練された筆使い

平安中期以後の仮名文は、実用的な②③と、芸術的な④とに分化し、目的に応じて使い分けられています。④には達成の上限がありませんでした。

『土左日記』の時期の「女文字」は③が洗練の目標であり、上手か下手かの差はあっても、漢字の書と肩を並べる審美の対象ではありませんでしたが、光源氏の評言からみると、『源氏物語』の時期には、書き手の個性が評価されるようになっていたことがうかがえます。

仮名の放ち書きから既成の和歌の連綿に進み、仮名文を自由に書けるようにまでなれば、自作の和歌を書いたり、消息（手紙）を書いたりするので、自分の書いたテクストがだれにでも容易に読み取れることが、すなわち、社会性をもつことが不可欠になります。

■インフォーマルな書記様式としての仮名文テクスト

漢字の書体は、すでに中国で分化して、それぞれ十分に発達しており、芸術としての書も確立されていたので、日本でもその流れを汲んで、三筆、三蹟をはじめとする能書が出現しています。

漢字の楷書体はフォーマルな（四角張った）態度を表明し、草書体はインフォーマルな（四角ばらない）態度を表明します。中程度に崩した行書体は中程度のフォーマリティー（堅苦しさの度合い）を表明します。ただし、端正な楷書体から極端に崩した草書体まで、実際には連続しています。崩しの度合が大きくなるほど丁寧さの度合いが薄くなり、親密さの度合いが増します。

仮名は漢字の草書体に基づいて形成された文字体系ですから、仮名文テクストは、出発点から、非公式の伝達や私的な覚書のための書記様式として発達するように方向づけられていました。

■『土左日記』を女文字で書いた理由

『土左日記』の前文に、日記を女文字で書こうと断っているのは、とりもなおさず、インフォーマルな書記様式である仮名文で私的な覚え書きを書こうということですから、事実を簡潔に記録する漢字文では叙述の対象としない、心の動きに関わる事柄を、日本語の繊細な感覚を生かした雅の文体で叙述しようという意思表示でもありました。私的な覚え書きですから、主観を介入させることも、事実とフィクションとを織り交ぜることも自由です。漢字文に和歌を交えるには、仮名書きで挿入すればよいだけのことで、全体を仮名文で叙述する必要はありませんでした。それが、『古事記』以来の伝統的方式です。現に、藤原道長の日記『御堂関白記《みどうかんぱくき》』（寛弘八年（一〇一一）六月二十一日）などにも、その実例があります。

右のように理解するなら、貫之は、「をむなもしてみむ」という前文によって、この作品で、どのような事柄をどのように叙述しようとしているのかを明らかにしていることになります。

これまでの議論では、漢字文と仮名文との違いを、もっぱら、使用者の性別と結び付けてきたために、それぞれの書記様式が、どのような事柄をどのように捉え、どのように叙述するための書記様式であったかという本質的な違いに着目することを忘れていました。

■漢字文と仮名文との相互補完

概説書などには、しばしば、平安初期に仮名が発生したと表現されています。発生するとは人間の意思や意図に基づかずに自然に生じるという意味ですが、文字は社会生活の便益のために生み出され、使用をつうじて洗練される道具のひとつですから、人間の意志に基づかずに発生するはずはありません。

中国語古典文の読み書きを身につければ、あとになって参照したり確認したりするために大切な事柄を記録しておいたり、それを読んだりすることができました。しかし、日本語話者だけが利用するために記録する場合には、日本語話者が正確かつ効率的に読み取ることができさえすれば、中国語古典文の規則を守る必要はなかったので、中国語古典文の構文規則を骨組みにした、日本語話者が読みやすく書きやすい独自の漢字文が早くから発達しました。たとえば、『古事記』は、そのような書記様式で書かれています。

定家本『土左日記』の奥書に、原本の状態が、「表紙続白紙一枚、端聊折返、不立竹、無軸」と描写されていれば、日本語話者は、〈表紙のすぐあとに白紙が一枚あり、端をちょっと折り返しただけで竹を立てず、軸はない〉という意味を読み取ることができます。

漢字は、原則として、個々の文字が意味を表わしているので、斜めに読んでも漢字文テクストの内容はほぼ見当が付きます。また、求める漢字のイメージを頭に置いて探せば、テクストのなかにその漢字を容易に見つけることができるので、必要な箇所を参照する場合にたいへん便利でした。しかし、漢字に置き換えたとたん、和語の語句や表現のもつ微妙な含みは消えてしまうので、日本語の繊細な含みを生かして記録しようとすれば、仮名文で書くほかありませんでした。要するに、「いみじうあはれに、いとをかし」という日本語の含みを漢字文で表わすことは不可能だったということです。その意味で漢字文と仮名文とは目的に応じて補完しあう関係にありました。漢字文の長所と仮名文の長所とを見事に融合させたのが、現行の漢字平仮名交じり文です。融合の触媒になったのは、漢字文から派生して漢字文と並行的に使用されていた片仮名文でした。

『源氏物語』の女手―第2例

■仮名の書体

『源氏物語』梅枝の巻の「女手」の第二例は、つぎの一節のなかにあります。

例の、寝殿《しんでん》に離れおはしまして書き給ふ、花、盛り過ぎて、浅緑なる空、うららかなるに、古き言《こと》どもなど、思ひすまし給ひて、御心《みこころ》のゆくかぎ

り、草《さう》のも、ただのも、女手も、いみじう書き尽くし給ふ、

「古き言ども」とは、『古今和歌集』などの名歌をさすのでしょう。「思ひすます」とは、雑念を払い、精神を集中することです。この場合は、どのような和歌を選んで、どのような紙に、どのように書くべきかに思いを凝らすという意味です。どのように書くべきかとは、選んだ紙のどの位置に、その和歌のどの句を、どの仮名字母を選んで組み合わせ、どのぐらいの大きさの文字で、どの位置に書いたらよいか、というようなことをさしています。すなわち、紙面のデザインです。「古き言ども」は複数形ですから、いくつかの、あるいは、いくつもの和歌のそれぞれについて、ドノヨウナ、ドノヨウニ、に思いを凝らしたことを表わしています。晩春の穏やかな日和《ひより》に、「寝殿に離れおはしまして」、だれにもじゃまされずに構想を練る光源氏のようすが巧みに描かれています。

注釈書は、「古き言《こと》どもなど（チ）思ひすまし給ひて」という続きかたとして理解していますが、「思ひすまし給ひて」は、そのあとの、「御心のゆくかぎり、〜書き尽くし給ふ」のほうにも続いています。これが連接構文の特徴です。「思ひすまし給ひて」はその前を承け、改めてそのあとに続いています。

■草のも、ただのも、女手も

当面の課題と直接に関わるのは、「草のも、ただのも、女手も、いみじう書き尽くし給ふ」

という部分です。

「草」とは、仮名の書体のひとつ、草仮名で書かれたテクストのことで、伝貫之筆『自家集切《ぎれ》』、伝小野道風筆『秋萩帖』などが特に有名です。ただし、草仮名文献と一括してよばれているものを互いに比較すると、それぞれに特徴的な違いが認められます。

どの注釈書も、もてあましているのが、「ただのも、女手も」です。

「女手」については、注釈書で、第一例の頭注に、つぎのように記されています。「後文」とは、右に引用した第二例をさしています。


「女手」は、一般に「男手」（漢字）に対する語で、女の書く文字、すなわち平仮名のこととされるが、後文によるに、仮名の一体とすべきもののようである。

〔石田穣二・清水好子校注『源氏物語』四（頭注）新潮日本古典集成・一九七九〕

「仮名の一体」という説明では、ふつうの仮名とどのように違うのか、わかりません。このような語の場合、イメージを喚起しない注釈は意味をもちません。

「ただの」（仮名）についての説明は、つぎのようにまちまちです。


ただの……未詳。草仮名に対して普通の仮名と解すれば「女手」との区別が判然としない。

〔柳井滋他校注『源氏物語』三（脚注）・新日本古典文学大系・岩波書店・一九九五〕

ただの‥‥普通の仮名、すなわち平仮名。「女手」も平仮名とすると、「ただの」とどう違うのかが不明。「ただのも」すなわち「女手も」と言いなおしたと解する説もある。『岷江入楚《（みんごうにっそ）》』には、「たゞのとは行《（ぎやう）》の字歟《（か）》」とある。

〔阿部秋生他校注『源氏物語』3（頭注）・新編日本古典文学全集・小学館・一九九六〕

＊現代語訳「草仮名の字も、普通の字も、さらに女手の字も」

＊「岷江入楚」は『源氏物語』の注釈書。十六世紀末成立。

中世末期の注釈書に言及されていますが、伝統的な注釈には、こういう無責任な思いつきが少なくないので、参照する価値のないものを引用すると読者を迷わせます。どの注釈書も要領を得ない説明でお茶を濁しているのは、「女手」とは平仮名をさす語だという、確立された共通理解を疑わずに考えているからです。

梅枝の巻に、光源氏のつぎのことばがありました。

中宮の母御息所《みやすどころ》の、心にも入れず走り書い給へりし一行《ひとくだり》ばかり、わざとならぬを得て、際異《きはこと》におぼえしはや。（前引）

恋愛感情をいだく相手への手紙などは、みずからの教養や、相手に対する誠意を疑われないように、内容にふさわしい料紙を選び、ことばづかいに気をつけて、できるだけ美しい文字で、細心の注意を払って書きますが、これは、ごく親しい人物に単純な用件を伝達するために、「わざとならぬ」、すなわち、他人行儀のことばづかいなどせずに、「心にもいれず」走り書きしたものです。これこそ、まさに「ただの」仮名にほかなりません。「走り書い給へりし」のシ（助動詞キの連体形）は、話し手自身が直接に関与していたことを、すなわち、親密な関係にあった光源氏自身によこした手紙であることを意味しています。

「ただの」仮名とは、右のように、文字による美的表出を一次的には意図せずに、すらすらと書きつけた仮名文の書記をさしています。

物語のなかに出てくる光源氏の仮名文のほとんどは、恋に関わる和歌や消息（手紙）ですから、女手をイメージすべきですが、物語を離れて、血のかよった貴族の男性の日常生活では、料紙を丹念に選んだり、優雅に、優美に見せようなどとは考えずに、「ただの」仮名を書く機会のほうが多かったはずです。ただし、右の例文から知られるように、「ただの」仮名を書いても、人柄が自然ににじみ出るので、ふだんの手習が不可欠でした。講義中、黒板にチョークで走り書きしたただの文字にも、教養のほどが歴然と反映されることは、現役時代の筆者の泣き所でした。

また、このごろは、ただ仮名の定めをし給ひて、世の中に手書くとおぼ

えたる上中下《かみなかしも》の人々にもさるべきものども思《おぼ》しはからひて、尋ねつゝ書かせ給ふ〔源氏物語・梅枝〕

「仮名の定め」とは、女手の出来ばえを品定めすること。「手書くとおぼえたる人々」とは、芸術的にすぐれたテクストが書ける自信のある人たち。「さるべきものども思しはからひて」とは、それぞれの人物にふさわしい対象を選んで、ということです。

「手」とは、読めさえすればよいという実用的テクストではなく、上手か下手かが問われる書記テクストのことです。「女手」とは「平仮名」であるという注釈書や辞書の解説は書き改めなければなりません。

■活字による校訂テクストの問題点

専門研究者が、「女手」や「ただの」仮名などについて、見当はずれの説明をいつまでも受け売りしたり、帰結を保留したりしているのは、毛筆で書いた仮名と印刷体の平仮名との本質的な違いを認識していないからです。連綿や墨継ぎを生命とする連接構文の仮名文テクストを印刷体の漢字平仮名交じり文に置き換え、句読点、濁点、引用符を加え、パラグラフに分割して校訂テクストを作製し、それを、もとのテクストと等価だと思い込んでいることが、すべての誤りのもとになっています。

■人柄の象徴としての「手」

つぎの一節は、女性からの返歌についての批評です。

手は悪《あ》しげなるを紛らはし、さればみて書いたるさま、品《しな》なし〔源氏物語・夕顔〕

下手そうな「手」をごまかし、しゃれた書きかたをしているようすは気品に欠けるということです。和歌の出来栄えには一言のコメントもなく、「手」だけを批評しているのは、それを書いた人物の教養や人柄、性格など、すべてが「手」に凝縮されているという考えが、当然のこととして通用していたからです。和歌の出来ばえもこれと同じ程度のものだという含みが読み取れます。

紫の紙の、年経《へ》にければ、灰おくれ、古めいたるに、手はさすがに文字強う、中《なか》さだの筋にて、上下《かみしも》ひとしう書い給へり、見るかひなう、うち置き給へり〔源氏物語・末摘花〕

ひっそり暮らしている古風な姫君からの返歌についてのコメントです。もとは上品な紫色だったのが古くなって灰色に変色した紙に、さすがに高貴な家柄の育ちだけに、しっかりした文字で、そして、古めかしい書風で、上の句も下の句もきちんと同じように、変化をつけずにお書きになっている。それを受け取った光源氏は失望して、読む気も起こらずに手紙を脇に置いた、ということです。料紙を選択するセンスと「手」とによって、古風で融通のきかないクソまじめな女性であることがわかったからです。この場合も、和歌の内容やできばえについてのコメントがありません。

『源氏物語』の女手―第3例

■料紙と仮名文字との調和

「梅枝」の巻に見える「女手」の第三例を最後に引用します。光源氏の書いた草子についての描写です。三つの部分に分けて検討します。

(a)唐《から》の紙のいとすくみたるに、草《さう》書き給へる、すぐれてめでたしと見給ふに、

「すくみたる」は、ゴワゴワしている状態です。表面の粗い中国渡来の紙に、大きな文字で草仮名を書いていています。仮名の繊細な線を生かすには向いていなかったからでしょう。

(b)高麗《こま》の紙の、肌《はだ》こまかに、和《なご》うなつかしきが、色などは華やかならで、なまめきたるに、おほどかなる女手の、うるはしう、心とどめて書き給へる、たとふべきかたなし、

「なごうなつかしき〜」とは、キメが細かく、柔らかで肌になじむ触感の、ということです。朝鮮半島渡来の、けばけばしくなくて、しっとりとした美しい紙に、おっとりした女手

が、端正に、丁寧に書いてある、たとえようもないほどすばらしい、と感じ入っています。『全文全訳古語』が「おほどかなる女手の、うるはしう心とどめて書き給へる」という部分だけを切り取り、その末尾に助詞ハを添えて引用していることを批判したのは、料紙と文字との調和を描写し、そのすばらしさが「たとふべきかたなし」だと感嘆している連接構文の滑らかな流れを乱暴に短縮し、助詞ハを入れて壊してしまったからです。

(c)また、ここの紙屋《かみや》の色紙《しきし》の色合ひ華やかなるに、乱れたる草《さう》の歌を、筆にまかせて乱れ書き給へる、見どころ限りなし、

「紙屋紙」は、朝廷の「紙屋」で漉《す》き返した再生紙です。ゴワゴワした触感なので、草仮名を書いていますが、表面の感触は似ていても、舶来の紙と再生紙とでは色合いの優雅さや品格に雲泥の差があるので、思い切り豪放な筆づかいで書いています。

以上のように、ここでは、それぞれの料紙の質や感触、色合いなどにふさわしい書体を選び、仮名の種類や筆づかいを見事に使い分けている光源氏の繊細なセンスと技巧とが絶賛されています。それが紫式部にとっての理想像だったのでしょう。

本書のねらいは仮名文の表現を的確に解析することにあるのだから、紙などどうでもよいではないかと考える読者がいるとしたら、それは間違いです。なぜなら、まさにそこに、「ただの」仮名、すなわち、貫之のいう女文字と平安中期の女手との際立った違いがあるか

らです。仮名のありかたの違いは、語句や表現の違いに直結しています。なぜなら、右に引用した一節だけからも明らかなように、繊細なことばで綴られた繊細な内容の仮名文にマッチした料紙を選び、美しい仮名文字を連ねて書いたのが女手の書だったからです。先行する部分には、「草《さう》のも、ただのも、女手も、いみじう書き尽くし給ふ」とあるのに、草仮名と女手との草子、それに色紙が絶賛されているだけで、「ただの」仮名で書いたものには言及されていないことに注目しましょう。貫之が女文字で書いた『土左日記』が、「表紙続白紙一枚、端聊折返、不立竹、無軸」という素朴なものだったことを思い出してください。

■平安中期の女手

「梅枝」の巻に出てくる三例の「女手」について検討した結果、つぎの事柄が確認できました。

(a)女手を男性の光源氏が本格的に練習して身につけ、それを書いていること
(b)社会的に通用する女手を書けるようになるまでには、「心を入れて」練習を積む必要があったこと。
(c)女手は、テクストの内容と料紙とにマッチしていなければならなかったこと。
(d)「手」を見れば、それを書いた人物の教養や品性が判断できると考えられていたこと。

■ただの仮名

『源氏物語』には「女手」が出てきますが、「女文字」は出てきません。しかし、一例だけ、「ただの」仮名が、実例への言及なしに、ことばだけ出てきます。

「女手」も草仮名も美的表出を目的として特殊化された仮名文の書記であったのに対して、美的表出を意図しない仮名文の書記を、ここでは、「女手」や「草」と区別するために、日常所用の仮名を臨機に「ただの」(仮名)とよんだのでしょう。混ぜ御飯などと区別する必要があるときにだけ、〈ただの御飯〉、〈ふつうの御飯〉とよぶのと同じことです。

右に確認した四つの事項のなかでも、特に(c)は、女手が芸術作品として書かれるテクストであったことを端的に表わしています。「女手」が適切な料紙とセットで評価されていることも、その事実を裏書きしています。

■男の手

「男手」という語の確実な用例は見当たりませんが、『源氏物語』よりも二十数年以前に成立した『蜻蛉日記』(上巻)のなかの、つぎの一節が注目されます。

みづ増さり　浦もなきさの　ころなれば　千鳥の跡を　ふみはまどふか
とこそ見つれ、恨み給ふがわりなさ、みづからとあるは真《まこと》かと、女手に
書き給へり、男の手にてこそ苦しけれ、(返歌略)

右の部分だけを抜き出してもよくわかりませんが、増水して、浦も無き渚《なぎさ》になった時節なので、千鳥が足を踏みまどうように、文《ふみ》はまどうのだろうか、すなわち、わたしがよこした手紙が行方不明になってしまったのだろうか、という意味の和歌です。鳥の足跡を見て文字を作ったという中国の故事によっています。そのあとに、わたしから連絡がないと恨んでおいでになるのは筋違いです、ご自分でこちらにおいでになるとはほんとうですかと、女手でお書きになっている、とありますが、手紙の主は男性です。相手が女手で手紙をよこしたのに、無骨な「男の手」では格好がつかなかったが、返歌を書いた、ということです。

「女手」に対する語としては「男手」が自然なのに「男の手」といっているのは、相手のよこした流麗な女手と似ても似つかない「ただの」仮名で書かざるをえなかったという含みを込めて、「男の手」と表現したのかもしれません。

■雅の書記と俗の書記

『今昔物語集』などのように、片仮名と漢字とを交えて書く書記様式を片仮名文とよびます。仮名文、片仮名文、という名称は、テクストに使用されている音節文字の種類に着目して命名したものですが、両者の相違は、もっと深いところにあります。

これらふたつの書記様式は、仮名文字の種類だけでなく、主題も用語も表現も、そして文体も、大きく違っています。『源氏物語』も『今昔物語集』も「物語」ですが、『源氏物語』

は雅の物語であり、『今昔物語集』は俗の物語です。俗とは、日常的とか、飾らないということであって、下品なレヴェルまで含みますが、下品という意味ではありません。

『源氏物語』の「絵合《ゑあはせ》」の巻に「物語の出で来《いき》はじめの親なる竹取の翁《をきな》」とよばれている『竹取物語』のテクストは、仮名と漢字とを交えて書かれているので外見は仮名文テクストと同じですが、口頭で語られた作り物語を書記テクストに整えたものと推定されます。

火の中にうちくべて焼かせ給ふに、めらめらと焼けぬ〔竹取物語〕

唐《もろこし》で「火鼠の皮衣《かはごろも》」を探して来るようにと言いわたされた右大臣《う》が帰国し、それを持参したので、本物かどうか確かるために火にくべたら、燃えないはずの皮衣が炎をあげて燃えてしまったという場面です。「めらめらと」は現代語にも健在ですが、活写語（いわゆる擬声語や擬態語）は仮名文の語彙から排除されたので、『源氏物語』や『枕草子』などには、原則として使用されていません。

片仮名文には、盗賊や妖怪の話、あるいは、猥褻きわまりない話まで、日常的な語彙と表現とで語られており、活写語も自由に使用されています。『竹取物語』が作られた時期には片仮名文がまだ十分に発達していなかったために、この物語は仮名文の書記として叙述されています。その後、仮名文は典雅な内容にマッチした書記様式になり、遅れて発達した片仮名文は事柄を飾らずに描写するための飾らない書記様式として使用されました。もしも『竹取物語』が十二世紀に作られたなら、片仮名文で書かれたでしょう。

■雅の日記

『土左日記』の前文に、日記を「女文字」で書こうと断っているのは、事柄を忠実に記録する漢字文の日記ではなく、これからの旅の出来事を雅の視点で捉え、それにふさわしい仮名文で描写しようという意思の表明ですから、この作品は、漢字文による俗の日記と異なる〈雅の日記〉という、新しいジャンルの開拓でした。貫之が試みたのは雅の和文を、雅の極致である和歌と融合して表現することでした。

以上のように考えるなら、女性に仮託したという従来の説明が、どれほど浅薄であったか理解できるはずです。筆者のいう文献学的解釈とは、まさに、こういうことです。

■借字から仮名へ

八世紀の記紀歌謡は、漢字を日本語の音節文字に転用した借字《しゃくじ》で表記されており、清音と濁音とは、「加」と「賀」、「都《(つ)》」と「豆《(づ)》」とのように別々の借字で書き分けられています。『万葉集』の韻文にはいくつもの表記方式が混用されていますが、遅い時期の作品には記紀歌謡と同じように借字だけによるものが優勢です。『万葉集』は文学作品なので、表記にさまざまの工夫があり、表音と表意とを兼ねたものもあります。ひとつの音節に機械的に対応する表音文字を万葉仮名とよぶのは適切でないので、筆者は、借字とよぶことにしています。

借字とは、仮借《かしゃ》、すなわち、漢字の義（意味）を捨てて音《おん》だけを借りた音節文字という意味です。

借字は楷書体を基本にしていましたが、九世紀になると、連綿や墨継ぎなどを生かして語句のまとまりを示すことのできる草書体に切り替えられ、仮名の体系が成立しました。

一字一字を切り離して書く借字は意味のまとまりを示す手段がなかったために、清音の借字と濁音の借字とを書き分けることが不可欠であり、いったん切れ目を見失うと文脈を捉えなおすことが困難になってしまいます。そのために、〈五・七〉を反復する韻文を書くことしかできませんでした。読み解けないものを書いても、しかたがなかったからです。しかし、楷書体の借字を草書体の仮名に切り替えることによって、事実上の分かち書きが可能になったので、清音と濁音とを別々の文字で書き分けなくても、語句を容易に同定できるようになり、また、音数律に支配されない散文も、正確かつ迅速に読み取れるようになりました。

■借字と仮名との違い

上代の借字と平安前期の仮名との機能の違いを、実例で比較して把握しておきましょう。

毛《も》美《み》知《ち》婆《ば》波《は》　伊《い》麻《ま》波《は》宇《う》都《つ》呂《ろ》布《ふ》　和《わ》伎《ぎ》毛《も》故《こ》我《が》　麻《ま》多《た》牟《む》等《と》伊《い》比《ひ》之《し》　等《と》伎《き》能《の》倍《へ》由《ゆ》
気《け》婆《ば》〔万葉・巻十五・三七一三〕

＊黄葉《もみちば》は　今はうつろふ　我妹子《わぎもこ》が　待たむと言ひし　時の経ゆけば

初句「毛美知婆波」の「知」は清音チを表わす借字で、「婆」は濁音バを表わす借字ですから、当時の語形はモミチバ［momitiba］です。

こひしくは　みてもしのばむ　もみちはを　ふきなちらしそ　やまおろしのかせ〔古今・秋下・二八五〕

＊恋ひしくは　見ても偲ばむ　もみぢ葉を　吹きな散らしそ　山下ろしの風。

恋しければ見て偲ぶこともしよう、紅葉の（落ちた）葉を吹き散らさないでくれ、山から吹き下ろす風よ、ということです。

八世紀に「黄葉（紅葉）」の語形はモミチバ［momitiba］でしたが、平安末期までにモミヂバ［momidiba］に変化しています。変化の過渡期に相当する『古今和歌集』のころの語形を決定できませんが、仮名連鎖「もみちは」を、当時の人たちはその時期の語形で読んだので、迷うことはありませんでした。ここでは、ひとまず、モミヂバにしておきましょう。

なお、同じ時期にシノフ＞シノブ（偲）という変化も生じています。

たつたかは　もみちはなかる　かむなひの　みむろのやまに　しくれふるらし〔古今・秋下・二八四〕

＊龍田川　黄葉は流る　神奈備の　三室の山に　時雨降るらし

第二句「もみちはなかる」を、①「黄葉《もみぢば》流る＝紅葉した葉が流れている」と読めば意味がつうじます、しかし、②「黄葉は流る」、すなわち、紅葉した葉は流れている、と読むこともできそうです。どちらでも同じことではないかというわけにはいきません。なぜなら、①は〈紅葉の葉ガ〉、②は〈紅葉の葉ハ〉だからです。後者なら、紅葉は滞らずに流れているとか、紅葉は流れているが、いっしょに流れるはずのナニカが流れていないとかいう含みになるからです。②の線で考えたら納得のゆく説明は導けないので、①が残ります。

■仮名は不完全な文字体系ではない

借字では清音と濁音との文字を区別するので、右のような問題は生じませんでした。こんなことに頭を使わなければならないのは、清音と濁音とを書き分けない仮名のシステムが、簡略化しすぎた不完全な文字体系だからであり、同定の機能が、前時代の借字よりも退歩しているからだという結論になりそうですが、それは、現今の我々にそのように見えるだけであって、当時の人たちにとっては十分に便利な文字体系でした。文字は道具ですから、不便だったら改善されるはずなのに、長期間にわたって使いつづけられたことは、彼らが不便を感じていなかったなによりの証拠です。

以上の検討から明らかなように、仮名の体系で清音の文字と濁音の文字とを書き分けていないことは、当時の日本語話者にとって、ほとんど不都合がなかったからです。表音文字の種類は、経験をつうじて、必要にして十分なだけの数に自然に収斂《しゅうれん》します。

「もみちは」はモミヂバなのか、モミヂハなのかと迷ったりするのは、日本語話者の直覚をみずから麻痺させて、古典文法の規則で解釈しようと考えるからです。素直に読み取れば、この文脈では、〈紅葉の葉〉でしかありえません。

■古典文法が日本語話者の感覚を狂わせる

雷《かむなり》壺《のつぼ》に人々集まりて、秋の夜惜《よを》しむ歌、詠みけるついでに詠める

かくはかり　をしとおもふよを　いたつらに　ねてあかすらむ　ひとさへそうき〔古今・秋上・一九〇・凡河内躬恒〕

＊斯くばかり　惜しと思ふ夜を　徒《いたづら》に　ねて明かすらむ　人さへぞ憂き

和歌だけなら第二句の「よ」は「世」か「夜」かと判断に迷いますが、詞書から読めば、「世」の可能性は最初から問題になりません。

第四句を「寝て明かすらむ」と読むか、「寝で明かすらむ」と読むかで意味が逆になってしまいますから、古典文法の絶好の題材になりそうです。

後半の現代語訳を読めばわかるとおり、注釈書の解釈は二つに分かれています。

(a)無関心に寝て明かしてしまう人々は、まったくつまらない人だと思う。

〔奥村恒哉校注『古今和歌集』新潮日本古典集成・一九七八〕

(b)気のきいた歌一つ詠めずに寝ないで漫然と明かす人までが憎らしいよ。

〔小沢正夫・松田成穂〕

「夜を明かす」とは、目の覚めた状態のまま朝を迎えることですから、今も昔も、日本語に「寝て明かす」という表現はありえません。したがって、清音と濁音とを書き分けなくても、日本語話者の感覚が眠っていなければ、ネテアカスと読む可能性は頭に浮かばないはずです。専門研究者がこんな議論をするのは、みずからの言語感覚が狂っていることを自白しているようなものです。

詞書によると、気の合った仲間が内裏の片隅にある壺で、秋の夜を惜しむ和歌を詠んだ際の座興に詠んだ和歌です。自分に恋をしている女性が、今夜もまた、まんじりともせずに一夜を明かしているだろう、ふだんなら、そんな彼女を不憫《ふびん》に思うところだが、これほどすばらしい月を愛《め》でもせず、恋に悩んで悶々と過ごしているだろうと思うと、そういう人までがうとましく感じられる、という意味に理解すべきです〔『みそひと文字の抒情詩』本論11章〕。

■注釈のレヴェル

解釈が対立している事例を『土左日記』から引用します。

真っ暗な海を、どちらともわからない方角に航海を続けているので乗客がパニックに陥っているのをよそ目に、船の乗員たちがつぎのように歌います。

はるのゝにてそ　ねをはなく　わか　すゝきに　て　きる〳〵　つんたる

なを　おやゝ　まほるらん　しうとめや　くふらん　かへらや〔一月九日〕

＊春の野にてぞ　音《ね》をば泣く　わか　すゝきに　て　切る切る　摘むだる菜を
親や目《ま》ぼるらむ　姑や食ふらむ　かへらや

夫の両親と同居している嫁の嘆きを歌ったコミカルな舟歌です。自分が鋭いススキの葉で手を怪我しながら苦労して摘んだ若菜を、待っていましたとばかりに両親にむさぼり食われてしまうやりきれなさを歌ったものですが、「わかすすきにてきるきる」の部分の解釈について、つぎのような議論があります。

「わかすすき」を、「我が薄」とよむか、「若薄」とよむか、「て」を名詞「手」ととるか、接続助詞「て」ととるかの二点において、従来の解釈が対立している。〔萩谷朴〕

わかりやすく示せば、つぎのうち、どれが正しいかということです。

(a)我が薄にて、切る切る摘んだる菜を、(b)我が、薄に、手切る切る摘んだる菜を、(c)若薄にて、切る切る摘んだる菜を、(d)若薄に、手切る切る摘んだる菜を

この注釈書は、従来の説明を詳細に検討し、つぎの結論を導いています。

(1)「わかすすき」は「我が薄」と読まなければ意味を成さないこと、(2)「我

が」の「が」は主格を示す助詞であること、(3)「て」は「手」であること。

早春に野に出て、若菜を摘もうとすると、枯れススキの葉の縁で手を切ります。芽を出したばかりのススキを「若薄」とよぶのは不自然であるし、伸びはじめの葉では手が切れないので、「若薄」の可能性は検討の対象になりません。これは、仮名の清濁以前の問題です。

対象をイメージせずに仮名連鎖をいろいろに区切って架空のことばを作り出し、文法用語を動員して〈わたしのススキ〉を排除したりするのはナンセンスです。この一事からだけでも「従来の解釈」のレヴェルと現在の注釈のレヴェルとがどのような段階にあるか、読者にも推察できるでしょう。

■もとのテクストの表記を確認する

右のような事柄について考える場合には、まず、もとのテクストの表記を確認すべきです。その手順を省略しても帰結に影響しない場合は少なくありませんが、論証がすべて無効になってしまう危険がつねにつきまといます。

青谿書屋本の当該部分を見ると、「はるの〻#にて#そ」の「にて」が連綿になっています。#印は空白を表わします。また、「わか#す〻(改行)きに#て#きる〱」のほうは、「て」の仮名の前後に空白があります。したがって、このテクストは、「我が、ススキに、手、切る切る」と読むように書かれています。転写の過程を経ていますが、文字の切れ続きで語句のまとまりを明示することが仮名の大切な機能ですから、軽視してはいけません。仮名文テクストの研究は、もとのテクストが毛筆で書かれているという明確な認識のもとに再出発すべきです。

■『古今和歌集』の女文字

定家による模写を池田亀鑑が稚拙であると評価したのは、実用的な女文字と芸術作品として書かれた優雅な女手との違いを認識しておらず、一律に平仮名として捉えていたために、「手」のよしあしを評価する対象にならないはずの『土左日記』のテクストを稚拙であると評価し、その責任が能書であったはずだと思い込んでいた貫之ではなく、筆跡に「特殊の癖」がある定家のほうにあると考えたに違いありません。

古筆の名品として知られる仮名文テクストのほとんどは十一世紀後半から十二世紀にかけて書写されたものです。紫式部は、みずからの生きている時代が仮名の絶頂期だと考えていましたが、実際にはまだ発達途上にあり、洗練の極に達するまでには、さらに百年ほどの年月が必要だったことになります。

『古今和歌集』が編纂された十世紀初頭にはまだ女手が発達していなかったので、天皇に撰進されたのは、「心に入れて」書いた女文字のテクストだったはずです。仮名序の冒頭を再現した石川九楊の試みは注目に値します〔「石川九楊　紀貫之になる」(『芸術新潮』二〇〇六年二月）」。筆者もそのような姿を心にひそかに描いていたので（「女文字の『古今和歌集』をイメージする」『墨』一六九号・二〇〇四年八月）、その筆跡に思わず引き込まれました。

女文字に不可欠の条件は、華麗であるよりも、正確かつ迅速に読み取れることでした。貫之自筆の『土左日記』は、「わざとならぬ」姿勢で書かれたテクストだったので、定家による忠実な模写も整然としていないのは当然です。『古今和歌集』は勅撰集ですから、『土左日記』よりもずっと端正な女文字で書いてあったはずです。

以上のように細かく検討すると、古典文法の説明を含めて、『土左日記』の前文についてこれまでに提示されてきた高論卓説が、すべて輝きを失います。

前文を名文どころではないといったのは表面をなでた場合の評価であって、観点を変えれば、紀貫之ならではの、練り上げられた名文であることが明らかになりました。前文を評価する基準は、言語表現の美しさではなく、仮名の巧みな運用です。この複線構造が千年以上も解かれないまま放置されることになろうとは、貫之も思っていなかったでしょう。

追記 「女手」、「男手」などの用例として、『源氏物語』に先行すると推定されている『宇津保物語』（国譲上）の一節が知られていますが、この作品はテクストが不安定なので、『源氏物語』だけに絞って考えました。

第Ⅲ部　門出の日の記録

☆それのとしの　しはすの　はつかあまり、ひとひのひの　いぬのときに、かとてす、
そのよし、いさゝかに、ものにかきつく、
☆あるひと、あかたのよとせ、いつとせ、はてて、れいのことゝも、みなしをへて、
けゆなとゝりて、すむたちより　いてゝ、ふねに　のるべきところへ　わたる、
かれこれ、しるしらぬおくりす、
☆としころ、よくゝらへつるひと〳〵なむ、わかれかたく　おもひて、日しきりに、
とかくしつゝ、のゝしるうちに、よふけぬ、

☆それのとしの　しはすの　はつかあまり、ひとひのひの　いぬのときに、かとです、そのよし、いささかに、ものにかきつく、

■いくつもの疑問

前文のあとに、つぎの一節が続いています。

それの年の、しはすの、二十日《はつか》あまり一日《ひとひ》の日の、戌《いぬ》の刻《とき》に門出す、その由《よし》、いささかに物に書き付く

前半の現代語訳を、ふたつの注釈書とひとつの古語辞典とから引用します。

(a)某年の、十二月の、二十と一日目の日の、午後八時に門出する。〔萩谷朴〕

(b)某年の十二月の二十一日、午後八時ごろに門出する。〔菊地靖彦〕

(c)1ある年の十二月二十一日の日の戌の時（＝午後八時頃）に、出発する。

〔『全文全訳古語』「にき」〕

(c)2ある年の十二月の二十一日の日の、午後八時頃に出発してよそに移る。

〔同「朗読で味わう日本の古典」〕

どれも大同小異で、これといった違いはなさそうなのにいくつも引用したのは、それぞれを読み比べて、原文の助詞「の」をどのように扱っているか、そして、読点をどの位置に付けているか、あるいは、付けていないかを確認してほしかったからです。

■もたもたした言いまわし

前文に引き続いて、ここもまた呆れ返るほどモタモタした言いまわしで、とうてい朗読して味わうような文ではありません。

定家本のテクストを見てみましょう。草仮名の字体には漢字を当てます。［図版］

楚れのとし〻は数のはつか（改行）あ満り飛とひの日の　いぬ能時にか
とて数

定家による処置の、主なものを拾いあげてみましょう。

(a)「それの年」のあとの「の」を削除している。

(b)「数」を語末、文末専用にして、語句や文の切れ目をはっきり示している。

(c)「ひとひのひのいぬのとき」を「飛とひの日のいぬ能の時」と、語頭の「飛」を使用したり、漢字「日」を当てたり、助詞「の」の字母を使い分けたりすることで、頻出

するふたつの仮名「ひ」と「の」との目移りを防ぎ、証本の写し誤りが生じないよう
に配慮している。

こういう細かい処置をしながら、わずか二日間で『土左日記』の証本テクストを作成した定家の精力には、驚きを禁じえません。ただし、すでに見たように、この証本のテクストがすべて的確な解釈に基づいているとは限りませんから、慎重な検討が必要です。(b)(c)は表記に関わることなのでここでは深入りせず、以下には(a)を検討の対象とします。

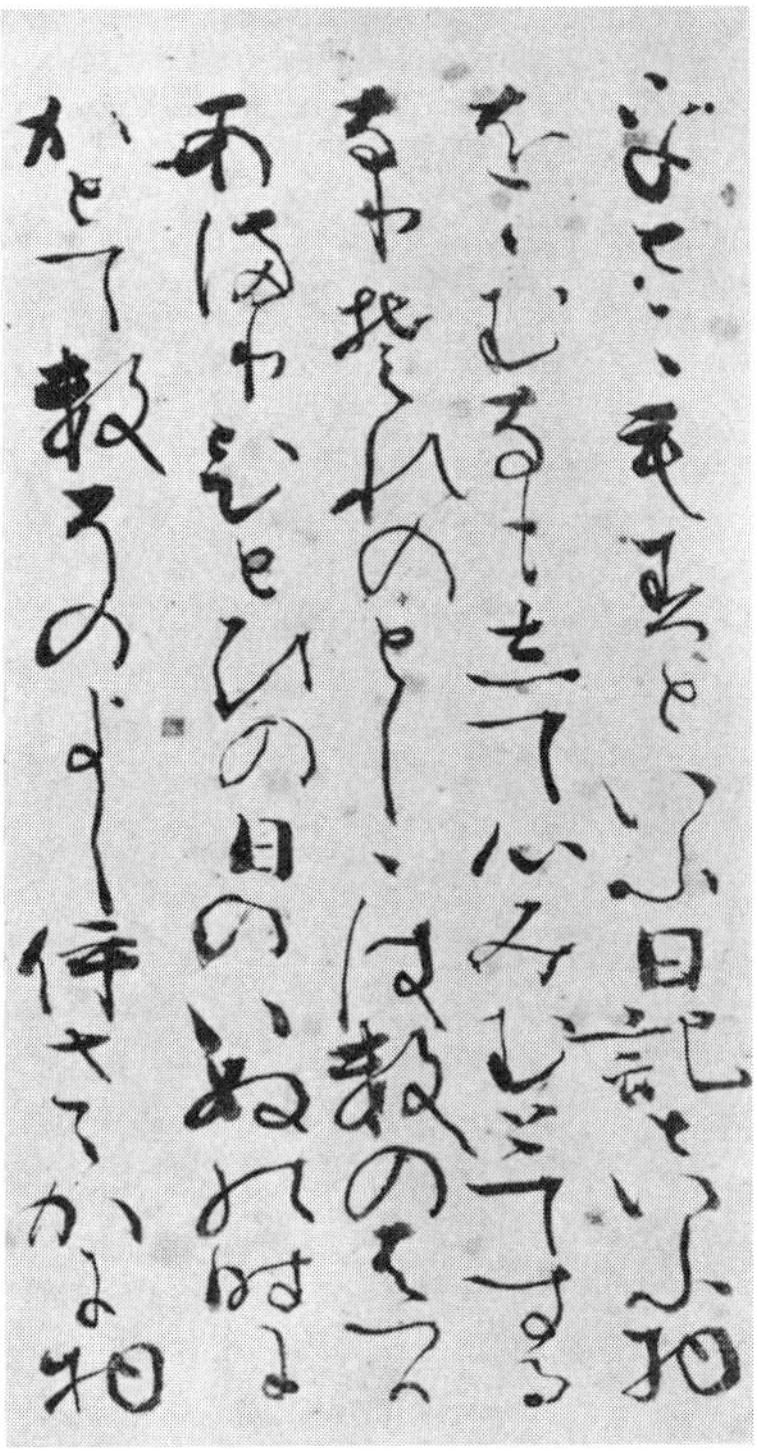
（尊経閣文庫蔵）

■助詞ノの連用がもたらす表現効果

この文がモタモタしているのは、短い文の中に助詞ノが続けざまに出てくるからです。

それのとしの　しはすの　はつかあまりひとひのひの　いぬのときにか
とてす

「それの年の」の助詞ノを削除すると、文が引きしまります。しかし、さらによく読むと、助詞ノの連用によるモタモタした表現こそ、この文の生命であり、助詞ノを削除したことによって、貫之の工夫がだいなしになってしまったことがわかります。

「それの年のしはすの二十日あまり～」と続いていれば、どの年の「しはす」なのだろう、どうして年を伏せてしまったのだろう、と不審をいだくでしょう。しかし、「それの年、しはすの廿日あまり～」と改めると、歯切れがよいので、不審をいだかずに先を読んでしまいかねません。「それの年」を「しはす」に直結させている助詞ノは、「それの年」を読者に強く意識させる重要な機能を担っています。「それの年」の意味は、次節で検討します。

「しはすの廿日あまり一日《ひとひ》の日の戌の刻《とき》に門出す」の、傍線を加えた「の」を削除すれば、いっそうすっきりするのに、定家はここに手を加えていません。その意味では中途半端な手入れに終わっています。

そのつもりで読みなおすと、「廿日あまり一日の日」の「の日」も余計のようです。「しはすの二十日あまり一日、戌の刻に門出す」とすれば、やはり文が引きしまります。いったい貫之は、どうして、これほどまでにモタモタした文章を書いたのか、個々の語句を検討する過程で解明してみましょう。

■それの年

「それの年」について、注釈書にはつぎのように説明されています。

(a)和語「その年」に対する訓読語。「某年」の意であるが事実は承平四年（九三四）に出発している。朧化法。〔鈴木知太郎校注『土左日記』岩波文庫・一九七九〕

(b)「某年」の訓読語。女性仮託に合わせた文学的設定。事実は承平四年。〔木村正中〕

(c)ある年。承平四年（九三四）のこと。朧化表現。〔長谷川政春〕

右に引用しなかったものを含めて、どの注釈書も、「それのとし」は承平四年（九三四）であり、その事実がぼかされているとみなしています。訓読語という注記はつぎの所説に基づいています。

土左日記の（略）「それのとし」は恐らく「某年」の訓読から来た語と思はれる。和文には「それの」の形は見当らないやうである。

〔築島裕《ひろし》『平安時代の漢文訓読語につきての研究』第五章第一節・東京大学出版

会・一九六三)

注釈書は、いずれも、「恐らく〈某年〉の訓読から来た語と思はれる」という慎重な表現を無視しています。(a)〈和語「その年」に対する訓読語〉は軽率な類推に基づく誤りです。

つぎに引用する『法花百座聞書』(仮題)には、僧侶による説経が、ほぼ話されたままに片仮名文で記録されています。「某」の意味のソレノは「某ノ」と表記されており、指示代名詞のソノは片仮名で表記されています。片仮名文の語彙は、おおむね漢文訓読の語彙と重なっています。

昔シ其ノ国ニヒトリノ破戒ムサムノ人(以下破損、あとに「アリケリ」などが想定される)

＊「ハカイムザム(破戒無慙)は、仏法の戒律を破って恥じないこと。

タチマチニ、ソノ財チナクシテ〔両例とも、天仁三年(一一一〇)二月廿八日〕

日本語に当てる適切な漢字を検索するために平安末期に編纂された字書、『色葉字類抄』(三巻本・人倫)に、「某《ソレカシ》」があります。現代語のダレソレなども、その流れを引いているのでしょう。

■ふたつの疑問

なにがわからないかが、はっきりしてきました。

①月日を記しながら、どうして年をはっきり書かなかったのか（前節に指摘）。
②仮名文系の「ある年」でなく、どうして漢文訓読系の「それの年」を使用したのか。

まず、①について考えてみましょう。

「朧化《ろうか》法」とか、「朧化表現」とか、難解な用語が出てきますが、要するに、ぼかした表現ということです。ここでの問題は、日記なのに、どうしてどの年であるかを明確にしていないのかということです。貫之がこのように表現したのは、なんらかの計算があったからに相違ありません。貫之の計算とは、この表現を読んで読者がどのように反応するかです。

擬装朧化　ここで（女性仮託のあとで——小松補）貫之はまた第二段の煙幕を張った。それは、彼が、承平四年十二月廿一日に任地を離れて帰京の旅に出ようとしている前土佐守紀朝臣貫之であるという、儼然たる歴史的事実を朧化していることである。日記であるから、日次日付けはそのままに記すことはやむを得ないとして、元号年数を伏せて「それのとし」と記し、主人公たる貫之自身を「あるひと」と不定三人称で呼んでいる。こうした事実の朧化には、読者に自由な想像をゆるす物語的な効果と、歴史的事実に束縛されない脚色虚構の自由と、更に貫之が試みようとしている社会諷刺に対しての反作用を予防する目的と、三つの意義が考えられるのである。

（略）〔萩谷朴〕

長い引用になりましたが、理路整然という印象です。読者は、この解釈を支持するでしょうか、それとも、どこか納得できないところが残るでしょうか。ひとまず考えたうえで、つぎに述べる筆者の解釈を読んでください。

■適切でないアプローチ

筆者は、右のような接近《アプローチ》を支持しません。右のような接近とは、書く側の立場だけで考えて、それを読む側がどのように読み取るかを考慮せずに筋道を立てることです。仮名文テクストに限らず、表現を解析する場合に重要なのは、作者がどういうつもりで書いたかではなく、読む側がそれをどのように読み取るかです。

萩谷朴は事実を朧化した理由を三つ挙げており、これだけそろえば絶対のようにみえますが、公金横領、職務怠慢、服装規定違反を理由に懲戒免職に処せられた場合、そのうちのどれかひとつが事実でないと証明できれば処分取り消しになるのか、それとも、決定的理由がひとつあって、そのほかは、ついでに付け加えた理由なのか、という捉えかたで考えてみてください。

■読者の疑問を誘発する

女文字でインフォーマルな日記を書こうという断りがあるのですから、つぎのように、年を記していなくても、読者はそのまま読み進むでしょう。

しはすの　はつかあまり　ひとひの　ひの　いぬのときに　かとてす

しかし、そのまえに「それのとしの」とあれば、どの年の出来事なのだろう、はっきりさせると都合の悪い事情があって年を伏せたのだろうと考えます。このような表現のしかたを朧化とよぶとしたら、朧化には相手の好奇心をそそる効果があります。貫之は、まさに、その効果をねらったに違いありません。すなわち、隠せば相手は知りたがるという人間の心理を巧みに利用して読者に疑問をいだかせています。「それのとし」は、読者の疑問を誘発する目的でわざわざ添えられたということです。

たとえば、和文で「かたみに」を使い、漢文訓読で「タガヒニ」を使っていたのと同じように、和文で「ある年」を使い、漢文訓読で「それの年」を使っていたと単純な類推をすべきではありません。このような使い分けのセットはたくさん指摘されていますが、なかには、意味が類似していても等価でないセットもしばしばあるからです。

『古今和歌集』仮名序にも『土左日記』にも漢文訓読語が少なからず使用されていることが具体的に指摘され、その事実が広く知られるようになりました〔築島裕・第六章第三節「土左日記と漢文訓読」、第四節「古今集仮名序と漢文訓読」〕。ただし、それら二つの文献にどうしてそういう現象が認められるのかについて、これまで、説得力のある説明がありません。

『土左日記』のテクストは和文を基調としているのに、ここで、「ある年」ではなく訓読用語とされている「それの年」を使ったのは、ただの気まぐれではなく、「ある年」と異なる含みを読者に伝えようとしたと考えるべきです。

「ある年の、しはすの〜」と表現したら、それは、数年前かもしれないし、十数年前、あるいはもっとまえかもしれません。「今は昔」に近い漠然とした規定だからです。しかし、「それのとし」と表現すれば、どの年であるか言わないでおく、という含みになりますから、ぐっと身近な出来事として読者は受け取ったはずです。

明言しなかったことは、「煙幕を張った」（萩谷朴）、すなわち、それを言うと差しさわりがあるので、むやむやにしたことを必ずしも意味しません。

「昔シ其《ソレ》ノ国ニヒトリノ破戒ムサムノ人（アリケリ？）」（前出）という表現についていえば、話し手の僧侶は、それがどこの国であるかを知っているが、聴衆の多くは外国の地理をよく知らないし、どの国であろうと、話の本筋には無関係だから省略する、というつもりの表現だと聴衆は理解します。

官位は低くても貫之は高名な歌人だったので、内裏を中心として生活する人たちが「土左日記」という外題を見れば、貫之が書いたとすぐに見当が付いたはずであり、土佐から帰任した年を知っている人たちも少なくなかったでしょうから、思わせぶりな表現を読者はいぶかしく思ったはずです。「貫之が試みようとしている社会諷刺に対しての反作用を予防する目的」〔萩谷朴〕で覆面しても、年を特定しないぐらいで作者不明になり、社会の「反作用」を免れることはありえなかったはずです。

■承平四年という注記

問題は、さらに広がります。

定家本の奥書の末尾に、つぎのように記されています。

紀氏　延長八年、任土左守、在国載五年六年之由、承平四甲午五乙未年事歟《か》（略）

貫之は延長八年（九三〇）に土左守に任じられ、五年六年在国したと記録されているので、「それの年」とは、承平四年（九三四）か五年（九三五）のどちらかだろう、ということです。為家本では、「それのとし」の右側、前行との行間に、「延長八年任土左守、承平四年歟」という書入れがあります

定家は、「あがたの四年《よとせ》、五年《いつとせ》果てて」を念頭に置いて、承平五年も考えたのでしょうが、為家は承平四年にしぼっています。ただし、ふたりとも断定を避けているのに、どの注釈書も、「それのとし」が承平四年（九三四）である旨の注を加えています。

筆者の見解をいえば、「それのとし」が、実は承平四年だなどと特定しているのは、とんでもない注釈です。なぜなら、「それのとし」とは、いつの年のことであろうと、この話に

は関係がないと書き手が断っているのに、さも大切なことのように特定の年を注記したのでは、貫之の工夫がだいなしになってしまうからです。「承平四年（九三四）」という注記が現代の読者に益するところもなにもありません。

■フィクションであるという公言

いつの年の出来事でもかまわないような「日記」はフィクションでしかありえません。すなわち、貫之は、前文で、インフォーマルな仮名文で日記を書くと公言し、つぎに、この日記はフィクションですと公言していることになります。そこがいちばん肝心なところです。

「承平四年（九三四）」という注記は、貫之が慎重に練り上げたイントロダクションを無残にぶち壊して、この日記の本質を見誤らせてきました。それは、とりもなおさず、専門の研究者たちが、この作品の本質を取り違えてきたことを意味しています。日記の最初でどの年の出来事であるかを特定したら、それ以下の叙述は実録として読まれることになります。現に、この作品は、実録を基本にしていると理解されてきました。

とんでもない注釈だという筆者のきつい批判に疑問をいだいた読者も、とんでもないとは、この注記が作品にとって致命的であり、貫之の意図を歪曲して理解させているという意味であることを理解していただけたはずです。

『土左日記』のなかに、その日に、そのとおりのことがあったとは信じがたい記事や、実在したかどうか疑わしい人物が登場する場面がしばしば出てくることは、専門研究者の共通理解になっていますが、その点については、つぎのような説明があります。

脚色虚構　戯曲的構成のためには当然必要な手法であるが、それ以外の一般的叙述に際しても貫之は、しばしば体験的事実を歪曲省略し、架空の設定を虚構することによって、主題的効果をあげることに成功している。

〔萩谷朴（「凡例にかえて」）〕

単なる旅の記録ではなく、人物や場面に多くの虚構を用いて、自由に心境を展開した作品である。

〔松村誠一「土佐日記」『日本古典文学大辞典』岩波書店・一九八五〕

日記を標榜しているのだから、書いてある事柄はすべて現実に起こったことでなければならないという前提で読めば、実際にあったと思えない記事は、「体験的事実を歪曲省略し、架空の設定を虚構」したものとみなされます。しかし、この日記が「某《それ》の年」における旅の体験を下敷きにして構成されたフィクションであるならば、事実そのままでない記事を「歪曲」とみなすのは不当です。また、実録であっても、日々の出来事を細大漏らさず記録するわけではありませんから「省略」という語が出てくる理由もありません。この作品では、その場その場にたいへん都合のよい人物が乗り合わせて都合のよい行動や言動をしていますから、乗船者名簿を作ったら、ずいぶん不思議な構成になってしまいます。虚構であるなら、それが当然です。繰り返しますが、それだからこそ、最初に「それの年」という語で、この日記は虚構であると公言しているのです。

■門出した月日と時刻

しはすの、はつかあまりひとひのひの　いぬのときに、かとてす

「はつかあまりひとひのひ」を漢字で「十二月廿一日」と表記すれば、それだけで、ずっとすっきりするのに、そして、翌日の「廿二日」以降の日付がすべて漢字で表記されているのに、どうして、この日に限って、こういう書きかたをしているのか疑問に思われます。注釈書によっては、これにならって、翌日以降の日付にも、「二十二日《（はつかあまりふつか）》」というように振仮名を付けています。それは右の疑問に対するひとつの解釈になっていますが、その解釈は大間違いです。

■「しはす」と「十二月」

「しはすのはつかあまりひとひのひ」は「十二月廿一日」と等価ではありません。和語で表現したのは、日本語のデリケートな含みを生かして表現することがここでは不可欠だったからです。まさに、そのことが、この日記を女文字で書いた理由にほかなりません。

「しはす」は確かに十二月に相当しますが、漢字で書いた「十二月」は、十一月の翌月、

一月の前月という無機的表示にすぎません。しかし、現代語でも、〈あわただしい師走《しわす》の街〉などと表現されるように、「しはす」という語は、いよいよ年も押し詰まって、新年が足早に迫ってくるという含みをジカに感じさせます。

漢字で書いた「廿一日」は、やはり、「廿日」と「廿二日」との間にすぎませんが、「しはすのはつかあまりひとひのひ」となると、追われるような「しはす」の「はつか」をすでに一日過ぎて、新年まで指を折って数える日数《ひかず》しか残ってないことを実感させます。「はつかあまりひとひ」でそういう意味を表わしますが、それに「のひ」を添えているのは、正月がそこまで迫ったその日ということです。こんな日になってしまったなら、いっそのこと、新年を迎えてから門出すればよさそうなのに、そこまで待てなかったところに、一日も早く京に戻りたいという焦りがよく表われています。

太陽暦でいえば一月下旬ごろに当たる、いちばん寒い時期です。しかも、戌の刻は、夜の八時前後です。二十一日の月はまだ出ておらず、あたりは真っ暗です。こんな条件のもとにあえて門出をしたことには、なにか事情がなければならないはずです。その事情を確実に推定するのは困難ですから、「戌の刻に」の理由は、しばらく疑問として残しておくほかありません。それは当時の読者にとっても同じことです。門出とは、陰陽学からみて悪くない方角から旅立つために仮に居を移すことであって、そのまま旅に出るわけではありません。現に、このあとの記事を読むと、港を出たのはそれから七日後の二十八日です。

貫之は元来理知的な性格の人物で、あまり縁起をかつぐ方ではなかったし、暦註を参照しても、特に戒むべき条件もないから、単に衆人の環視を避けての夜陰の門出と解釈すべきであろう。ことに、貫之の場合は、新任の国司に早く公館を明けわたす必要があってのことであったと考えられる。〔萩谷朴〕

これでは夜逃げ同然ですが、「かれこれ、知る知らぬ、送りす」とあるので夜逃げではありません。罷免されたわけでもない前国司が人目を避けて公館をあとにしたとは考えられません。そのような解釈になるのは、赴任が遅れた後任の国司に貫之が不満をもっていたという前提で考えているからです〔同書「解説」三「土佐日記の主題」（ロ）社会諷刺〕。

■『更級日記』の門出

十三になる年、上《のぼ》らむとて、九月三日、門出して、いまたちといふ所に移る

〔更級日記〕

こちらは、門出した年も時刻も書かず、門出した先の地名が記されています。時刻などはどうでもよく、「今発ち」という意味に分析できる地名をおもしろがっています。『土左日記』のほうは、常識はずれともいえる遅い時刻に門出したことを記して、帰心矢の如しという心

境を読者に理解させようとしています。準備していて気がついたら周囲は真っ暗になっていたという事情が察せられます。

一般に、テクストには、必要な情報が必要な程度の詳しさで記されています。その証拠に、『更級日記』には、「門出したる所は、めぐりなどもなくて～」と、「いまたち」という場所の環境が描写されていますが、『土左日記』にそのような描写はなく、そのあとに「船に乗るべき所へ渡る」と記されています。チケットの発売を数日前から行列して待つような心境がよく表われています。ちなみに、どちらの「日記」も、その日の天候に触れていません。

貫之自身がほんとうに門出したのは、ことによると白昼だったかもしれません。しかし、文献を調べあげて、門出した時刻を特定できたと仮定しても、その「事実」にはなんの価値もありません。文学作品としての『土左日記』にとって大切なのは、まっ暗な「戌の刻に門出す」という表現の効果だけです。

貫之自身がほんとうに門出したのがその日であったのかどうかも、疑えば疑えます。なぜなら、あわただしく門出したことを読者に実感させるには、その日あたりに設定するのがいちばん効果的だからです。三日前なら少しは余裕を感じさせるし、三日後だったら、現今にいう御用納めになってしまいます。

■そのよし、いささかにものにかきつく

まず、注釈書や古語辞典の現代語訳を見てみましょう。どこかおかしくないでしょうか。

(a)その(旅中の)様子を、簡略に、まとめて書きつける。〔萩谷朴〕
(b)その旅のことを、少しばかり書きつける。〔菊地靖彦〕
(c)1その(旅の)ようすを、少し物に書きつける。〔『全文全訳古語』「にき」〕
(c)2その(出発の)ようすを少し物に書きつける。〔同「いささか」形動ナリ〕
(c)3その(旅の)様子を、少しばかり何かに書きつける。
〔同「朗読で味わう日本の古典」〕

■現代語訳の奇怪な一致

さしあたり、つぎの疑問があります。

(a)「その由」の「その」は、先行する部分をさすはずなのに、(c)2以外は、右に引用していない注釈書の類まで含めて、ほとんどすべて、「その(旅中の)様子を」など、これから書くはずの日記の本体をさすとみなしているのは、奇怪ともいうべき一致です。(c)1、(c)3は「その(旅の)ようす(様子)を」という訳になっているので、(c)2は独自の見解ではなく、他の項目の訳がどうなっているかを確かめる手間を省いた結果の不統一なのでしょう。

つぎに引用する注が、奇怪な一致の疑問を解くカギになりそうです。

「其の船中、帰路の事を書きつけ試みむと也。(略)」(『創見』)。

〔木村正中・頭注〕

『創見』とは、香川景樹『土左日記創見』(一八二三)をさしています。察するところ、この説明を百数十年間、脈々と受け継いで今日に至ったということです。

読めばだれでもすぐに理解できる語句や表現に注はつけません。香川景樹は、このように注記しておかないと、読者がそれと別の理解をしそうだとか、するに違いないとか考えたのでしょう。それと別の理解とは、「その由」の「その」が先行する部分をさすと読み取ってしまうことです。

日本語話者の正常な感覚が麻痺していなければ、香川景樹自身も、当然、「その」がさしている事柄を先行する部分のなかに探したはずです。どう考えても適切な候補がないので、前でなければ後ろだと、日本語運用の基本を無視した致命的飛躍をおかしてしまったようです。あとのほうとなると、必然的に「其の船中、帰路の事を書きつけ試みむと也」とならざるをえません。

なお、つぎの注の意味を筆者は確定できません。

「そのよし…」は、日記最後部の「忘れ難く、口惜しきこと多かれど、え尽くさず」の一文と呼応。〔長谷川政春〕

書きたいことがもっとたくさんあったのに、「いささかに物に書きつく」程度で終わってしまったということだとしたら、最初から、そういう結果になることを見通していたとか、あるいは、最後まで書いてから、最初に戻って、「いささかに物に書きつく」と書き加えたとみなすことになるかもしれませんが、いずれにしても、自然な想定ではないようです。

■過去現在・未来（古代語）と過去・現在未来（現代語）

「そのよし」が後ろの部分をさしている、という飛躍を筆者が致命的と評したことには根拠があります。

二十二日に、和泉《いづみ》の国までと平らかに願《ぐわん》立つ、藤原のときざね、船路《ふなぢ》なれど馬《むま》の鼻向けす〔十二月廿二日〕

二十二日に、さしあたり和泉の国まで無事であるようにと願を立てた。藤原のときざねが、船路の旅なのに馬の鼻向けをする〔菊池靖彦〕

原文の傍線部分は、どちらも終止形で、どちらも過去の出来事なのに、一方を「願を立てた」と過去形で訳し、他方を「馬の鼻向けをする」と現在形で訳しています。こういう事例は、どの注釈書にも、いたるところに見いだされます。

現代語と古代語とを対照すると、つぎの表に示す違いがあります。「願立つ」を例にした最短の例文を作りましたが、他の動詞に置き換えても同じことです。

(a)現代語では、現在も未来も終止形でよいが、過去には助動詞タが不可欠である。

(b)古代語では、過去も現在も終止形でよいが、未来には助動詞ム、ラム、マジなどが不可欠であった。

	現代語	古代語
過去	願を立てた	願立つ‖
現在	願を立てる‖	願立つ‖
未来	願を立てる‖	願立てむ

下表からわかるように、「いささかに物に書きつく」は終止形による表現ですから、過去か現在の行為であって、今後に生じるであろう行為に関する叙述ではありえません。右に致命的な飛躍といったのはそのことです。

ここの部分を、もういちど読みなおしてみましょう。

それのとしの　しはすの　はつかあまりひとひのひの　いぬのときに、かとてす、そのよし、いささかに、ものにかきつく

右に指摘した誤解を生んだ原因は、「いささかに、ものに書きつく」という表現の意味を取り違えたことにあります。その原因をさぐってみましょう。

One year on the twenty-first day of the twelfth month 'a certain personage' left home at the Hour of the Dog (8.0 p.m.), *which was the beginning of this modest record.*（William N. PORTER（1912）：*The Tosa Diary by Kino Tsurayuki.*）

ゆるい意訳ですが、斜体にした *which was the beginning of this modest record.*（その日のその時刻が、このささやかな記録のはじまりになった）が、「そのよし、いささかに物に書きつく」にほぼ対応しています。注目したいのは、①「いささかに」が、「いささかなる」（modest）という意味に理解されていること、そして、②「その由」が、日本の注釈の伝統と無関係に、門出した日時をさすとみなしていることです。

Porter訳のmodest（ささやかな）は、自分の書く日記を謙遜してそのように表現したものですから別にすると、「いささかに」の現代語訳は、簡単に、すこしばかり、すこし、となっています。これらは、簡単な叙述、したがって、少ない分量、という理解を表わしています。

まず、「いささかに」とはどういう語で、どのように使われていたかを検討しましょう。

いささかに……（略）通例の和文脈には、常に「いささか」を用いていた。やはり、故意に訓読語を使用したものと思われる。（訓読表現）〔萩谷朴〕

同書の「訓読表現」の条項には、最初につぎの問題が提起されています。

土佐日記は、仮名書き和文日記を主文体としながら、その中には、和文脈の流暢平易な流れを淀ませるような、堅苦しい訓読語彙がしばしば混用されている。これはいかなる理由に基づくものであろうか。

萩谷朴は、それまでの解釈を四つに分類し、それぞれの難点を指摘したうえで、つぎに引用する「第五の意見」を述べています。萩谷朴は「それの年」に訓読語である旨の注記をしていませんから、この注釈書の立場では、「いささかに」がこの作品で初出の訓読語です。

日記というものが、本来男性の執筆する漢字漢文のものであるという当時の社会的通念を前提として、それを女性が模倣して日記を書いているのだという女性仮託のポーズを完璧なものとするために、貫之は、肩肘張って男の真似をしている女性作家という、苦肉の文章スタイルを意図して、わざと和文脈の中に違和を生じるような訓読語彙をところどころに混用したものである。〔同右〕

つぎの注釈は右の立場を受けています。

いささかに……和語「いささか」に対する訓読語。（略）〔鈴木知太郎〕

それに対して、つぎの解説は、和文と漢文訓読文との間に認められる語形の分布の偏りを指摘するにとどめる慎重な姿勢をとっています。

イササカ……（形動）ほんのわずかなさま。ちょっとしたさま。〔訓読テクストの用例引用略)。平安時代和文では、「いさゝか」「いさゝかなる」の形が多く、「いさゝかに」は少ないが、訓点資料では、「イサ、カニ」が多く、「イサ、カ」「イサ、カナル」の形は少ない。

〔土井光祐「イササカ」(『訓点語辞典』訓点語彙・東京堂出版・二〇〇一)〕

少ないと指摘された和文の「いささかに」の例を見てみましょう。

つねに寄り居給ふ東《ひむがし》表《おもて》の柱を、人に譲る心地し給ふもあはれにて、姫君、檜肌《ひはだ》色の紙の重ね、ただいささかに書きて、柱の干割《ひわ》れたる狭間《はさま》に、笄《かうがい》の先して押し入れ給ふ

いまはとて　宿離《か》れぬとも　馴れきつる　真木の柱は　我を忘るな

えも書きやらで泣き給ふ〔源氏物語・真木柱〕

いつも定席にして寄りかかっておすわりになる東側の柱をほかの人に譲る気持ちがなさることも心に迫って、姫君は、柱と同じようにくすんだ褐色の紙を重ねたのに、つぎの和歌を「ただいささかに」書いて、柱の乾いたひび割れに笄《(かうがい)》(＜髪掻き)の先で押して、中にお入れになった。(和歌)これを最後にここを離れても、仲良くしてきたこの真木の柱は、わたしを忘れないでくださいよ。最後まですらすらとは書くことができず、お泣きになった、ということです。

「ただいささかに書きて」とは、どういう行為をさしているのでしょうか。

「ほんの一筆書き付けて」〔阿部秋生他〕という現代語訳は、先に引用した、「簡単に」、「すこしばかり」、「すこし」、「ほんのわずか（なさま）」、「ちょっと（したさま）」という理解に基づいて工夫されていますが、和歌は、いつ、だれが書いても「ほんの一筆」の長さです。

今宵は詠め、など責めさせ給へど、け清う聞きも入れで候《さぶら》ふに、皆人々詠みいだして、よしあしなど定めらるるほどに、いささかなる御文を書きて投げ給はせたり、見れば、
元輔《もとすけ》が　後《のち》と言はるる　君しもや　今宵の歌に　はづれては居《を》る　と
あるを見るに、をかしきことぞ、たぐひなきや
〔枕草子（三巻本）・五月の御精進のほど〕

それぞれの人の詠んだ和歌のできばえを議論しているときに、中宮が、「いささかなる御文」を書いて、清少納言のところに投げてよこしたということです。「御文」の内容は、ここでも和歌一首です。

《頭注》ほんのわずか。紙の大きさについて言うものか。書いてある言葉の量について言うか。

《現代語訳》中宮様はちょっとしたお手紙を書いてわたしに投げてお下げ

渡しになった。〔松尾聰、永井和子〕

『源氏物語』の用例は連用形「いささかに（書きて）」、『枕草子』の用例は連体形「いささかなる」ですが、意味用法は同じです。古典文法では形容動詞ですが、実際に使用されていたのは、「いささかに」と「いささかなる」とのふたつだったようです。

繰り返しますが、書くのは読み手に伝達したい事柄です。『源氏物語』の用例では、ひとに見つからないように柱と同じ色の紙を選んだので、「檜肌色の紙」、すなわち、ヒノキの幹の皮のような黒褐色の紙、と記されていますが、『枕草子』の用例では、紙の色などどうでもよいので書いてありません。この場合、目立たないようにそっと渡したいなら、大きめの紙でも折りたためばすむことです。

「真木柱」の巻の姫君は、柱への別れの和歌を、大急ぎで書いて、柱の隙間に押し込んでいます。「手」など気にせずに和歌をさらさらと書くその間に気持ちが高ぶり、泣きくずれています。

『枕草子』では、ほかの人たちが和歌を詠んだのに、和歌の巧みな清少納言が詠まずにいるので、中宮がやきもきして、あなたも早く詠みなさいと促す和歌を「いささかなる」手紙にして投げてよこした、ということです。中宮には、上手な和歌を詠んで上手に書こうなどというつもりはありません。この「御文」は、和歌を作りなさいという勧めを即興で和歌に整えてさらさらと書いた即座の機知が生命です。「真木柱」の和歌も『枕草子』の和歌も、女手ではなく、ただの仮名、すなわち、貫之のいう女文字で書いたことは確実です。

　右の二つの用例から、「そのよし、いささかに物に書きつく」という表現がどういう意味であるかが見えてきました。

■いわゆる訓読語

「いささかに物に書きつく」の「いささかに」の意味を明らかにするためには、まず、『土左日記』で、この語がほかの文脈でも使われているかどうかをチェックします。それが見つからなければ、同じ時期の、『土左日記』と等質に近い文献を調査し、まだ十分でなければ、さらに調査範囲を広げてゆきます。もとより、筆者は、「いささかに」について、その手順を踏みました。しかし、調べた順序どおり、考えた順序どおり前節に提示したわけではありません。それは、なによりもまず、いわゆる〈訓読語〉についての、ほとんど迷信に近い誤解を突き崩したうえでないと、議論を始められないからです。

　和文と訓読文との間に、語彙や語法など、さまざまな面で顕著な違いが認められることを、広範な調査に基づいて明確に立証した築島裕（一九六三）の研究は、日本語史研究に新しい視野を確立した金字塔的業績です。ただし、大きな問題は、伝統的国語学や国文学の領域では、高い評価を得た業績が、提唱者の意思と関りなくドグマ化される傾向があることです。池田亀鑑（一九四二）もそういう典型的事例のひとつです。開拓者的研究に不備が残るのは当然であり、不備は発展の可能性があることを意味します。現に、築島裕は、右の研究を補完するだけでなく、より広く、より深く、拡大し続けてきました。しかし、同書に収録された論文「土左日記と漢文訓読」はドグマ化され、十分に理解されないまま一人歩きをしています。「それの年」について、築島裕は「恐らく〈某年〉の訓読から来た語と思はれる。和文には〈それの〉の形は見当らないやうである」と控えめに提示しているのに、それを断定と受け取り、訓読語と和語との間に認められる語形上の対立傾向を演繹可能な置き換えの公式にして、「和語〈その年〉に対する訓読語」〔鈴木知太郎〕と注記し、「その年」という意味で文脈がつうじるかどうかさえ検討した形跡がありません。「いささかに」に、「和語〈いささか〉に対する訓読語」と注記しているのも同様です。

「しかれども」「いまし」「いささかに」（略）のやうな語が土左日記に見えるが、これらも亦《また》和文には見えず、夫々「されど」「さはいへど」「さりとも」、「いまぞ」「いましも」、「いささか」（略）のやうな形で表はされてゐる。〔築島裕・第六章第三節〕

交通整理をすると、〈少し〉〈ちょっと〉という意味の副詞「いささか」が、和文では「いささか」、訓読語では「いささかに」という語形で使用される一方、和文でも使用される形容動詞連用形の語形が「いささかに」であったために、平安時代には、訓読文の「いささかに」と和文の「いささかに」とが日本語に共存していたと推定されます。

つぎの短歌は、「多祜の浦」に船を浮かべ、美しい藤の花を見た感懐を詠んだものです。

伊佐左可尓《いささかに》　思ひて来《こ》しを　多祜《たこ》の浦に　咲ける藤見て　一夜経《ひとよへ》ぬべし

〔万葉集・巻十九・四二〇一〕

「いささかに思ひて来しを」とは、多祜の浦の藤はすばらしいというけれど、たいしたこともなかろうと、期待せずに来たのに」ということです。『万葉集』ではこれが「いささかに」の唯一の用例で、副詞「いささか」の用例はありません。この「いささかに」は、分量が少ないことではなく程度が低いことを表わしており、『源氏物語』と『枕草子』とから引用した「いささかに」、「いささかなる」の用法につうじています。

成立過程からいえば、形容動詞連用形「いささかに」が副詞化したのでしょうが、どちらが先であろうと、意味の核心を共有していたことは疑いありません。古典文法では形容動詞連用形とみなしていても、その機能は副詞と同じですから、両者を語形で区別できるように、和文では形容動詞連用形が「いささかにて」の形をとるようになり、また、副詞は末尾の「に」を脱落させて「いささか」に変化したという経緯が想定されます。

■いささかに雨降る

『土左日記』には、「いささかに」が、このほか、つぎの二箇所に使用されています。

十二日、雨降らず（略）〔一月十二日〕

十三日の暁にいささかに雨降る、しばしありて止みぬ。（略）〔一月十三日〕

漢字文の日記なら、旱魃《かんばつ》期でもなければ、雨が降ったとは書いても、雨が降らなかったとは書かないでしょう。ここは、いつ降りはじめてもおかしくない空模様のまま、とうとう降らずに一日が過ぎ、翌十三日の暁になって、「いささかに」雨が降ったが、しばらくして止んだということです。「十三日」の日付を独立させず、「十三日の暁に〜」という形式で、連続させています。このあとに続く「ゆあみ」の挿話については、第四部で取り上げます。

右に引用した「いささかに雨降る」の「いささかに」は、訓読語の副詞イササカニ、すなわち、〈ちょっと〉〈わずかに〉ではなく、和文の「いささかに」で、〈さっとひと降り〉、といった表現であり、降った雨の量ではなく、雨の降りかたの形容とみなすべきです。

十一日、雨いささかに降りて止みぬ（略）〔二月十一日〕

雨が止んだあとは晴れあがって日が昇り、八幡宮のある山が見えます。さっとひと降りでは、雨量も極めて少ないのが当然で、結果はどちらも同じですが、大切なのは同じ事実をどのように捉えるかに、はっきりした違いがあることです。右に取り上げたふたつの例が、どちらも、ほんの形ばかり、と捉えた表現になっていることに注目すべきです。

■いささかに物に書きつく

以上の検討を踏まえて、「いささかに物に書きつく」の「いささかに」の意味を考えてみましょう。

注釈書は、これを和文の副詞「いささか」と同義の訓読語とみなして、「その〈旅中の〉様子を、簡略に、まとめて書きつける」〈萩谷朴〉、「その旅のことを、少しばかり書きつける」〈菊地靖彦〉などと訳していますが、すでに指摘したように、このたぐいの訳には、いくつもの難点があります。

前節の検討の結果に基づくなら、この場合には、〈簡単に〉や〈少しばかり〉ではなく、〈取り急ぎ〉とか、いささか古い表現なら、〈怱々に、草々に〉という意味に理解すべきです。要するに、とりあえず、さらさらと走り書きしたということです。

■訓読の用語を使用する場合の条件

「いささかに」を、どの注釈書もそろって訓読の用語だと認めているので、その認定を否定するための手順を踏んでここまできましたが、実のところ、筆者は、いささかやりきれない思いがしています。なぜなら、ここまでに踏んだ証明の手順が、本来なら、すべて不要であることが最初からわかっていたからです。

『土左日記』のテクストは仮名文ですから、基本的に仮名文の用語で綴られています。「いささかに物に書きつく」の「いささかに」が和文の用語として説明できないことを確認したうえでなければ、訓読の用語である可能性について考えるべきではありません。

筆者は、『源氏物語』と『枕草子』との用例を引用して、「いささかに」が和文の用語であることを証明しました。容易にそれができたのは、索引を利用したからです。索引を自由に利用できなかった時期の開拓者的業績に多少の遺漏があるのは、やむをえないことでした。それなのに、その後の研究者たちは検証しようともせずに動かぬ事実にしてしまったことを厳しく反省すべきです。

訓読の用語であると認めるなら、異質の語をそこに使ったことによる表現効果を解明すべきなのに、それがなされてこなかったのは、表現解析の方法が欠如しているからです。

■物に書きつく

さきに引用した現代語訳の多くが「ものに書きつく」の「もの」を無視しているのは、自明であると考えて訳から省き、注の対象にしていないということなのでしょう。しかし、ここでも執念ぶかく同じ指摘を繰り返すなら、テクストに書いてあるのは作者が伝達したかった情報ですから無視すべきではありません。ただし、「〈物〉は紙のこと」〔長谷川政春〕では意味をなしません。なぜなら、紙以外の「物」は考えられないからです。「物に書きつける」

（c1・2）では、投げやりな姿勢が透いて見えるし、「何かに書きつける」（c3）となると、頭の程度が疑われます。

貫之が必要な情報として「物に」と書いた理由を明らかにするためには、「書きつく」も、いっしょに検討の対象にしなければなりません。

かきつめて　見るもかひなし　藻塩草《もしほぐさ》　同じ雲居の　煙《けぶり》とをなれ　と書きつけて　みな焼かせ給ふ〔源氏物語・幻〕

＊「かきつめて」は、かき集めて。「藻塩草」は、海水を煮詰めて塩をとる際に焼く海藻。「煙とをなれ」の「を」は強調する助詞。

かき集めていちいち見ても、今さらどうにもならない。煙になって空に上《のぼ》りなさい、という和歌を、故人の手紙の片隅に書きつけて、全部、焼かせなさった、ということです。その場で感じたことを和歌に詠んで、今から焼いてしまう手紙の片隅にそれをさらさらと書いたということです。このような書きかたが「書きつく」です。

つぎに引用するのは、「物に書きつく」の用例です。

千尋《ちひろ》とも　いかでか知らむ　さだめなく　満ち干《ひ》る潮の　のどけからぬに　と、物に書きつけておはするさま、らうらうじきものから、若うをかしきを、めでたしとおぼす〔源氏物語・葵〕

あなたの行く末は、わたしが最後まで見届けよう、という光源氏からの和歌に対する気持ちを詠んでいます。あなたの心が千尋の海の深さだなどと、どうしたら知ることができるのでしょう、潮の満ち干のように気まぐれで落ちついていないのに、ということです、この和歌を詠んで「物に書きつけて」いらっしゃるようすを、洗練されているが、まだ若く、才気があってかわいらしい女性だと、光源氏はお思いになった、ということです。

「物に書きつけて」とは、返歌として相手に送ろうというつもりもなく、自分の気持ちを和歌に詠んで、たまたま傍らにあったありあわせの紙に書いて、ということです。思ったことを文字にして、自分の心を確認したという感じです。

このように、「そのよし、いささかに物に書きつく」とは、門出したところから日記を書き始めようと思い、ありあわせの紙に、「そのよし」を書いておく、という意味です。

■そのよし

「そのよし」の「その」がさしているのは先行部分であって、これからの旅のようすをさすことはありえないと述べましたが、ほんとうはなにをさしているのかを、ここまで保留してきました。

「よし」は『土左日記』にこの一例しかありませんが、ほかにはたくさん使われています。

良しとも覚えぬ我が歌を人に語りて、人のほめなどしたるよし言ふも、

かたはらいたし〔枕草子（三巻本）・かたはらいたきもの〕

＊わたしには傑作とも思えない自作の和歌を他人に話して、相手がほめたりしたときのようすをその作者が語るのも、聞くにたえない思いがする、ということ。

このような用法の「よし」を文脈に即して現代語を当てはめるとさまざまになりますが、必ずしも、ひとつの語だけで完全にカヴァーすることはできません。この場合には、年の瀬の押し迫った時期の、しかも、そんな遅い時刻に門出をした事情、理由、ないし経緯《いきさつ》ということです。その経緯を、ありあわせの紙に「いささかに」書きつけたのが、このすぐあとに述べられている事柄です。

本書の目的は、テクストのひとつひとつの用語や表現を丹念に吟味しながら読んで的確に理解することですが、この文については、ほんとうに、ひとつ残らずの語句を吟味の対象にしました。以上に述べた検討の過程と、導かれた帰結との比重を、労多くして功少なしと評価するとしたら、それは、ほんの少しずつでも真実に近づいたことを実感して、わくわくするような知的な喜びを味わうための作業を、苦痛を伴なう労働と感じてしまうからです。

☆ある　ひと、あかたの　よとせ　いつとせ　はてて、れいの　ことゝも　みな　しをへて、けゆなと　ゝりて、すむ　たちより　いてゝ、ふねに　のるへき　ところへ　わたる、かれこれ、しるしらぬ、おくりす、

☆としころ、よく　ゝらへつる　ひと〳〵なむ、わかれかたく　おもひて、日　しきりに　とかくしつゝ　のゝしるうちに、よ　ふけぬ

■門出した日の記録

つぎに引用する一節は、「いささかに、物に書きつく」と断って、いささかに物に書きつけた、門出に至るまでの経緯と、門出の具体的状況です。

ある人、あがたの四年《よとせ》、五年《いつとせ》果てて、例のことども、みな、し終へて、解由《げゆ》など取りて、住む館《たち》より出《い》でて、船に乗るべき所へ渡る、

かれこれ、知る知らぬ送りす、

年来《としごろ》、よくゝらべつる人々なむ、別れがたく思ひて、日しきりに、とかくしつゝのゝしるうちに、夜、更けぬ

■ある人

この日記の全体をつうじて、日記の書き手が中心的に叙述するのは、ここに「ある人」という第三者的よびかたで登場する人物の行動や言動、そして、心の動きです。船上では「ふなぎみ」などともよばれています。貫之がモデルであることは確かですが、フィクションの主役として客体化されています。

■あがたのよとせ、いつとせ果てて

「あがた」は、もっぱら、国司など地方官の任国をさす語として使われています。「県」の字を当てることには歴史的根拠がありますが、「県」と書くと現代語が干渉して誤解を招きやすいので、仮名で表記しておきます。

文屋康秀《ふむやのやすひで》が、三河の掾《ぞう》になりて、あがた見にはえ出で立たじやと、言ひやれりける返事《かへりごと》に詠める（和歌略）〔古今和歌集・雑下・九三八詞書・小野小町〕

「掾」は三等官なので三河の国司でしょう。任地の三河国を見にはお出かけになれませんか、と小野小町を誘った、ということです。「あがた見」の「あがた」には、京を遠く離れた辺鄙な土地という含みが明らかに感じ取れます。そして、その含みを敏感に読み取ること

が、「あがたのよとせ、いつとせ果てて」という表現を的確に理解するうえで不可欠です。あえて言うなら、教養のない東京育ちの人たちが、しばしば軽蔑をこめて使う「いなか」よりも、もっと差別的だったかもしれません。

この部分の現代語訳をみてみましょう。

(a)誰とかさん、地方官四年か五年の任期が終わって〔萩谷朴〕

(b)ある人が、国司としての四、五年の任期を終えて〔菊地靖彦〕

(c)ある人(=作者紀貫之自身)が、国司としての地方勤務の四、五年(の任期)を終えて〔『全文全訳古語』「あがた」〕

テクストの表現を過不足なく理解するなら、ここまでの段階で、「ある人」が貫之をさしていると判断できる根拠はありません。(c)のように注記することは、推理小説の冒頭にさりげなく登場した人物に「(=真犯人)」と注記するようなものです。「ある人」に、「実際には貫之自身をさす。朧化法」〔鈴木知太郎〕と頭注を加えているのもそれと同じ大きなお世話です。『源氏物語』若紫の巻に登場する無邪気な幼女に、後の紫の上であると注記するのが注釈書の定石になっていますが、こういう余計な情報を与えられたら、物語の展開に対する興味に水をさされてしまいます。映画を見ていて、連れに、この人たち、あとで結婚するのよ、と得意げにささやかれるのと同じことです。

「誰かさん」とは、特定の人物を婉曲によんでからかったりする場合に使うのがふつうです。「誰とかさん」となると、人物ではなく人名をわざと伏せることになるので、大きな声では言えないが、という含みになります。日本語話者なら、現代語訳には、現代語の感覚が生きていなければなりません。

「あがたのよとせ、いつとせ」を「国司としての四年、五年」とか「国司としての地方勤務の四、五年」とか訳したら原文と過不足のない表現にはなりません。

京の生活になじんだ官人たちにとって、辺鄙な田舎での生活は我慢の連続であり、在任中の楽しみは、早く任期を終えて京の生活に戻ることだったでしょう。そのような気持ちで「あがた」での不便な生活を送っている身にとって、四年と五年とでは心理的に大違いだったはずです。四年も住めば帰れるだろうと心積もりしていたのに、さらにもう一年、同じ生活を強いられたときの落胆は察するに余りあります。「国司としての四、五年」などと軽く訳したのでは、心理的な落ち込みも、また、そのあとに味わうことのできた「果てて」の開放感も、まったく伝わってきません。

説明はできるが、現代語訳はできないという典型的事例のひとつです。

■「〜て」の連用による句節の分断

あがたの四年、五年果てて|、例のことども、みな、し終へて|、解由など取

りて、住む館より出でて、船に乗るべき所へ渡る

読みながら気づくのは、そして、気になるのは、「て」で終わる短い句節が、つぎつぎと出てくることです。「て」の連用による短い句節の切り離しは、先行する文が、つぎのように、「の」の連用で一本に糊付けされていたのと対照的です。

それの年のしはすの二十日あまりひと日の日の戌の刻に門出す

「の」による糊付けが、門出するには常識はずれの日時であることを強く印象づけるための技法であるとしたら、「て」による細かい切り離しは、どのように説明すべきでしょうか。というよりも、この構文からどのような印象を受けるかといったほうが適切でしょう。なぜなら、だれが読んでも共通に受けるその印象こそ、貫之のねらいだったはずだからです。

それを考えるための予備作業として、まず、用語を片付けておきましょう。

■**例のことども、みなし終へて**

国司の任を離れる際に規則として義務づけられている手続きや、処理しておくことが慣習となっていることどもをすべて処理して、という意味です。「例」は中国語からの借用ですが、早い時期に日本語に溶け込み、『土左日記』をはじめ、仮名文学作品にも、和語に準じる感覚で使われており、現代語にまで継承されています。

■解由などとりて

「解由」は官庁用語のひとつで、萩谷朴に、つぎの解説があります。

国司交替の際、後任者によって諸帳簿の検査をうけ、在任中における調庸雑物の欠負未納の弁済・官舎の修理・役目執行などに過失のなかったことを確認して、所管事項の引き継ぎがすむと、前任者に過怠がなかったことを証明する解由状というものを、後任者が発行する。前任者はそれを京に持ち帰って、勘解由使局（かげゆし）に提出し、その監査を通過して、始めて責任を解除されることとなる。

長い解説を引用したのは、解由が無事に取れて、「ある人」がどれほど安堵《あんど》したかがよく理解できるからです。在任中に処理した書類に後任の国司が疑義をさしはさんだりしたら、予定どおりには帰京できなくなってしまったでしょう。

右のような予備知識をもたずに読むと、「解由」を取ることなど、現今のビザ取得程度の事務手続きで済んだのだろうと感じてしまうのは、「解由など」とあるので、いくつかの必要書類のひとつにすぎないと読み取ってしまうからですが、この表現は、煩雑ないくつもの手続きのうちのハードルであった「解由」を取れるかどうかが気がかりだったことを、そして、それが無事に取れた安堵《あんど》を端的に表わしています。

■住む館より出でて

国司の公館を引き払って、すなわち、門出して、ということです。平安末期の字書『色葉字類抄』（三巻本・多《タ》・地儀）には「タチ」に「館」が当てられています。堂々と立っている建物、という意味で、「立ち」、「建ち」とよばれたのでしょう。

品川和子全訳注『土左日記』（講談社学術文庫・一九八三）には、「この館の所在も含めて地理を説明する必要がある」として、先人の考証を紹介しながら、館が高知県南国市比江にあったことや、「田圃《たんぼ》の中のその遺跡を、見学者や観光客が時折訪れている」ことが記されています。

『土左日記』は、他の諸作品と同じように、京の人たちが読むことを前提にして書かれているのに、彼らが知るはずもない土佐の地理を、どうして薄手の文庫本の四ページも費やして「説明する必要がある」と考えるのでしょうか。そんなことに力を入れずに、お粗末きわまる訳注を改善すべきです。

■船に乗るべき所へ渡る

先行部分には「門出す」と書いてあるだけですが、行く先は「船に乗るべき所」、すなわち、そこから乗船することになっている場所でした。

「ある人」の頭は、早く出発したいということでいっぱいなので、船がすぐには出ないことを承知のうえで、乗船することになっている場所で待ち構えたのでしょう。実際にはその近くでしょうが、気持ちとしてはその場所です。

「例のことども、みなし終へて、解由など取りて、住む館より出でて」と、いちいちの手順を細かく切ってあとに続けているのは、①離任するまえに処理すべきことはすべて済ませた。②後任の国司が発給した解由などの必要書類はちゃんと手元にある。③公館は引き渡しできる状態にあると、手落ちのないように、いちいち慎重に確認しながらつぎの段階に進んでいる心理を巧みに描写しています。こういうところにも貫之の卓抜した文才の一端を見る思いがします。窓は閉めたな、ガスは止めたな、アイロンは切ったな、という旅行に出るまえの確認の経験はだれでもあるはずです。

■かれこれ、知る知らぬ

あの人やこの人、知っている人や知らない人が、ということです。

漢語の「彼此」を直訳した言葉である。純粋な和文としては、「これかれ」もしくは「ひとみな」というべきところである。〔萩谷朴〕

『土左日記』には、「これかれ」が六例あるのに、ここだけ「かれこれ」となっているので、誤写であるとか、仮名文のまえに漢文で書いたものがあったために、「訓読語の無意識的流入」であろうとか、そのほか、さまざまの議論があるようですが、どれも一顧の価値だにありません。

どうして、注釈をする人たちは、一人残らず、「これかれ」と「かれこれ」とがまったく同じ意味だと決めてかかるのでしょうか。

(a)あの人もこの人も見送りに来てくれた。

(b)この人もあの人も見送りに来てくれた。

観念的に表現する場合は(a)になり、特定の人物がそばにいれば(b)になります。見送りに来た人たちを「あの人も、この人も」と捉えることは、現今でも、ふつうのことです。

風吹き、波荒ければ、船いださず、これかれ、かしこく嘆く〔一月廿七日〕

船客のなかで、わたしのそばにいた人（＝これ）も、少し離れた場所にいた人（＝かれ）も、はなはだしく悲しんだ、ということです。

■知る、知らぬ、送りす

こういう場合の「送り」の習慣を筆者は知らないので、状況を具体的にイメージできませんが、知人の顔がまず目に入るのは当然ですから、この逆の順序はありえません。「送りす」は、「送る」と違って、形式的、儀礼的雰囲気を感じさせます。義理で来ただけの知らない人たちも混じっていたのでしょう。

読み進めばわかることですが、ここでこのようなそっけない表現をすることによって、このあとに述べることを際立てています。

■としごろ、よくゝらべつる人々

「としごろ」は、土佐の国に滞在していた数年間をさしています。

現代語の動詞「比べる」は、同類のものを相互に比較することですが、平安時代には、「くらぶ」が、つぎのように用いられています。

老いもておはするままに、さがなさもまさりて、院もくらべ苦しう、たへがたくぞ思ひ聞こえ給ひける〔源氏物語・若紫〕

大后《おほぎさき》の性格についての叙述です。年をとるにつれて意地悪な気性も増し、院も相手にするのが厄介で、こんな人はほかにいないだろうと思っておいでになる、ということです。文脈からわかるように、「くらべ苦し」とは、同じ価値基準を共有する相手としては付き合えないという意味です。

枕結《ゆ》ふ 今宵ばかりの露けさを 深山《みやま》の苔に くらべざらなむ、干《ひ》がたう待るものを、と聞こえ給ふ〔源氏物語・若紫〕

旅寝の袖も露が乾かない、すなわち、わたしの涙で袖は濡れたままです、という和歌に対する返歌で、今晩かぎりの草枕の露けさを、どっぷり濡れたままの深山の苔の状態にあるわたしと同じだとは思わないでください、ということです。これらの例を踏まえると、「としごろ、くらべつる人々」とは、この数年、腹を割って付き合える関係にあった人たち、という意味でしょう。この人たちとの親しい関係も、これで終わりになったという感慨が、「くらべつる」のツル（助動詞「ツの連体形）で表現されています。「雨降りつ」とは、たった今まで降っていたという意味です。

■としごろ、よくゝらべつる人々ナム

このナムは、いわゆる係り結びとして、連体形の結びを要求する助詞ですが、このあとを読んでも呼応する連体形は出てこないようにみえます。教室では、こういう事例が出てくると、係り結びが流れていると説明しているようですが、流れたという表現は、係助詞を使ったのに、そのあとを書いている間に連体形で結ぶことを失念して、筆の赴くままに叙述を先に進めてしまったという認識のもとに使われています。しかし、文学作品の文章は、慎重に練り上げられていますから、連体形で結ぶのをうっかり忘れたりすることはないだろう、流れているのは、なんらかの表現効果をねらって意図的に流したに違いないと考えて、その理由を探ってみるべきです。ここは「いささかに物に書きつく」と記したうえで書いた文章なので、わざと乱れた表現をした可能性もありえますが、それは、説明に窮したときに、カモシレナイと、参考のために提示する可能性であって、いちばん都合のよい可能性に跳びついて片付けたりすべきではありません。貫之をなめてかかることは、これまでの研究レヴェルに安住することです。

「かれこれ、知る知らぬ、送りす」という表現から、親しみや感謝の気持ちは汲み取れません。そして、そのあとに、つぎの文が続いています。

としごろ　よくゝらべつる人々なむ　別れがたく　思ひて　日　しきり
に　とかくしつゝ　のゝしるうちに、夜　更けぬ

このナムは、義理で儀礼的な見送りをしたあの連中と違って、ほんとうに別れを惜しんでくれる誠意のある人たちは、という対比の効果を発揮しています。

係り結びとよばれている構文規則を発見したのは本居宣長ですが、当時における公式の書記文体であり、現在は廃れてしまった文語文を書く際に、どの係助詞のあとは、どの活用形で結ぶということで、結びの活用形にばかり神経が集中し、助詞そのものの意味は、ゾ、ナム、コソをひとまとめに捉えて、強めるとか、強意とか、おざなりの説明をしてきました。しかし、仮名文テクストの表現を解析するうえで大切なのは、それぞれの助詞がどういう機能をもっていたかを正確に把握することです。この場合でいえば、「としごろ、よくゝくらべつる人々なむ」のナムによって、誠意の感じられないあの連中と違って、この人たちは、という対比が明確になっています。

係助詞ナムの主な機能は、叙述がその直後で大きく切れて、そのあとは話題が転換するこ

とを予告することです。そのあとの叙述が続かずに、ナムで切れることもあります。

係り結びが流れたようにみえるこの構文については、語句の検討を終えたうえで、改めて解析を試みます。

■日しきりに、とかくしつつ

「日しきりに」という結びつきは、『土左日記』のほかの部分だけでなく他の文献にも見当たらないために、このように解釈したいという意見の開陳はいくつもありますが、説得力のある解釈は提示されていません。これから筆者が提示する解釈はどうでしょうか。はじめてここに書くことですから、眉にツバを付けて読んでください。

解釈に取りかかる前に、青谿書屋本をはじめ、日本大学図書館本、三条西家本など、どのテクストにも「日しきりに」と表記されていることを確認しておきます。

すでに述べたとおり、貫之自筆のテクストでは、仮名で表記できない語形を含む漢語のほかは、原則として仮名で表記されています。「はつかあまりひとひのひ」の、どこかひとつの「ひ」に「日」を当てればずっと読み取りやすくなるのに当てていません。それなのに、この場合、原則を解除して、「日しきりに」と表記しているのは、「ひしきりに」と表記したのでは意図どおりの意味に理解されないおそれがあったからと考えるべきです。ふつうに使用されていた語句であれば、原則を枉《ま》げて漢字を当てる必要はなかったはずですから、ふつうには使われていない結びつきだったと考えるべきです。ほかの文献に見いだせないことは、その推定の正しさを裏付けています。ただし、逆にいうなら、「日しきりに」と表記しておけば、意図どおりに理解されるはずだと貫之が判断したということでもあります。この表記は、「日＋しきりに」と分析すべきことを意味しています。

定家による校訂テクストには、「わかれかたく思ひて新《（し）》（改行）畿《（き）》りにとかくしつゝ」と、「日」が削除されています。「しきりに」になら意味はよくわかります。定家は「日しきりに」について、これという解釈が思いつかないので、「ひしきりに」などという語句はどこにもないという理由で、「日」を衍字《えんじ》とみなしたのでしょう。衍字とは、誤って書いたまま抹消していない文字のことです。「新」は語頭であることを示す仮名字体であり、行頭の「畿」は、語句の途中の仮名であることを示す仮名字体ですから、「新‐畿りに」は、「しきりに」がひとまとまりであることを示しています。

「日しきりに」と表記しておけば「日＋しきりに」と理解できると貫之は考えたのに、三百年後の定家には貫之の用字の意図が理解できず、「日」を削除してしまいました。定家による校訂テクストがわかりやすいのは、写し誤りがないからではなく、わかるように整えられているためであって、思わぬところに落とし穴が潜んでいます。

碩学の定家に理解できなかったのだから、現今の研究者がもてあましても無理はないなどと考えたら、解釈の進歩を放棄することになります。
萩谷朴は、「日しきりに」が、結果としては「ひねもすに」という副詞と同義であると主張したうえで、「日＋しきりに」と二つに分ける立場を、つぎのように批判しています。

（略）「日」一字に終日の意を持たせることも無理であるし、「日、しきりにとかくしつつ」と、口調がアンバランスな粒切れのものとなるので、作者がそのような拙劣な文章を構成したとは考えられない。

〈日〉一字に終日の意を持たせることも無理である」と断定しているところに、文をバラバラに解体して最小単位を説明の対象にする古典文法のアトミズムの病弊がモロに表われています。

「ひねもすに」と同義だったとすれば、「ひねもすに、とかくしつつ」と書けば、、例外的表記まで導入して「日しきりに」と書いたりしないで済んだはずではないかと考えてみるべきです。『土左日記』にも、「ひねもすに」は二箇所に使われています。

用字の基本原則を枉げてまで、「日しきりに」と表記したのは、ぜひとも、ここに「日＋しきりに」を使いたかったからに違いないので、我々の課題は、ゼヒトモの理由を解明することです。

■しきりに、とかくしつつ　ののしる

「しきりに」は、つぎからつぎへと、という意味です。「ののしる」には幅の広い使いかたがありますが、中核的な意味は、自分の意見をはっきり主張することです。この場合には、つぎからつぎへといろいろのことがあり、それについて、友人たちがそれぞれに、どのようにしたらよいか意見を言い合ったことを表わしています。結果はガヤガヤになったとしても、ガヤガヤ騒ぐことが「ののしる」の意味ではありません。まして、見出し語の漢字表記をはじめ、すべての用例に「罵」を当てたりするようでは、辞書の名に値しません（『全文全訳古語』）。現代語の〈ののしる〉も、立場や見解が違う相手に、汚いことばで自分の意見を押し付ける行為ですから、基本はつうじています。

■ののしるうちに、夜、更けぬ

明るいときから、つぎからつぎへと、さまざまのことが出てきて、ああだこうだと意見を言い合っているうちに、ふと気がついたら、もう夜が更けていた、ということです。「夜、更けぬ」の「ぬ」は、すでにその状態に入っており、現在も進行していることを表わします。いつのまにか夜更けになっていたということです。

「ある人、あがたのよとせ、いつとせ、果てて」から「夜、更けぬ」までが、門出した日に、「いささかに」物に書きつけた文章です

■複雑な構文を解析する

この文の構成をみると、日と夜とが密接に呼応しています

としごろ、よく〳〵くらべつる人々なむ、別れがたく思ひて、日しきりに

とかくしつゝ　ののしるうちに、夜、ふけぬ

中間に位置する「ののしる」が、前半と後半とを、つぎに示す関係で連結し、複雑な構文を形成しています。

日、しきりにとかくしつゝののしる

とかくしつつののしるうちに、夜、更けぬ

複線構造の部分を黒く覆って示すと、「日、しきりにとかくしつゝののしるうちに、夜、更けぬ」となります。すなわち、「日しきりにとかくしつつののしる、ののしるうちに夜ふけぬ」ということです。広く捉えれば、「日、しきりにとかくしつゝののしるうちに、夜、更けぬ」でもよいでしょう。

前から順に読むと、最初に、つぎの文が取り出されます。

としごろ、よく〳〵くらべつる人々なむ、別れがたく思ひて、日しきりに、

とかくしつゝ　ののしる

このように「（とかくしつつ）ののしる」でいったん結ばれており、この「ののしる」は

「なむ」の結びとなる連体形として理解されますから、係り結びは流れていません。ちなみに、所属する動詞の種類がもっとも多い四段活用は、終止形と連体形とが同形です。

第一の文がひとまず完結したあと、改めて、「(とかくしつつ)ののしるうちに、〜」と、第二の文に移行します。融合された二つの文を合わせると、つぎのような意味になります。


この数年、心を許してつきあってきた人たちは、別れる気持ちになりづらくて、明るい間、いろいろのことについて、どのようにすべきだと、つぎつぎと助言してくれたが、熱心に助言をしてくれているうちに、気がついたら、もう夜更けになっていた。


夢中になっていたら、はじめは明るかったのに、もう真っ暗になっていたことを、第一の文から、「とかくしつつののしる」を介して第二の文に移行する構文ですらりと表現している巧みさにため息が出ます。

「夜更けぬ」とは、何時ごろだったのでしょう? その答えは、すでに示されているとおり、戌の刻、現在の午後八時ごろです。どうしてそんな夜更けに門出をしたのか、ここまで読むと素朴な疑問が解ける仕掛けになっていることがわかりました。

貫之は、前文をはじめ、このように、あちこちで、和歌の手法を和文に持ち込み、巧みな表現をしていますが、貫之といえども、「いささかに」書きつけて、こんな表現ができるはずはありません。

つぎの文を朗読してみましょう。

年ごろよくくらべつる人々《ひとびと》なむ、別《わか》れがたく思《おも》ひて、日《ひ》しきりにとかくしつつ、ののしるうちに夜《よ》ふけぬ。〔『全文全訳古語』「朗読で味わう日本の古典」〕

このテクストからは、「一日中あれこれしながら騒いでいるうちに夜がふけてしまった」という、くだらない現代語訳しか出てきません。朗読したのでは、この文の表現を味わうことができません。

貫之の名文を無惨に破壊した元凶は、「日しきりに　とかくしつつ」のあとに加えられた心無いひとつの読点です。萩谷朴以外は、どの注釈書も、この位置に読点を加えています。これもまた、句読点が仮名文テクストの理解を致命的に妨げてしまった例のひとつです。

以上の検討から明らかなように、「日、しきりに、とかくしつつののしるうちに、夜、更けぬ」は、一体不可分の表現として構成されています。

筆者はこれで解けたと考えますが、読者は納得できたでしょうか。

《補説》テクストのつまみ食い

「年ごろ、よくくらべつる人々なむ」の「なむ」の結びが、流れているという説明に関連して、率直に述べておきたいことがあります。

『日本語研究法』（古代語編）（青葉ことばの会・おうふう・一九九八）という一冊があります。「はじめに」によると、『土左日記』を資料にして設定した問題を「レポート」にまとめ、大学や短大の学生に、日本語史研究の方法を示したものです。「レポート」は、大学や研究所に勤務する十人が一篇ずつ担当しています。

「レポート①『土左日記』の係り結び」（金子弘執筆）には、「流れについて」という項があり、「強調の係助詞〈ぞ・なむ〉に見られる流れ」六例に、それぞれコメントが加えられています。その⑤として、右に取り上げた「としごろ、よくくらべつる人々なむ別れがたくおもひて～」を挙げており、「なむ」は「おもひて」に係っていても連体形になっていないことを指摘しています。そのあとの説明は筆者に理解できません。

六例の流れのなかの③は、つぎの和歌です。

③雲もみな波とぞみゆるあまもがないづれか海と問ひて知るべく

（説明）③が係っているのは連体形「みゆる」ではあるが、これは（略）名詞「あま」を修飾しているためである。


だから、「見ゆる」を「ぞ」に呼応する連体形とは認めない、ということです。

すでに述べた筆者の解釈をここには持ち出しませんが、「見ゆる」が「あま」を修飾している、すなわち「雲もみな波とぞ見ゆる海人《あま》」という結びつきだと教えたりしたら、高校の教室でも騒ぎになるでしょう。そんな見分けもつかない海人に尋ねたところで、教えてもらえるはずがないからです。

詳しくは繰り返しませんが、この日の記事を順を追って読めば、まず目に入るのは、「海を見やれば、雲もみな波とぞ見ゆる」という、係り結びの流れていない散文の表現であり、和歌として取り出しても、「雲もみな波とぞみゆる」と連体形で結ばれていますから、流れているどころか、単純きわまる係り結びの事例です。これほど貧弱な力量で、係り結びを主題として古代語研究法の模範的「レポート」を執筆する神経は筆者に理解できません。この「レポート」を逐条的に批判したら一冊の本になるでしょう。嘆かわしいことに、これが十篇の「レポート」のなかの最低ではありません。ハードルを最下段に調整しても、合格ラインに達しているのは、二篇か三篇でしょう。出身大学を象徴した名称のグループがこんなひどい本を出版したら、迷惑を受ける人たちも多いでしょう。

『土左日記』を唯一の資料として選んでいながら、「レポート」の執筆者がだれもテクストをきちんと読もうとせずに、小さな問題を設定してテクストをつまみ食いしています。右に取りあげた③の例でも、せめて一行まえから読んで文脈を確かめるだけの心がけがあれば、これほど幼稚なことをもっともらしく書いたりしないで済んだはずです。

『日本語研究法』の惨憺《さんたん》たる失敗のもとは、テクストをなめてかかっていることです。本書の読者には、テクストとじっくり対話しよう、わからないことはテクストに教えてもらおうという基本姿勢を忘れない文献学的アプローチの必要性と、その有用性とを認識してほしいと切望します。文献学には、筆者など及びもつかない洗練されたアプローチがあることを、そして、さらに洗練する余地がいくらでも残されていることを強調しておきます。

第Ⅳ部　絶えて桜の咲かざらば

☆九日　心もとなさに、明けぬから船を曳きつつ上れども、川の水なければ、ゐざりにのみぞゐざる、
この間《あひだ》に、わたの泊まりのあかれの所といふ所あり、米《よね》、魚《いを》など請《こ》へば、行《おこ》なひつ、
☆かくて船曳き上《のぼ》るに、渚《なぎさ》の院といふ所を見つつ行く、
その院、昔を思ひやりて見れば、おもしろかりける所なり、
後方《しりへ》なる岡には、松の木どもあり、中の庭には梅の花咲けり
☆ここに、人々の言はく、これ、昔、名高く聞こえたる所なり、
故惟喬親王《これたかのみこ》の御供《おほむとも》に、故在原業平の中将の、世のなかに　絶えて桜の　咲かざらば　春の心は　のどけからまし　といふ歌詠める所なりけり、
☆今、今日ある人、所に似たる歌、詠めり、
千代経たる　松にはあれど　いにしへの　声の寒さは　変はらざりけり、
また、ある人の詠める、
君恋ひて　世を経《ふ》る宿の　梅の花　昔の香にぞ　なほにほひける　と言ひつゝぞ、
都の近づくを喜びつゝ上《のぼ》る、
☆かく上る人々のなかに、京より下《くだ》りしときに、みな人、子ども無かりき、至れりし国

にてぞ、子生める者どもありあへる、
人みな、船の泊まる所に、子を抱《いだ》きつつ降り乗りす、
☆これを見て、昔の子の母、悲しきに堪へずして、

　なかりしも　ありつつかへる　ひとのこを　ありしもなくて　くるがかなしさ　と

言ひてぞ泣きける、父もこれを聞きて、いかがあらむ、
☆かうやうの事も歌も、好むとてあるにもあらざるべし、唐土《もろこし》もここも、思ふことに堪へぬときのわざとか、
今宵、鵜殿《うどの》といふ所に泊まる、〔二月九日〕

『土左日記』は、全体が緊密にまとまった単一のテクストですから、日付の単位で独立に取り扱うべきではありません。そのことを十分にわきまえたうえで、本書の趣旨を提示するのにふさわしい部分のひとつとして二月九日の部分を選び、表現の解析を試みます。文献学的アプローチのサンプルのつもりです。

☆九日　心もとなさに、明けぬから船を曳きつつ上れども、川の水なければ、ゐざりにのみゐざる、この間《あひだ》に、わたの泊まりのあかれの所といふ所あり、米《よね》、魚《いを》など請《こ》へば、行《おこ》なひつ、

■ 心もとなさに

「心もとなし」は、状況がはっきりしないので、あるいは、見通しが立たないので、不安だという心理状態の表現です。書き手は、いらいらしています。どうして、いらいらしているのか。ここ数日の経過をたどってみましょう。

六日　澪標《みをつくし》のもとより出でて、難波《なには》に着きて、川尻に入《い》る、みな人々、媼《おむな》、翁《おきな》、額《ひたひ》に手を当てて喜ぶことふたつなし、（略）

＊「澪標」は、船が通れるコースを示す、海岸近くの標識。「おむな（omna）」は老婆。

七日　今日、川尻に船入《い》りたちて、漕ぎ上るに、川の水、干《ひ》て、悩みわづらふ、船の上《のぼ》ることいと難《かた》し、（略）

八日　なほ川上《のぼ》りになづみて、鳥飼《とりかひ》の御牧《みまき》といふほとりに泊まる、今宵、船君《ふなぎみ》、例の病ひおこりて、いたく悩む（略）

＊「なづむ」は、難渋《なんじゅう》すること。「船君」は、船客のなかでいちばん偉い「ある人」です。

とうとう淀川の河口に入って、もうじき京だと大喜びしたら、川が干上がっていて漕ぎ上るのに難渋し、その翌日にも順調に進むことができず、そのうえ、「船君」の持病が起こってたいへん苦しがるという事態になります。そして、その翌日が九日です。こんな調子では、いつ京に戻れるのか見込みが立たないので、いらいらするのは当然です。

■明けぬから

夜が明けないうちから。「卯《う》の刻《とき》」とか「あかつき」などではなく、このように表現したのは、夜明けを待ちきれずに、という焦りの表現です。

■ゐざりにのみゐざる

「ゐざる」は、歩行が困難なために、膝を動かして前進すること。ここは、水が少ないので、船底が川底を擦ってばかりいて、水上を航行する状態がほとんどないために、少しずつしか前進できないことの形容です。

■わたの泊まりのあかれの所といふ所あり

地名人名が出てくるとハッスルして徹底的に調べあげるのが中世以来の注釈の伝統ですから、多くの専門家がこの地名の考証を試みてきました。萩谷朴は、「古来難解な地名であった」と前置きして、この地名についての詳しい考証を書きはじめています。しかし、筆者が尋ねたいのは、それがわかったら、あるいは、それがわからないままだと、この作品の理解にどのように影響するのですか、ということです。この冷たい反応は、テクストに書いてあることはすべて伝達したい情報である、という筆者の主張と矛盾しません。

筆者が注目したいのは、これが異様に長たらしい地名であることと、そのあとに、「といふ所あり」と付け加えられていることです。

「和泉の国まで」と、すなわち、海を無事に渡らせてくださいと必死に立てた願《がん》が叶って和泉の国にたどり着いたのに、川に水がなくて船が進まず、いらいらしています。ちょっと進んだだけで、なんとかかんとかのなんとかの所とかいうおかしな地名の所に泊まらざるをえなくなりました。聞いたこともない地名なので、京に近づいたという実感がありません。書き手の心細さといらいらとが読み手に伝われば、地名の意味など、また、その正確な位置などどうでもよいことで、仮に架空の地名であっても同じことです。

■米《よね》、魚《いを》など請《こ》へば、行《おこ》なひつ

いわゆる〈主語のない文〉ですが、だれが「請へば」、だれが「行なひつ」なのでしょうか。日本語研究者の間では、日本語に〈主語〉を認めない立場が主流になっていますが、わかりやすくいえば、それぞれの動詞の主語はだれなのだろうということです。

日本語の文章には主語のない、主語・述語の照応しない文章が非常に多い。ところが、英語では主語・述語が応じ合って文であると習う。聞いてみれば、たしかに主語・述語が応じ合うことは重要である。

〔大野晋『日本語の文法を考える』岩波新書（黄版）53・一九七八〕

こういう説明を頭から信じていると、つぎの英訳に肩すかしを食らいます。

…, and there rice and fish were supplied to them at their request. (Porter)

＊そして、その場所で、要請に応じて彼等に米と魚とが供与された。（直訳）

学校の英文法では、〈ネコがネズミを〜〉は能動態、〈ネズミガネコに〜〉は受動態、というわかりやすい例文を対比してみせるだけで、受動態は、'rice and fish were supplied'のように、主語を明示する必要がない場合に多く使用されることを教えないようです。ついでにいえば、'to them'の'them'がだれであるかも推察に頼っています。学校教育に問題があるのは、古典文法だけではありません。右の引用の「聞いてみれば、たしかに」は、実体験に基づいていないようです。英語圏まで出かけなくても、テレビのドラマで会話を聞いてみれば、そんなものではないことがすぐにわかります。

大野晋の叙述は、つぎのように続きます。

日本語では主語を省略した文、主語のない文が多い。それでもわれわれは日常生活にほとんど困難なしに暮らしている。（略）いったい、主語は本当に必要なのか。

「行こうと言ったんだけれども、いやだと言ったもんだから、怒っちゃって、帰ってきたんだ」

といったような表現の例では、実際には登場人物が四人いて、Aが行こうと言ったけれども、Bがいやだと言ったから、Cが怒ってしまい、A、B、C、Dともに帰ってきたという話だという。こういう会話をすることが可能な日本語とは、いったいどんな言語であるのか。

「米、魚など請へば、行なひつ」は、まさに、右に例示された型に属していますが、読者は、二つの動詞の主語が、それぞれ、だれとだれだと思いますか。

A・B・C・Dの話は伝聞に基づく形で紹介されていますが、極端な場合を示そうとした作例でしょう。右の解説どおりに理解できれば、伝説上の聖徳太子なみの天才です。〈主語の省略〉が許されるのは、場面と文脈に依存して理解が成立する場合であって、無条件ではありません。

「米、魚など請へば、行なひつ」とは、その地の住民が米と魚とを要求したので、いつもどおりに与えた、ということです。「行なふ」とは、決まった儀式のように実行することです。どこかに立ち寄るごとに土地の連中が必ずなにかを要求するので、このたびも与えたという含みの表現です。

注釈書が「こへば」を「乞へば」と表記しているのは、貧民たちが物乞いに集まってくるという理解を反映していますが、「行なひつ」、すなわち、さっき、その行事を済ませた、という表現は、住民たちが、まるで通行税のように要求するので、それに応じたことを意味しています。注釈書への批判を込めて違う漢字を当てましたが、貫之がなぜ仮名文で書いたかを考えれば、漢字など当てずに、和語による表現を的確に理解すべきです。

筆者は、土地の人たちが貫之の一行に「請へば」、それに応じて「行なひつ」、という関係しか思い浮かびませんでしたが、その逆の関係で捉える立場も有力で、「従来の諸注は二つに対立していた」〔萩谷朴〕ことを知って、まさかと思いました。萩谷朴が論争の経緯を詳しく紹介しながら自説を展開していますが、これほど不毛な議論はありません。混乱の原因は、だれもこの表現を日記の文脈のなかで捉えようとしてこなかったことです。それが筆者のいう古文読解の限界です。

この前日、二月八日の記事には、欲しくもない鮮魚を土地の人間が持ってきたので、米で返した。エビでタイを釣るようなやりかただ、これに似たようなことが立ち寄る場所ごとにある、と怒っています。「不用」という語との関連で言及した一節です（第Ⅰ部第一章）。

筆者が、右に、〈主語の省略〉が許されるのは、場面と文脈に依存して理解が成立する場合であると述べたのは、まさに、こういうことです。日付が変わっても、日記の文脈は連続しています。そのように捉えて表現を解析するのが文献学的アプローチです。

☆かくて船を曳き上《のぼ》るに、渚《なぎさ》の院といふ所を見つつ行く、その院、昔を思ひやりて見れば、おもしろかりける所なり、後方《しりへ》なる岡には、松の木どもあり、中の庭には梅の花咲けり

■渚《なぎさ》の院

文徳天皇の離宮で、後に皇子惟喬《これたか》親王（八四四―八九七）の領になったことが、注釈書に記されています。この作品を読むような上流社会の人たちなら、「渚の院」という語を目にしたとたん、毎年、桜の季節になると、親王が、「右馬《うま》の頭《かみ》」に擬せられている業平を連れて渚の院に鷹狩に出かけ、狩はほどほどにして、酒を酌み交わしながら深夜まで「やまとうた」に熱中したという、『伊勢物語』（八二段）の話を思い出したことでしょう。二人が心の友というべき間柄にあったことは、『伊勢物語』（八三段）の挿話や『古今和歌集』（雑下・九七〇）の詞

書からもよくわかります。

■昔を思ひやりて見れば、おもしろかりける所なり

惟喬親王が没してからこのときまで四十年ほどしか経っていないので、数十年前の話ですから「昔」とよぶのは大げさのような感じですが、すでに述べたとおり、現在と心理的に断絶された過去は「昔」ですから、生前の彼らと交渉を持たなかった『土左日記』の書き手にとって、『伊勢物語』のエピソードは、「昔」の話でした。

「昔を思ひやりて見れば、おもしろかりける所なり」とは、『伊勢物語』に描かれた話を思い出し、親王と業平とが、まさにこの院で、酒を飲みながら、毎年、和歌を熱心に作ったのだな、と思って見るから、当時は、強く興味をそそられる場所だったに違いない、ということです。それを裏返すと、この院にまつわるエピソードを知らなければ、格別に興味を惹かれる場所ではない、すなわち、現状は荒れ果てている、ということです。「おもしろし」とは、それだけがパッと注意を引き、ほかのものは目に入らない状態の形容です。

「おもしろかりける所なり」は、古典文法の絶好のターゲットになりそうな表現です。

この助動詞「ける」は、推量にはたらくものととる。「おもしろかりけり」で終止していれば、当座の詠嘆的感想と見ることができるが、「おもしろかりけるところなり」とあとに断定の助動詞で当座の感想を述べている

ので、遠い昔への追想として、推量に作用すると解さねばならない。
〔訳〕往時を偲びながら眺めたら、いかにも趣の深げなところである。
〔萩谷朴〕

その院は、昔のことを思いやりつつ見ると、まことに趣のある所である。
〔菊地靖彦〕

文法用語が駆使されていますが、率直なところ、最初に、こうだと思ったことを、乱暴な理屈で正当化したという印象です。

ここでも、「おもしろし」に〈趣がある〉が当てられています。「をかし」や「あはれ」などの仲間に入れられて、〈趣がある〉、〈情趣がある〉などと、まるでハンで押したように訳されていますが、〈趣がある〉とはどういう意味かをきちんと説明できるのでしょうか。

■後方《しりへ》なる岡には、松の木どもあり、中の庭には梅の花咲けり

「松の木どもあり」とは、松の木が何本か生えている、ということであって、「松の木などがある」〔菊地靖彦〕ではありません。いい加減な現代語訳に慣れていると、こういう指摘は、重箱の隅をつつくようなあら捜しに見えるかもしれません。しかし、「松の木などがある」とは、①松のようなつまらない木が生えているか、②松だけでなく、ほかの木も生えているか、そのどちらかを意味するのに対して、ここで書き手が注目しているのは貧相な松の木です。筆者が目くじらを立てた理由は、あとでわかります。

■**梅の花、咲けり**

「咲けり」はひとまとまりで、現に、咲いている状態にあることを表わします。咲け＋り、と分けて、リを完了の助動詞とか継続の助動詞とかよぶことは誤解のもとです。現代諸方言の、咲イテル、咲イトル、咲イチョルなどと同じことです。ここでその事実を確認した理由も、あとでわかります。

☆ここに、人々の言はく、これ、昔、名　高く聞こえたる所なり、
故惟喬親王《これたかのみこ》の御供《おほむとも》に、故在原業平の中将の、世のなかに　絶えて桜の　咲かざらば
春の心は　のどけからまし　といふ歌詠める所なりけり、

■**ここに、人々の言はく**

居合わせた人たちのいうようには、ということですが、「言はく」のあとを、いわゆる会話の文とみなしてカッコで括ったら収拾がつかなくなります。

ここに、人々のいはく、「これ、昔、名高く聞こえたるところなり」「故惟

喬親王の御供に、故在原業平中将の、世の中に絶えて桜の咲かざらば春の心はのどけからましといふ歌よめるところなりけり」。（振り仮名削除）

〔菊地靖彦〕

漢字の当てかたや句読点の位置などは注釈書ごとにまちまちですが、萩谷朴にも木村正中にも、右の引用と同じ位置にカッコがあります。品川和子、長谷川政春には傍線部分にカッコがなく、「これ、昔、」から「歌詠めるところなり」までが「人々」のことばの引用になっています。木村正中には、傍線部分のカッコの境目にテンがあり、萩谷朴では傍線部分で改行されています。これほどの混乱は珍しいことです。

カッコの位置の違いは、解釈の違いを反映しています。萩谷＝木村＝菊地は、「これ、昔、名高く聞こえたるところなり」までが第一の引用、そして、そのあとの「故惟喬親王の御供に」以下が第二の引用と認めています。

引用を閉じたあとに、なにかことばが挿入されて、さらに別の引用が続いていることは珍しくありませんが、このように、ふたつの引用の間になにもことばがない校訂テクストを、筆者はほかに見た記憶がありません。

ふたつの引用に分けた根拠を推測すれば、①船に乗り合わせていた「人々」（以下「人々」）が、時間を置いて話した別々のこととみなして、二つに分けたか、さもなければ、②「人々」

のうち、Aグループが話したことと、Bグループが話したこととを区別したか、その二つの可能性が考えられるかもしれませんが、いずれにせよ、根拠は不明です。こういう珍しい処理をする以上、注釈でその理由を説明すべきです。近世から明治期ぐらいの注釈書にそのような解釈が記されているのかどうか、筆者には、それを追跡する興味も熱意も責任もありません。筆者は、平安末期以降の、思いつきに満ち満ちた注釈を学的業績とみなしていないからです。

■仮名文は発話を忠実に写したものではない

ここで、たいへん大切なことをひとつ、確認しておきます。

校訂テクストにカッコが付いているので、どうしてそのように処理したのか推測を試みましたが、ほんとうをいえば、そもそも仮名文は、カッコを受け付けない構文なので、どこにカッコをつけるべきかを考えること自体、意味がないのです。

仮名文テクストを《地《じ》の文》と《会話文》とに区分すること、会話文に引用のカッコを付けること、和歌を改行して独立に扱うこと、句読点を加えることなどは、校訂テクストの約束事になっていますが、それは、とりもなおさず、校訂者が仮名文の構文原理を認識していないことの証拠にほかなりません。そういう問題に関しては、別に論じた筆者の著作があるので〔『仮名文の構文原理』増補版〕、ここで中途半端に再説しませんが、そのかわりに、当面の問題について考えるうえで不可欠な知識を、わかりやすい事例で説明しておきます。

渚の院をめぐるこのエピソードが実録であると仮定しても「人々」が話したことばが、そのとおり、仮名文テクストとして記録されているはずはありません。「故惟喬の親王《みこ》の御供に、故在原業平の中将の〜」と人名に両方とも「故」が冠してあるのは、ふたりとも故人だからではありません。この二人の人物がすでに故人であることを、当時の人たちは知っていたはずだからです。そもそも、故人でさえあれば「故」を付けるわけではありません。

「故」というのは、亡くなった人につける接頭語であるが、こうした修辞にも、強い氏族意識に改まった気持、厳粛な気分を示そうとする作者の姿勢がうかがわれる。〔萩谷朴〕

傍線部に文章の乱れがあるかもしれませんが、解説の趣旨は理解できます。しかし、つぎのような事例を、それと同じ原理で説明することはできないでしょう。

このごろ明け暮れに御覧ずる長恨歌《ちやうごんか》の御絵、亭子院《ていじゐん》の描《か》かせ給ひて、伊勢、貫之に詠ませ給へる大和言《こと》の葉をも唐土《もろこし》の歌をも〔源氏物語・桐壺〕

亭子院（宇多天皇）も伊勢（女性歌人）も貫之も、『源氏物語』の時期には故人でしたが「故」はついていません。二つの作品の百数十年の隔たりに理由を求めるのは強引です。

筆者がこれまでに目をとおしたのは、膨大な仮名文テクストのごく一端にすぎませんが、「故」をこのように使った事例がたいへん珍しいことは事実です。

萩谷朴は青谿書屋本に基づいてテクストを校訂していますが、もとになった青谿書屋本のテクストの該当箇所を見てみましょう。［図版］

へ　たるところなり　故これたかのみこ
のおほむともに　故ありはらのなりひら

青谿書屋本

この部分をつぎのように表記したら、すらすらとは読み取れません。

　こゝれたかのみこのおほむともにこありはらのなりひらの中将の

青谿書屋本には、漢字で「故」と太く書いてあります。仮名で「こ」と書けば書けるのに漢字で書いてあるのは、そうしないと、意味の単位に即座には区切れないからです。

つぎのように「故」をつけなければ、ますます読みにくくなります。

これたかのみこのおほむともにありはらのなりひらの中将の

「此れ鷹のみ、この御伴にあり、原野なり、ひらの中将の」などと意味を引き当てたら、なにがなんだかわからなくなります。これは極端な場合ですが。

書記テクストでは、アクセントやイントネーション、ポーズなどが捨てられてしまうので、発話されたままに音節を仮名で表記すると、どこでどう切ってよいのかわからなくなってしまいます。

■仮名文に直接話法と間接話法との区別はない

この一節の表現を解析するうえで、もうひとつ、大切なことがあります。

読者は、英文法で、直接話法と間接話法との区別を習ったはずです。

直接話法　He said, "……."　間接話法　He said that …….

現代日本語の書記様式では、引用部分にカッコを使うので、この区別がほぼ当てはまります。しかし、発話ではどうでしょうか。

母さんは、「わたしが悪い」って言うんだよ。(作例)

耳で聞けば、なんの抵抗もないのに、カッコをつけると、おかしなことになってしまいます。母親が自分自身の行為について「わたしが悪い」といったわけではありません。もともと、発話された文にカッコを付けること自体が間違いです。カッコを付けて話はしません。仮名文は雅の文体ですが、構文原理は俗の口頭言語と基本的に共通しています。

「ここに人々のいはく」とあるから、それ以下は、彼らが話したことばだ、すなわち、会話文だという判断が、仮名文には当てはまりません。たとえば、木村正中の校訂テクストには、「歌よめるところなりけり」でカッコを閉じ、その右に、小さく、〔などという〕と記されています。ここまでが、「人々」の話したことばの引用だ、という意味です。どの注釈書のテクストも、ここでカッコを閉じていますから、それと同じ解釈です。

この一節の現代語訳は、つぎのようになっています。

(a)「ここは、昔、有名な評判の高かったところだ」「今は亡き惟喬の皇子の御供をして来て、今は亡き在原の業平の中将が、〔和歌略〕という歌を詠んだところなんですって」〔萩谷朴〕

(b)「これは、昔、有名だった所である」「故惟喬親王のお供をして来た、故在原業平中将が、〔和歌略〕という歌を詠んだ所なのだ」。〔菊地靖彦〕

訳文だけなら、表現は不自然でも、なんとなくわかるような気になりますが、原文と対照すると、いくつも難点が出てきます。

■これ、昔、名　高く聞こえたる所なり

仮名文の文体に潜在するリズムのままに読み進むと気になりませんが、いったん立ち止まって考えると、船に乗り合わせていた「人々」が、「これ、昔、名、高《たか》く聞こえたる所なり」と言ったと、無条件にはみなせないことに気がつきます。問題は、「名高く聞こえたる所なり」と、助動詞「たり」が使われていることです。

「中の庭には、梅の花咲けり」の「咲けり」とは、梅の花が現に咲いている状態にあることの表現だと念を押しました。「聞こゆ」は、活用型が違うので、「聞こえり」でなく「聞こえたり」となりますが、リもタリも機能は同じです。したがって、古典文法の規則を当てはめると、「昔、名高く聞こえたる所なり」は、〈昔は、現に有名な所です〉、〈…所でした〉という理不尽な表現になってしまいます。

『伊勢物語』の「昔、男ありけり」と同じように、「昔、名高く聞こえける所なり」なら、よくわかりますが、まさか貫之の書き誤りではないでしょう。

■潜在する日本語のリズムに合わせて読む

不思議なことに、古典文法を忘れて読めば、この文の意味はすらりと理解できます。というよりも、〈昔あった有名な出来事で知られている所だ〉という意味であることが、滞りなく伝わってきます。「昔、名高く聞こえける所なり」と改めたら、昔は有名だったが、もは

や、そのことが忘れられている、という含みになってしまいます。右に引用した(a)「ここは、昔、有名な評判の高かったところだ」〈萩谷朴〉も、(b)「これは、昔、有名だった所である」〈菊地靖彦〉も、事実上、「タル」を「ケル」に置き換えて訳しています。

古典文法に合わないから意味不明であるとか、あいまいな推測しかできないとかいうわけではありません。こういうゆるい構文が仮名文の特徴ですから、潜在する日本語のリズムのままに読み進めばよいだけです。古典文法では仮名文の構文を正確に解析できないばかりでなく、しばしば、誤った解釈に導きます。

けり……〔過去〕①(自分が直接経験していない過去の事を、他から伝え聞いたりして回想する意を表す)…た。…たということだ。例「昔、男ありけり。東の五条わたりに、いと忍びて行きけり〈伊勢五〉訳昔、(ある)男がいた(ということだ)。東の京の五条あたり(の女の所)に、ごくひそかに通っていた。〔『全文全訳古語』〕

自分が経験していないことを回想できるわけはないし、回想したことなら「た」でよいはずなのに、「たということだ」となぜ訳すかもわかりません。「他から伝え聞いた」なら伝聞ですが、終止ナリとの関係はどうなるのでしょうか。そもそも、「いた」と「いたそうだ」とは大違いです。要するに、この辞書の編者は「ケリ」の機能をまったく理解していません。

「昔、男ありけり」とは、人に聞いた話だから真偽は保証できない、という意味ではなく、その人物が実在したことは確かな事実だという表現です。「昔、隣村に鬼が住んでいました」という表現は、確実に住んでいたことを保証しています。

■**故惟喬親王《これたかのみこ》の御供《おほむとも》に、故在原業平の中将の、（和歌略）といふ歌詠める所なりけり**

すでに指摘したとおり、どの注釈書も、ここまでを「人々」のことばの引用とみなしています。引用を二つに分割すべき理由はないと述べたことは、ひと続きの発話の引用とみなすべきだということではありません。うるさいほど強調しておきますが、AからBに滑らかに移行するのが仮名文の構文なのです。注釈書に、ときおり、〈主語が途中で転換している〉という指摘を見かけますが、そういう事例を例外とみなすこと自体、仮名文の構文原理を正しく理解していない証拠です。

末尾の「なりけり」を、他人のことばの引用とみなすことも自然ではありません。

「なりけり」の意味について、たとえば、つぎの説明があります。

①…であった。…であったということだ。（用例略）

②…であったなあ。…であるなあ。（用例略）

〔解説〕②の「けり」は、はじめて気がついて詠嘆する気持ちを含む。和歌に用いられるのは②。物語の地の文では、実は…であった、と読者に説明す

るのによく用いられる。〔例解古語辞典』第三版〕

「けり」の基本的機能はその事実を確認することであるというのが筆者の現在の考えなので、①と②とを区別する理由はないし、筆者は詠嘆という用語を使用しませんが、ふつうには右のように説明されているので、古典文法を習った読者にはわかりやすいでしょう。

「といふ歌詠める所なりけり」を、注釈書のように、「人々」のことばとみなすとしたら、船上の「人々」が、だれかに、〈実は、〜という和歌を詠んだ場所だったのだ〉と口をそろえて説明したことになりそうです。

よめるところなりけり……詠嘆的伝聞の「けり」。歌語りの会話で絶句してト書きのないところに、感動の強さを表現している。〔萩谷朴〕

この注釈は、そういう立場で考えられています。ト書きがないとは、「人々の言はく」で始まっているのに、「と言ふ」で結ばれていないという意味です。

「詠嘆的伝聞」の意味はよくわかりません。「人々」が、この話をしながら、業平の和歌のすばらしさに感動し、「なりけり」で絶句してしまったという解釈のようですが、この「なりけり」は引用ではなく、日記の書き手による叙述でなければつじつまが合いません。

以上を整理すると、船上の人々が、「これ、昔、〜」と言ったのを日記の書き手が引き取って、「名高く聞こえたる所なり」とまとめ、そのまま日記の文章として叙述したことになります。言い換えるなら、最初に引用のカッコを付けても、カッコを閉じるところがないということです。

■よのなかに　たえてさくらの　さかさらは　はるのこゝろは　のとけからまし（世の中に、絶えて桜の咲かざらば、春の心はのどけからまし）

この和歌には、『土左日記』の本質に関わり、和歌の本質に関わり、そして、表現解析の方法に関わる、さまざまの問題が含まれているので、ゆっくり解きほぐすことにします。

■「桜の咲かざらば」と「桜のなかりせば」―1

『古今集』巻一（五三）には、「渚の院にて桜を見てよめる」と詞書して、第三句「なかりせば」となって出ている。第三句の本文は、『伊勢物語』『業平集』（略）『新撰和歌』巻一も『古今集』に一致し、『古今六帖』（略）のみが土佐日記に一致しているが、これもやはり、正月廿日条の仲麻呂の歌の第一句同様、貫之が年少読者に容易に理解させるために、抽象的な「なかりせば」という本文を具体的な「さかざらば」という表現に改めたものであろうか。『六帖』はその土佐日記の改訂本文に従ったものであろう。ただし、『古今集』の現存諸本の中でも、関戸本・筋切・元永本・清輔本等は「さかざらば」となっている。（略）〔萩谷朴〕

『古今和歌集』の現行の校訂テクストは、どの注釈書を見ても、第二・三句が「絶えて桜のなかりせば」となっていますが、それは、どれも、定家の自筆テクストか、その系統のテクストを使用しているからです。『伊勢物語』の校訂テクストも、やはり定家の自筆テクストを模写した学習院大学図書館蔵本に基づいており、「なかりせば」となっています。

この和歌の第三句は、本来、「なかりせば」であったが、『土左日記』で「さかざらば」となっているのは、貫之が、年少読者に容易に理解させるために、抽象的な表現を具体的な表現に改めたものであろうか、と萩谷朴は推察しています。このことについては、あとで検討します。「正月廿日条の仲麻呂の和歌の第一句」についても、あとで考えます。

今し、はねといふ所に来《き》ぬ、稚《わか》き童《わらは》、この所の名を聞きて、はねといふ所は、鳥の羽《はね》のやうにやある、と言ふ、まだ幼き童のことなれば、人々笑ふときに、ありける女童《をむなわらは》なむ、この歌を詠める、

　まことにて　名に聞く所　羽《はね》ならば　飛ぶがごとくに　都へもがな

とぞ言へる、男も女も、いかで疾《と》く京へもがなと思ふ心あれば、この歌、良しとにはあらねど、げにと思ひて、人々忘れず〔二月十一日〕

この挿話などは、まさに、「童心誘掖」（本書第Ⅰ部第一章）の適例といえそうです。用語も表現も、現今の「年少読者」にとってさえわかりやすい、そして、親しみをおぼえさせる一

節です。「都へもがな」は、〈都へ行けたらなあ〉という表現だ、という程度の説明は必要ですが――

この事例だけでも、萩谷朴が『土左日記』の特色のひとつとして挙げる「童心誘掖」は確実に裏づけられたと考えたいところです。しかし、なるほど、そのとおりだと膝を打つまえに、この考えにとって不都合な反例がないかどうかを確認する手順が必要です。

■反例を探す

反例は、その翌々日の記事の後半にあります。

> 女これかれ、沐浴《ゆあみ》などせむとて、あたりのよろしき所に下りてゆく、（略）さて、十日あまりなれば月おもしろし、船に乗りはじめし日より、船には紅《くれなゐ》濃くよき衣《きぬ》着ず、それは、海の神に怖《お》ぢてと言ひて、なにの葦陰《あしかげ》にことつけて、老海鼠《ほや》のつまの貽鮨《いずし》、鮨鮑《すしあはび》をぞ、心にもあらぬ脛《はぎ》に上げて見せける〔一月十三日〕。

「ゆあみ」は「湯浴み」ですが、浴びる湯などないので、海水で体を洗うために女性たちが、海辺の、なんとか人目につかずにすみそうな場所に下りていった。満月に近い十三夜の明るい月が、まだ沈まずにくっきりと出ているなか、ちょっとした葦の陰になっているからだいじょうぶだと無理に理由をつけて衣服を高く捲り上げ、とんでもないところを心ならずも見せてしまった、ということです。

萩谷朴は「諧謔効果・春思啓発」という「評語」のもとに、この場面を、「作者自身の息抜きであり、秘《ひそ》かな楽しみを偸《ぬす》む態《てい》のものであったと考えられる」と解釈していますが、地名の「はね」をめぐる無邪気な挿話のすぐあとにこれほど露骨な記事があっても、「童心誘掖」と矛盾しないのでしょうか。

■都合の悪い部分を回避しない

『土左日記』のうち、どうしてここ一箇所だけに、これほど露骨で下品な叙述があるのかと、筆者はかねがね不審に思っていました。女性に仮託した作品であるという説明は、この短い一節だけで頓挫してしまうはずなのに、だれも問題にしてきませんでした。筆者は、『土左日記』を講義で扱ったときに、このあとは自分で読むようにと、後ろめたい気持ちで逃げてしまいました。詳しく説明したら人格を疑われかねないと思いました。筆者と同じように、この部分をスキップして講義や演習を進めた経験をもつ人たちも、きっといることでしょう。Porterによる英訳には、この部分がすっぽり抜け落ちています。英国紳士の潔癖さが目をそむけさせたのでしょう。

逃げるべきではないと思ったのは、この部分をも含んで『土左日記』の完全なテクストなのだから、すみずみまできちんと読まなければ文献学の基本をおろそかにすることになるのに、学生諸君の目の前でその基本姿勢を枉げてしまう自分が許せなかったからです。その反省から、改めて注意深く読みなおして得られた見解を以下に述べて、熱心に講義に参加してくれた学生諸君へのお詫びとします。この一節があってこそ『土左日記』なのだということがそのときにわかっていたら、逃げたりしませんでした。

■文献学的アプローチ

正統の文献学の立場を取り戻し、正面からこの部分の表現を解析してみましょう。

「作者自身の息抜きであり、秘かな楽しみを偸む態のものであったと」としたら、日記の読者の存在を意識していながら、どうして、この部分で、そして、この一箇所だけで、息抜きをしてみせる必要があったのかを説明できなければなりません。

さて、十日過ぎなので、月がとてもよい。船に乗りはじめた日から、船中では女たちが紅の濃い、いい着物を着ない。それは海神に魅入られるのを怖れてというわけだが、今はなに、かまうものかと、頼りない葦の陰にかこつけて、ほやに取り合せる貽貝の鮨や、鮨鮑を、思いもかけぬ脛まで高々とまくりあげて海神に見せつけたのであった。〔菊地靖彦〕

後半の訳の根拠として、「性器の露出は邪気や悪霊を祓う呪術で、沐浴の光景をそれに見立てる説（松本寧至）」が、同書の頭注に引用されています。木村正中も頭注でその説を紹介していますが、「こころにもあらぬ」に「不用意に心にもない」と傍注を加えていますから、「見せつけた」とは大きな距離があります。

文脈をたどってみましょう。

「浦戸より漕ぎ出でて」〔十二月廿八日〕、すでに十五日が経っています。狭い船内で女性が体を洗うことなど、とてもできません。室津に停泊したので船を抜け出し、人目を避けて夜明け前の海岸に沐浴に出ます。海岸に適切な場所（よき所）などあるはずがなくても、どうにか我慢できる場所（よろしき所）でと思って来たのに、どこにもありません。それでもあきらめず、ここなら葦の陰になるから大丈夫だと理由を付けて沐浴を始めます。しかし、満月に近い月明りは、沐浴する姿を隠してくれません。船内の生活では、海神を恐れて真っ赤な上等の衣服を身に着けなかった女性たちなのに、汚れた体を洗うことに夢中になりすぎて、心にもなく、あられもない姿をさらしてしまいました。

「船に乗りはじめし日より、船には紅濃くよき衣着ず」とは、もっているが着ないということです、そういう立派な衣服をもっているのは上層の女性たちです。それなのに、ふだんのたしなみを忘れて夢中に体を洗っているところに、そのときの彼女たちの気持ちが端的に表われています。

日記の書き手が表現したかったのは、船中で彼女たちがどれほど我慢を強いられる生活を送っていたかということでしょう。このつぎは、いつ、どこで沐浴ができるかわからないからと、我を忘れて必死に体を洗う女性たちの気持ちが、この表現から伝わってきます。

彼女たちが、岸のほうを向いて体を洗っていれば、衣服をたくし上げて屈《かが》んでも、ここに描写されたようなことにはならなかったでしょうが、恥じらって、人目があるかもしれない方角に本能的に背を向けたばかりに、心にもない結果になってしまいました。

このようにたどってみると、体の汚れが我慢の限界を超えるのは、「船に乗りはじめし日より」十五日目程度が適切であるし、闇夜では行動できないので、十三日の月夜は場面設定として適切です。岸に背を向けさせていることも女性の心理を捉えています。体の部位に言及することによって、岸に背を向けて体を洗ったことを示唆していることに、筆者は貫之の文才を感得します。体の部位の名称をストレートに出さずに婉曲に表現しているのは、貫之の恥じらいであって、それを「秘かな楽しみを偸む態のもの」だったと考えたりするのは、この挿話を日記の文脈の流れのなかに位置づけずに、この部分だけで理解しようとしているからです。ここにもまた、古文読解の限界が露呈されています。

「今はなに、かまうものかと、（略）思いもかけぬ脛まで高々とまくりあげて海神に見せつけたのであった」となると、失笑を通り過ぎて、貫之が気の毒になります。そのようなことを考えるのは民俗学の知識を場違いに当てはめるからであり、このような訳をしてみずから疑うことをしないのは、もっともらしい説を無批判に受け売りしているからです。

「十日あまりなれば、月おもしろし」を「十日過ぎなので、月がとてもよい」と訳していますが、冬空に寒々とかかっている十三日の月を「とてもよい」とは感じないのがふつうです。前述したように、「おもしろし」とは、それだけにパッと目を引かれて、ほかのものが目に入らない状態の形容です。ここでは、とても明るく見えることを表わしています。大切なのは、どうして、この場面に明るい月が必要だったかを考えてみることです。

邪気や悪霊を祓う呪術として秘所を海神に見せるのが目的なら、「頼りない葦の陰にかこつけ」たりする必要はありません。

■文法用語による呪縛

「海神に見せつけた」とは、見たいだけかってに見ろという態度で見せつけたことですから、呪術であっても、上品な女性の行為として、あまりに露骨です。そのような呪術が、当時、広く知られていたなら、もっと抽象的に表現しても読者は理解したはずです。逆に、広く知られていなかったら、このように具体的に書いても、多くの人たちは呪術であることが理解できなかったでしょう。民俗学の知識で説明したりするまえに、また、その説明を受け売りするまえに、この部分の叙述を当時の読者がどのように読んだかを考えてみるべきです。

海岸に沐浴に行った女性たちが、下品きわまりない striptease を演じさせられた原因は、おそらく、学校文法の知識を機械的に当てはめてこの表現を理解したことにあります。

見ゆ……自発　見る……自動詞　見す……他動詞・使役

見えける　見ける　見せける

「心にもあらぬ脛に上げて見せける」の「見せける」は〈〜させる〉という表現だから、〈見せつけた〉はともかくとしても、意図的に〈見せた〉ことは間違いない、と自信をもっていうぐらいなら、文法など百害あって一利なしです。

(1)相手に弱みを見せたら負けだぞ。〔作例〕　(2)金魚を死なせてしまった。〔作例〕

どちらも〈〜させる〉という表現ですが、(1)は、自分の配慮が足りないために、意思に反して、相手に弱みを見つけられてしまうという意味であり、(2)は、自分の配慮が足りなかったために、金魚が死んでしまったという意味です。

参り給へる人々も、大方《おほかた》の事のさまもあはれに尊ければ、みな袖濡らしてぞ帰り給ひける〔源氏物語・賢木〕

法会に参加なさったかたがたも、全体の雰囲気が感動的で尊いので、みんな涙を流してお帰りになった、という意味であって、意図的に袖を濡らしたわけではありません。ついでに言えば、〈涙を流して〉も意図的ではありません。

「心にもあらぬ脛に上げて見せける」も、同じことです。体を洗うことに熱中して、気をつけるのをうっかり忘れ、まる見えになってしまったという意味です。この表現類型は、日本語の歴史をつうじて一貫しています。日常使用している日本語について鋭敏な感覚がはたらかなければ、古代日本語を鋭敏に捉えることはできません。女性が意図的に見せたとすれば、海神から逃れるための呪術に相違ない。半端では海神が満足しないだろうから、〈見せつけた〉という論法なのでしょうが、「なにの葦陰にことつけて」も、「心にもあらぬ」も、目に入っていません。人文系ではなにをいっても許されると筆者は考えていません。

自動詞・他動詞、受身・使役などという用語は、文法形式のセットを対比的に命名したにすぎず、それぞれの語の機能は文法用語と無関係に生きています。使役だからサセルなのだという論法は通用しません。生じる事態は無限であり、文法形式は有限ですから、ひとつの文法形式が幅広い機能を担っているのは当然です。

■「桜の咲かざらば」と「桜のなかりせば」―2

萩谷朴は、『古今和歌集』に、「世の中に、絶えて桜の　なかりせば　春の心は　のどけからまし」となっている和歌の第三句が、『土左日記』で、「咲かざらば」となっている理由を、つぎのように解釈しています。

貫之が年少読者に容易に理解させるために、抽象的な「なかりせば」という本文を具体的な「さかざらば」という表現に改めたものであろうか。

（前引）

年少読者のためという考えは、沐浴の件を典型的事例に挙げて否定しましたが、否定する根拠はほかにもたくさんあります。

〈もしも桜がどこにも存在しなければ〉は抽象的であり、〈もしも桜がどこにも咲かなければ〉は具体的であるという認定が、率直にいって、筆者にはまったく理解できません。どちらも現実に反する仮定ですから抽象的でしょうが、そこを言い換えてみたところで、そのあとの「春の心はのどけからまし」という心境が「幼童」にとっては抽象的でなかなか理解できないでしょう。、

■ **原点を見極めたうえで検討にとりかかる**

誤った前提のもとに出発したら、帰結の信頼性が保障されないことは、一般論としてわかっていても、特定の問題を設定した場合に、その問題にとっての原点がどこにあるかを的確に見極めることは、なかなか難しいものです。「女のわたしも日記を書いてみよう」という共通理解を原点にしたこれまでの諸研究は、前提が間違っていたために、筆者自身の既発表の解釈を含めて総崩れになりました。『土左日記』の研究に携わった全員が失った時間を総計すればたいへんなものです。

筆者自身は、『土左日記』の本質を解明し、また、『土左日記』に関わるあらゆる問題を解

明するための原点が前文にあるという判断のもとに新たな観点から検討を加え、導かれた帰結の信頼性を、執拗なほど丹念に確認しました。

■この和歌の表現を的確に解明するための原点

萩谷朴は『古今和歌集』の「なかりせば」がこの和歌のもとの形であるという前提で、『土左日記』で貫之がそれを「さかざらば」と書き換えたとみなして、その理由を推測しており、さらにその延長として、その後の時期の「さかざらば」というテクストを、つぎのように一刀両断にしてしまいました。

『六帖』はその土佐日記の改訂本文に従ったものであろう。ただし、『古今集』の現存諸本の中でも、関戸本・筋切・元永本・清輔本等は「さかざらば」となっている。（前引）

貫之自筆テクストを定家が発見するまで、『土左日記』の内容はほとんど世に知られていなかったことが、ここでは忘れられており、「ただし」以下の事実が含む問題も完全に無視されています。

西下経一・滝沢貞夫編『古今集校本』（笠間書院・一九七七）には、諸本の校異を示し、頭注につぎのコメントを加えています。

諸本「さかさらは」である。定家本の「なかりせは」は俊成本の校異である。

古い仕事でもあるので、この校本に問題はありますが、要するに、平安時代の写本は、事実上、すべて「咲かざらば」であるが、定家の父でもあり師でもあった俊成筆のテクストに「なかりせば」とあり、定家はそれを引き継いだということですから、貫之が「咲かざらば」と改めたという萩谷朴の判断は、問題解決の原点になりえません。原点を見誤らせたのは、萩谷朴の設定した「評語」のひとつ、「童心誘掖」です。古い写本を但し書きのほうに挙げているところに、定家の権威がうかがわれます。

『土左日記』の文脈をたどりなおして、問題解明の原点を突きとめましょう。

その院、昔を思ひやりて見れば、おもしろかりける所なり、後方《しりへ》なる岡には、松の木どもあり、中の庭には梅の花咲けり

書き手が目を引かれたのは、院の後ろの岡に生えている何本かの見すぼらしい松の木と、中庭に咲いている梅の花でした。松をあとまわしにして、まず梅に注目しましょう。

梅の花が咲いている時期には、桜のつぼみがふくらみかけています。萩谷朴は、資料を駆使してこの日を九六三年三月十九日としています〔「凡例にかえて」〕。Porter による英訳では三月十六日になっていますが、この日記を基本的にフィクションとみなす立場からは三日の差などどうでもよいことで、重要なのは、桜のつぼみがふくらみかけているという場面設定

のもとに、業平のこの和歌が紹介されていることです。貫之は、読者をその場面に誘い込むために梅を咲かせた。というのが筆者の解釈です。

世の中に　絶えて桜の　咲かざらば　春の心は　のどけからまし

この和歌を詠んだときに、桜は、①開花する直前であったか、②花盛りであったか、③花吹雪の状態であったか、④花びらが庭を覆っていたか、どこに焦点を合わせるかによって、この和歌の読みかたが違ってきます。この和歌を読者が我が身に引き当てて読むなら、人生のどの段階にあるかによって、感慨もかなり違うはずです。

■『伊勢物語』の場面設定

『伊勢物語』（八十二段）では、この和歌が、つぎの叙述のあとに出てきます。「馬（右馬）の頭《かみ》なる人」が在原業平です。

いま狩する交野《かたの》の渚の家、その院の桜、ことにおもしろし、その木のもとに下りゐて、枝を折りて挿頭《かざし》に挿して、上中下《かみなかしも》、みな歌詠みけり、馬の頭なりける人の詠める、（略）

これは、まさに花盛りです。『土左日記』が『伊勢物語』を下敷きにしているとすれば、典拠と大違いの場面設定をしています。『古今和歌集』の注釈書は、『伊勢物語』にこの挿話があることを指摘するだけで、そのときの桜の状態など問題にしていません。ただし、忘れてならないのは、『伊勢物語』もまた、実話を素材としている場合にも、基本的にフィクションであること、そして、『土左日記』には、たとえば阿倍仲麻呂の和歌のように、意図的に原拠と異なる場面設定をしている事例があることです。

■『古今和歌集』のなかの位置づけ

定家の校訂した『古今和歌集』には、この和歌〔春上・五三・在原業平朝臣〕に、「渚の院にて、桜を見て詠める」という詞書があり、和歌の主題が梅から桜に移った五首目に位置づけられています。この詞書の「桜」は、配列された位置から判断すると、咲いている桜です。『古今和歌集』の平安時代の写本には、「桜の花を」、「桜の花を見て」というテクストもあります〔西下＝滝沢〕。貫之は撰者のひとりですから、『古今和歌集』には『伊勢物語』に描かれているのと同じ状況を詠んだ和歌として収録したはずですが、『土左日記』では、中庭に梅の花を咲かせて、桜も人も花の咲く日を待ちかねている時点にさかのぼらせています。

満開の桜のもとで酒を酌み交わしながら、「世の中に、絶えて桜の咲かざらば」、すなわち、どこにも桜なんて咲かなければいいのに、と詠んだりしたら、桜の散るのを惜しむ心には共感できても、花やいだその場の雰囲気に水を差す興ざめな和歌になりかねないことも事実です。それだからこそ、『伊勢物語』には、この和歌のあとに、「また、人の歌」として、つぎの和歌があります。

散ればこそ　いとど桜は　めでたけれ　憂き世になにか　久しかるべき

業平のような桜の愛しかたは賛成できない。未練を残さずにパッと散ってしまうからこそ桜はこの上なくすばらしいのだ、この世に永遠なものなどあるだろうか、ということです。これで、その場は、丸く収まったでしょう。

『古今和歌集』〔春下〕に、「題知らず、詠み人知らず」で、これとよく似たつぎの和歌があります。

残りなく　散るぞめでたき　桜花　有りて世の中　果ての憂ければ〔七一〕

■『土左日記』の場面設定

桜のつぼみがふくらんで、まさに花を開こうとしているときなら、「さかざらば」という仮定の受け取りかたは、『伊勢物語』の場合と違ってきます。すなわち、桜は、今日か明日かと、心をときめかして咲くのを待っているときがいちばんわくわくする。咲いてしまったら、あとはもう、風が吹かないかと心配し、散りはじめたら、惜しくてたまらず、そして、散ってしまえばむなしい気持ちだけが残る。いっそ、いつまでもつぼみのままでいてくれたら、のどかな心で春を満喫できるのに、ということです。

在原業平は六歌仙の一人として知られています。歌仙とは、和歌の達人ということです。貫之が執筆したと推定される『古今和歌集』仮名序に、「いにしへの事をも歌をも、知れる人、詠む人、多からず、（略）近き世にその名聞こえたる人は」として、僧正遍照以下、六人の歌人の名が挙げられており、それぞれの和歌について批評がありますが、いずれも、致命的欠陥の指摘ですから、貫之の評価は歌仙どころではありません。

在原業平の和歌は、つぎのように批判されています。

在原業平は、その心余りて、ことば足らず、しぼめる花の色なくて、にほひ残れるがごとし、

『古今和歌集』に収録された業平の和歌に、とても長い詞書を添えたものが多いのは、しぼんで生気のない花を、撰者のことばで生き返らせようとしているからです。たとえば、つぎの二首には、「東《あづま》くだり」として知られる『伊勢物語』〔第九段〕に対応する、異例ともいうべき長い詞書が添えられています。

からころも　きつつなれにし　つましあれば　はるはるきぬる　たびをしそおもふ

なにしおはゝ　いさことゝはむ　みやことり　わかおもふひとは　ありやなしやと〔古今和歌集・羇旅・四一〇・四一一・在原業平・詞書略〕

「その心余りて、ことばたらず」とは、その和歌を生かすも殺すも場面設定しだいということでもあります。「世の中に」というこの和歌を、それが詠まれた渚の院で『伊勢物語』

から開放し、満開の桜をつぼみに戻して、この和歌に新しい生命を吹き込んだ貫之の鋭敏かつ繊細な感覚に筆者は賛辞を惜しみません。

この和歌の表現を以上のように解析したうえで読むと、定家の校訂した証本テクストのつぎの形は、にわかに輝きを失います。

世の中に　絶えて桜の　なかりせば　春の心は　のどけからまし

どこを探しても世の中に桜が一本もなかったりしたら、春の心は、「あぢきなからまし」、「むなしからまし」、となってしまうでしょう。

定家は、どうして、優勢な「咲かざらば」を捨てて、劣勢な「なかりせば」を証本に採用したのだろうと筆者は不思議に思いました。

まず、思い当たるのは父であり師でもあった俊成の影響です。

俊成の歌論書『古来風躰抄《ふうていしょう》』（再撰本上下二巻・一二〇一）の上巻には、和歌の本質と、神代以来の歌の歴史とが説かれており、下巻には、『古今和歌集』から『千載和歌集』までの勅撰集から和歌を抄出して随所に短いコメントが加えられています。『古今和歌集』から抄出した八十余首のひとつにこの和歌がありますが、コメントはありません。

なきさの院にて、さくらの花を見て　在原業平朝臣

よのなかに　たえてさくらの　なかりせは　はるのこゝろは　のとけから

まし

ただし、俊成に迷いがあったのかどうかわかりませんが、俊成自筆『古今和歌集』には、詞書に「花を」がなく「さくらをみてよめる」となっており、つぼみをつけた、あるいは花が散ったあとの桜の木を見てという理解の余地を残しています。定家が継承したのはこちらのほうのテクストです。

定家自筆の『古今和歌集』に業平の和歌は三十首あり、二十五首が『伊勢物語』と重複しています。その二十五首のうち、二十三首の詞書は、明らかに『伊勢物語』の叙述と密接に関連しています。残る二首のうちの一首は、詞書による補足を必要としない、つぎの和歌です。第五句「ひちまさりける」は、濡れかたがひどくなる、涙で袖がいっそうびっしょりになる、ということです。

秋の野に　笹《ささ》分けし朝の　袖よりも　逢はで来《こ》し夜《よ》ぞ　濡《ひ》ちまさりける

〔恋三・六二二〕

したがって、『伊勢物語』にある諸例のなかで、『古今和歌集』が挿話を無視して独自の詞書を添えたのは、「世の中に」の一首だけになります。『古今和歌集』の撰者がこの和歌だけを例外的に処理したのは、満開の桜のもとに集まった楽しい雰囲気のなかで、こんな和歌を作ったと詞書を添えたら、ぶち壊しになってしまうからでしょう。

『古今和歌集』の四季の和歌は季節の進行に従って編纂されています。春になると雪が消えて春雨が降り、連れ立って野に出て若菜を摘み、梅が咲いてウグイスが訪れ、梅が散って桜が咲き、その桜が雪のように舞い散ります。こういう移り変わりのなかに、「絶えて桜の咲かざらば」を組み込むとしたら、いちばん無理の少ないのはどの位置でしょうか。

「咲かざらば」なら、桜がまだつぼみの状態にある時期から散り果てたあとまでのどこに置いても、それぞれに深い意味をもつことができますが、逆にいえば、非現実的な仮定ですから、どの位置にも適切には定位できません。『古今和歌集』の撰者は、「桜の花を見て」という詞書を添えて、桜が咲きはじめた時点にこの和歌を定位したのでしょうが、落ち着かないことは否定できません。

そういう不自然さを解消するために、俊成か、それに近い時期の人物が、「咲かざらば」を捨てて「なかりせば」を採ったとすれば、その動機はよく理解できます。しかし、その代償として、「咲かざらば」の和歌が誘発する深い感懐が失われてしまいました。定家は、俊成の「桜を見て」を採用して解釈の幅を広げようとしています。定家は、みずから納得しなければ、「咲かざらば」が支配的だった状況のなかで、父だから、師だからというだけで、俊成の校訂テクストを無条件に継承することはしなかったはずです。［次頁 図版］

結果としては、単独に読むとすばらしいこの和歌を勅撰集の組織の中に位置づけたことに

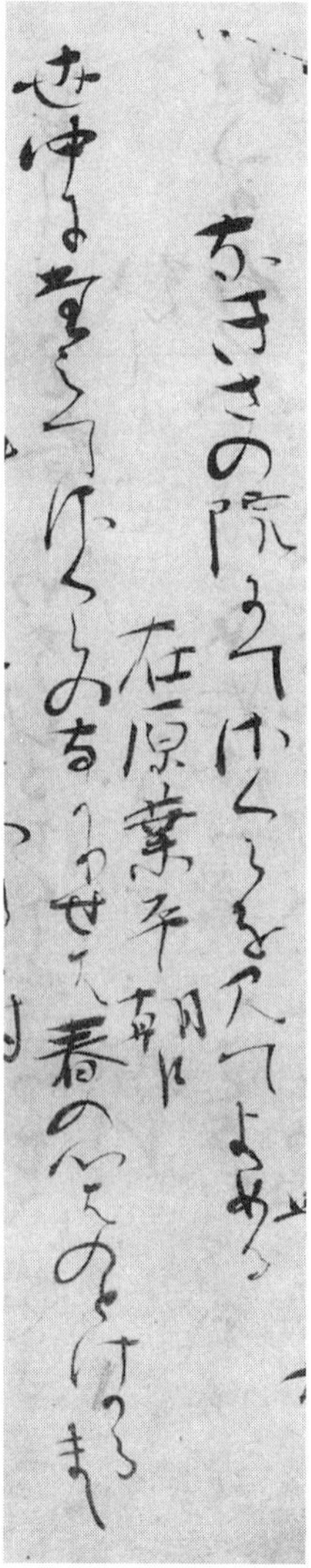

伊達本古今和歌集

よって、角《つの》を矯《た》められた牛は半殺しになりました。

『古今和歌集』を編纂する際に、貫之がこの和歌を咲いた桜を詠んだ一群のなかに位置づけたかどうかはわかりませんが、撰者のひとりとして、貫之の胸に割り切れない気持ちが残ったことは、おそらく確実です。そのわだかまりが、『土左日記』で、この和歌を梅の花の咲いている時期に位置づけたことによって見事に解消されています。

☆今、今日ある人、所に似たる歌、詠めり、

千代経たる　松にはあれど　いにしへの　声の寒さは　変はらざりけり、

また、ある人の詠める、

君恋ひて　世を経《ふ》る宿の　梅の花　昔の香にぞ　なほにほひける　と言ひつゝぞ、都の近づくを喜びつゝ上《のぼ》る、

■ないもの、ないことに気づくことが、洞察への第一歩

一般に、なにがあるかに気づくことは容易ですが、なにが欠けているかには、なかなか気づきにくいものです。

あってよさそうなのに、どうして、それがないかに気づくことが、ナゼ?の始まりであり、みずからに問いかけたナゼ?に対して、万人が納得する説明を考えることが新たな発見につながります。なにが欠けているかを敏感に嗅ぎ取るセンスが洞察力です。洞察《インサイト》とは、表面から見えない、物事の本質を透視することです。

「世の中に」の和歌に関する叙述に欠けているのは、日記の書き手のコメントです。『土左日記』の他の箇所なら、誰かの和歌が出てくると、たいてい、何らかのコメントが加えられていいます。日記の書き手は、どうしてこの和歌に一言のコメントも加えていないのでしょうか。『古今和歌集』仮名序で、業平の和歌を「心あまりて、ことば足らず」と評している貫之が、この和歌についてなにもいっていないのは不自然です。

適切な理由がすぐには思いつかないので、さしあたり、ここでは説明を保留して、疑問をいだいたまま、あとを読んでみましょう、

■今、今日ある人、所に似たる歌、詠めり

今、ここにいる人とは、船上にいる人という意味です。『土左日記』を最初から読んでいれば、それは「ある人」に違いありません。

現にここにいる人が、「所に似たる歌」、すなわち、渚の院に似つかわしい和歌を詠んだとは、昔、ここにありける業平の詠んだ歌は、この場所に似つかわしくなかったことを含意しています。さらにいえば、そもそも、この場所で和歌を詠むなら、桜などよりも、もっとこの場所らしい題材があるではないかということです。

「世の中に」の和歌について、コメントしていないのは、この院に来たのなら、桜など詠まずに目の付け所を変えるべきだということです。あえていうなら、こういうことだから、業平は上手な和歌が詠めなかったのだと、貫之はいいたかったのでしょう。

桜の花の散りけるを詠みける　　貫之

ことならは　さかすやはあらぬ　さくらはな　みるわれさへに　しづこころなし〔古今和歌集・春下・八二〕

*言成らば　咲かずやはあらぬ　桜花　見る我さへに　静心なし

当時の人たちが『土左日記』のこの部分を読んだら、きっとこの和歌を思い出したでしょう。わたしのことばどおりになるとしたら、咲かないでいてくれないか、桜の花よ、あわただしく散って行くおまえを見ているわたしまで、気持ちが落ち着かない、ということです。散り果てたあとの惜春の心に共感できます。「世の中に」の和歌についてコメントがない理由は、これで解けたことになります。

日記の書き手は、業平の詠んだ桜が院のなかのどこにあるのか探したりせずに、院の後ろの岡に生えている見映えのしない数本の松と、中庭に咲いている梅の花とに着目しています。世の中に桜がなかったらどうだとか、桜の花が咲かなければどうだとか屁理屈をこねないで、心を打たれた対象を題材にして、心を打つ和歌を詠めということです。

日記の書き手が、後方の岡の松と庭の梅とに最初に言及したのは、それらを題材にして、「所に似たる歌」を詠んでみせるための伏線でした。

■千代経たる　松にはあれど　いにしへの　声の寒さは　変はらざりけり

萩谷朴は、この和歌についての解説を、つぎのことばで書きはじめています。

松籟《しょうらい》の音に、業平の古歌の格調の高さと、人生の鑑としての歴史の厳粛さとを象徴した。

業平の古歌を格調が高いと評価しているその一事だけで、貫之の理解と根本的に異なることがわかります。「松籟」とは、松を吹く風の音です。

「千代経たる　松にはあれど」とは、どういう意味でしょうか。

千年を経た松ではあるが、惟喬親王の悲運に同調して吹いた松風の音の
身にしみ入るような響きは、今も変りはないことだ〔菊地靖彦〕

穿《うが》った古い注釈が背後にあることを推察させる訳ですが、これでは、「千年を経た松ではあるが」という条件句が意味をなしません。そのうえ、「声の寒さ」も行方不明です。

旅の終わり、京に戻った書き手は、隣人に管理を委ねていた我が家の門を入って、思いがけない荒廃ぶりに驚きました。

池めいて窪まり、水漬ける所あり、ほとりに松もありき、五年《いつとせ》、六年《むとせ》のうちに千年《ちとせ》や過ぎにけむ、かたへはなくなりにけり〔二月十六日〕

窪んだ水溜りになっているのは、もとは池で、ほとりに松もあった。五年か六年の間に千年過ぎてしまったのだろうか、半分なくなった状態だ、ということです。

松は千年生きるはずなので、枯れそうになっているのは、留守にしていた五年か六年の間に寿命の千年が過ぎてしまったのだろうかという、隣人に対する痛烈な皮肉です。

「千代経たる」の和歌も、これと同じように、松は千年、という俗信を前提にしています。

渚の院の後方にある岡の松は、よぼよぼで枯れかけています。そろそろ千年の齢《よわい》が尽きかけているのでしょう。「松の木どもあり」という表現は、みすぼらしい松をイメージさせますが、外見こそ衰えていても、吹き渡る早春の寒い風に当たって立てる声は、若い松であったころの鋭さを失っていないということです。前述したように、「音《おと》」は単純な音響をさす語ですが、その音にメッセージが込められていると感じたとき、「声」として捉えられます。老松は、吹き渡る風に乗せて、命の限り、この院の歴史を語りつづけています。

貧弱な松が何本か、岡の上にほんとうに生えていたかもしれません。しかし、寒さが身にしみるような鋭い声を聞かせるために、枯れかけたみすぼらしい松が小高い岡に生えていることが必要だったので、それは作者のイマジネーションかもしれません。

■**君恋ひて　世を経《ふ》る宿の　梅の花　昔の香にぞ　なほにほひける**

主君を慕いつづけてこの院の梅の花は訪れる春ごとに咲いている、この梅の花は今でも主君がここにいた当時と同じ香りを放って美しく咲いているのだ、ということです。「君」は惟喬親王を、「宿」は渚の院をさしています。「にほひける」は、その事実を確認したという表現です。第三句「梅の花」は、いったん第一・二句を受けてそのあとにポーズが挿入され、改めて、この梅の花は、と続いています。

親王がこの梅を寵愛していたことを前提にして詠んだ和歌です。記録によると親王が没したのは八九七年ですから、まだ数十年しか経っていなかった計算になりますが、「昔の香」という表現に、今は帰らぬ「昔」を偲ぶ書き手の心理が反映されています。この梅も、作者のイマジネーションが咲かせ、そして、匂わせたものかもしれません。

渚の院をめぐる叙述は以上で終わっています。このあとは話題が変わって、つぎのように続けられています。

☆かく上る人々のなかに、京より下《くだ》りしときに、みな人、子ども無かりき、至れりし国にてぞ、子生める者どもありあへる、人みな、船の泊まる所に、子を抱《いだ》きつつ降り乗りす、

☆これを見て、昔の子の母、悲しきに堪へずして、

なかりしも　ありつつかへる　ひとのこを　ありしもなくて　くるがかなしさ　と言ひてぞ泣きける、父もこれを聞きて、いかがあらむ、

☆かうやうの事も歌も、好むとてあるにもあらざるべし、唐土《もろこし》もここも、思ふことに堪へぬときのわざとか、

今宵《こよひ》、鵜殿《うどの》といふ所に泊まる、

■かく上る人々のなかに、京より下《くだ》りしときに、みな人、子ども無かりき、至れりし国にてぞ、子生める者どもありあへる

「ありあへる」は「居合わせている」という意味だという程度の説明だけで、考えなくても、だいたいわかるはずですが、古典文法を絡ませると、にわかにめんどうになってしまいます。なぜなら、「子ども無かりき」のキは助動詞の終止形なのでここで切ると、つぎのように、意味をなさなくなるからです。

かく上る人々のなかに、京より下りしときに、みな人、子ども無かりき。

「かく上る人々のなかに」は、それに続く「京より下《くだ》りしときに、みな人、子ども無かりき」を跳び越えて、「至れりし国にてぞ、子生める者どもありあへる」と続けないと文として完結しないので、どの注釈書も、挿入句という用語を使って説明しています。

下の「ありあへる」にかかる。従って「京よりくだりしときに、みなひと子どもなかりき」は挿入句となる。〔萩谷朴〕

■挿入句という認定は線条性の原理が許さない

右の文から中間を抜いて前後をつなげれば、つぎのようになります。

かく上る人々のなかに、【挿入句】、至れりし国にてぞ、子生める者ども

ありあへる、

このようにして京に上る人たちのなかに、行った先の土佐の国で子どもを生んだ人たちがいっしょにいる、ということです。これなら読者も納得するでしょうし、大学の講読や演習でも、そのように説明するのでしょう。しかし、ここでぜひ思い出してほしいのは、言語の線条性、書記テクストの線条性、すなわち、発話なら耳にした順を追って、書記テクストなら書いてある順を追って理解が形成されるという基本原理です。

この部分の表現も基本原理の例外ではありえません。書き手の頭に浮かんだ順を追って書いた形に整えられているのですから、書いてある順を追って読めば、書き手が意図したとおりに理解できるはずです。考えなくてもわかるはずだと述べたのはそういう意味です。

かく上る人々のなかに、京より下《くだ》りしときに、みな人、子ども無かりき、

至れりし国にてぞ、子生める者どもありあへる、

これを読んでわかるのは、つぎのことです。

こういうふうに京に上る一行《いっこう》のなかに、京から下ったときに、だれにも子どもがいなかった、着いた国で子どもを生んだ者たちが、(今、このわたしと)いっしょにいる。

「至れりし国」のシ(キの連体形)は、書き手が彼らといっしょに土佐の国に下ったことを表わしています。「者ども」は、部下や使用人などをさしているのでしょう。

前半から後半にケレドモという関係で続いているなら、「子どもなかりしかど」のように

表現されているはずだと主張するとしたら、古典文法に振り回されています。

■仮名文が連接構文で構成される理由

〈傘なんて、もう止んでるよ、いらないってば〉と言えば、傘が止んでいるとはだれも理解しません。「もう止んでるよ」は挿入句だ、などと空々しい説明は必要ありません。こういう表現は、親しい間柄どうしで日常的に使われています。仮名文と同じように、これもまた、つぎつぎと句節を継ぎ足して構成される連接構文です。連接構文とは、平安時代の仮名文に特有の特殊な構文などではありません。東京方言の例で説明しましたが、どの地方の方言でも、具体的に発話される形が違うだけで、原理は共通しています。教科書に出てこなくても、れっきとした日本語です。

〈(雨は)もう止んでるから、傘なんていらないってば〉と置き換えれば、文法的に整った形になりますが話し手の心の動きが忠実には反映されません。それに対して、連接構文なら、傘を持って行くか行かないかが目前の問題ですから、〈傘なんて〉が最初に来ます。そのつぎの問題は、降っているかどうか、これから降るかどうかですから、〈もう止んでるよ〉が続きます。そして、〈いらないってば〉という意思が表明されるという心理的過程が忠実に追われています。根拠を最後にまわして、〈傘なんていらないってば、もう止んでるよ〉と、拒絶の意思を強調する表明のしかたもあります。

『土左日記』の右の文では、「京より下りしときに、みな人、子ども無かりき」が〈もう止んでるよ〉に対応しています。「かく上る人々のなかに、京より下《くだ》りしときに、みな人、子ども無かりき」で表現が完結しているはずがないので、読み手は、そのまま続きを読みます。この場合は、シカシ、ノニ、ケレドモという関係で続いていることを文脈から反射的に感じ取ります。仮名文が連接構文で叙述されているのは、心理的過程をそのまま表明することが大切だからです。〈挿入句〉という捉えかたを筆者が支持しないのは、この場合に即して言えば、子を失った親の切実な悲しみを端的に反映した叙述を古典文法で無機的な情報に変換してしまうからです。

■ **人みな、船の泊まる所に、子を抱《いだ》きつつ降り乗りす**

この直前に、「みな人、子ども無かりき」とありますが、ここは「人みな」です。

ひとみな【人皆】（名）皆の人。すべての人。（略）語誌（略）土左日記の用例でもわかるように、「人皆」は必ずしも世人は皆の意を表さない。漢文において「皆」は「統括之詞」（辞源）であり、漢文脈には「人皆」、和文脈には「皆人」という傾向から、両者の差は文体にあると考えられる。

（中田祝夫編監修『古語大辞典』小学館・一九八三（語誌執筆―森昇一））

引用を省略した「土左日記の用例」は、この「人みな、船の泊まる所に～」の部分です。

『土左日記』に漢文訓読の用語が少なからず使用されているという築島裕の指摘（前述）を一人合点で拡大して、このような解説を加えたのでしょうが、読んでもわからないことからも明らかなように、二十世紀になって中国ではじめて刊行された、字書ではない辞書《ディクショナリー》『辞源』からの引用は意味をなしません。この文脈で漢文訓読の用語を使うべき理由はないし、そもそも、直前の「みな人」は和文脈のなかにあり、この「人みな」は漢文脈のなかにあるなどということは考えられません。

『土左日記』には、もうひとつ「人みな」が出てきます。

この歌どもを人のなにかと言ふを、ある人聞きふけりて詠めり、その歌、
詠める文字、三十《みそ》文字あまり七《なな》文字、人みな、えあらで笑ふやうなり
〔一月十八日〕

船中の人たちの詠んだ和歌を人がなにかと批評するのを、ある人が懸命に聞いていて和歌を詠んだが、三十七文字もあったので、「人みな」我慢しきれずに笑うようだった、ということです。この「人みな」は、その場にいた人たちの一人一人が、ということです。事実上、一人残らずになるにしても、全員というひとまとめの捉えかたではなく、この人もあの人もと、個人個人に注意が向けられています。「人みな、船の泊まる所に、子を抱きつつ降り乗りす」の「人みな」も、やはり、この人も、あの人もという意味です。

書き手の目には、どの人も、どの人も、子どもをしっかり抱いていると見えています。愛児を亡くした身には、そういう人たちだけしか目に入らなかったことが、「人みな」によって表現されていることに注意すべきです。それが筆者の提唱する、文脈に即した表現解析です。「みなひと」と「ひとみな」を最初から同義だと決め付けたうえでどこに違いがあるかを考えたために、文体の差だなどという奇想天外な説明をするハメになってしまいました。

注釈書の現代語訳は、つぎのようになっています。

(a)子供を生んだ人達がネ、居あわせている。その人たちがみな、〔萩谷朴〕

(b)子供を生んだ人たちが居合わせました。その、子をもった人はみな、〔品川和子〕

(c)〔傍注〕その人たちはみな〔木村正中〕

(d)行った先で子供を生んだ人たちが居合わせた、その人々は、〔菊地靖彦〕

どの注釈書も、「人みな」を、子ども連れの人たちだけに限定しています。その根拠は、子どものいないひとたちもいたはずだ、ということなのでしょう。ほかならぬ貫之の文章なのに、「ひとのこころ」の繊細な描写をだれも読み取っていません。

☆これを見て、昔の子の母、悲しきに堪へずして、
なかりしも　ありつつかへる　ひとのこを　ありしもなくて　くるがかなしさ　と
言ひてぞ泣きける、父もこれを聞きて、いかがあらむ、
☆かうやうの事も歌も、好むとてあるにもあらざるべし、唐土《もろこし》もここも、思ふことに堪へぬときのわざとか、
今宵、鵜殿《うどの》といふ所に泊まる、

■**昔の子の母**

亡くなってから、まだいくらも経っていないのに「昔の子」と表現していることは、現世と隔絶された遠い存在になってしまったという悲しみを反映しています。あの子が生きていたら、わたしもあの人たちのように抱きかかえていたはずなのに、と思うと悲しみがこみ上げて、こらえきれなくなってということです。

■**なかりしも　ありつつかへる　ひとのこを　ありしもなくて　くるがかなしさ**

これも、いわゆる主語のない文ですから、これだけを読んで意味を確定するのは困難です。しかし、この和歌が場面と文脈との支えなしに読まれることはありえません。先行部分から読んでくれば、「なかしりしも」は、「京より下りしときに、みな人、子ども無かりき」を、

そして、「ありつつかへる」は、「至れりし国にてぞ、子生める者どもありあへる」を思い出させます。「ありしもなくて」は、子があったのに、現在はない状態で、という意味です。「なかりしも、ありつつかへる」とは、子がいなかった人も、あの人もこの人も子がいる状態で京へ帰る、ということですが、「子どもがなかった人も、子どもを連れて帰るのに、子どもがあったのに、今はいなくなって来る悲しさよ、という表現の、「帰る」と「来る」との対比が読む者の同情を誘います。京から土佐に出かけていたのだから、京には帰るわけですが、かわいいわが子を土佐の地に置いてきたという認識をそのまま反映した「来る」が自然に口をついていています。懐かしい京に近づくほど残してきた愛児が遠くなるという、複雑な心境の反映です。

注釈書から、第五句の「くる」に対応する部分の訳を以下に抜粋します。

(a)帰って来るのが〔萩谷朴〕 (b)帰京することの〔鈴木知太郎〕
(c)京へ帰ってくることが〔木村正中〕 (d)亡くして帰る〔菊地靖彦〕

どの注釈書も、申し合わせたように、原文の「来る」を〈帰る・帰ってくる〉で置き換えているのは、後ろ髪を引かれる母親の心情を読み取ろうとしない無神経な訳といわざるをえません。

上句と下句との双方に、なし・・あり＝あり・・なしと、A・・B＝B・・Aの

反転対照の形で用いられている。ただしそのためにやや饒舌となって、十二月廿七日の歌よりは歌品は劣っている。〔萩谷朴〕

筆者は文学研究の徒ではないし、歌論にも無知なので、右の評価がどこまで正しいか知りませんが、こんな分析は、表現をきちんと解析したあとにしてほしいものです。

■父もこれを聞きて、いかがあらむ

「父」は、「昔の子の父」です。亡き子の父、すなわち、帰任する国司も、妻の詠んだこの和歌を聞いて、どんな思いがしているだろうか、という書き手のコメントです。

■かうやうの事も歌も、好むとてあるにもあらざるべし

「かうやうのこと」は、このようなこと。すなわち、親しい人が亡くなること、「歌」とは、その人の死を悼んだ和歌、すなわち、『古今和歌集』の部立《ぶだて》でいえば、「哀傷歌」（巻十六）を詠むことです。親しい人が亡くなるのは、好き好んで亡くなったはずはないし、故人を哀悼する和歌を好き好んで詠むはずもない、ということです。

■唐土《もろこし》も、ここも、思ふことに堪へぬときのわざとか

中国でも日本でも、感情が高ぶって、ことばに表わさずにいられないときに作るのが詩であり和歌だということだ、と、みずからの大切な主張を他人から聞いたことのように表現しているのは、書き手が貫之ではないと思わせるためのカモフラージュですが、本気で身を隠したわけではないでしょう。

■今宵、鵜殿《うどの》といふ所に泊まる

まだ、聞き覚えのない「鵜殿といふ所」です。しかし、翌日の十日には、「山崎の橋、見ゆ、うれしきこと限りなし」となって、もう京は目と鼻の先だという喜びが伝わってきます。

付録　日本大学蔵本『土左日記』抜粋

『土左日記』の一月十三日の記事から四か所（第Ⅰ部第三章、第Ⅲ部補説・第Ⅲ部第一章、第Ⅳ部）を、それぞれ必要な部分だけ切り取って引用したので、その前後、十二日および十四日（最初の二行）を添えて、日本大学本の写真（笠間書院複製本による）を示します。

日本大学本は、貫之自筆のテクストを松木宗綱が書写したテクストの忠実な写しです。同じ語をつねに同じ仮名字母の組み合わせで表語的に表記したり（「う見」、「ふね」）、誤読を生じそうな仮名連鎖に漢字を当てたりするなど（「所」・「波」）、原本になかった表記上の工夫を独自に加えています。

1　2　3　4

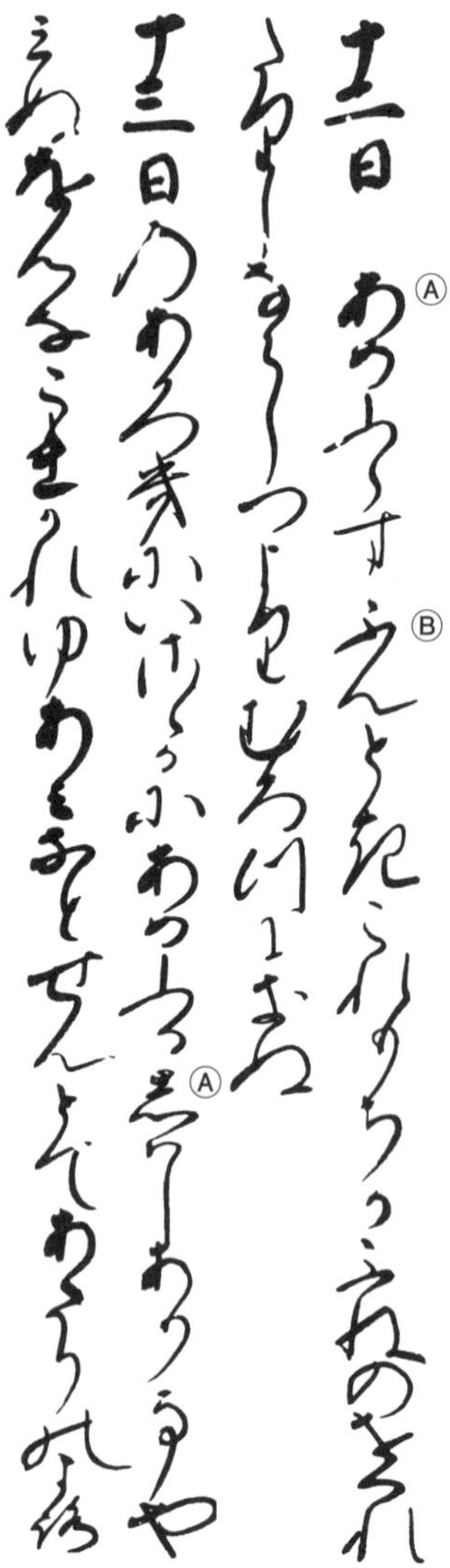

しきこゑおもうゆく Ⓐ かんをみやまはくもゝえは Ⓑ
よろみせろおもわもふかいつまつうかんとさひくさつくと Ⓐ
Ⓐ なんうことろけくこうつおもやなまはつゝおろ
しえてゐつつつつらふしえてはふくまさめこく
よきゝぬまみなままはうかんぬかんてけらてといふ
なふのわれをふこと Ⓐ あてはやのつまのいね数
しわけしなそうつもわらぬ Ⓐ けきふわまそみさ
とまる
十日 さることありてあめまはおもしとふゐとゐまさ
つようきこみちたみとけりしものなまはもまとなよ

1　十二日　あめ　ふらす　ふんとき記これもちか可　ふねの　をくれ
雨　降らず　ふむとき　これもちが　船の　後れたりし

2　た多り里し　ならしつより里　むろつに　き支ぬ
ならし津より　室津に　来ぬ

3　十三日の乃　あ可かつき幾に尔　いさ佐ゝか可に尔　あめふる　し志はしありてや
暁に　いささかに　雨　降る　暫しありて　止みぬ

4　み三ぬ　をむ无な　これ連か可れ　ゆあみ三なと　せん无　とて　あた多りの能　よろ路
女　これかれ　湯浴みなど　せむとて　辺りの　よろしき

5　しき所に尔　おりて帝　ゆく　うみ見を　みやれ連はハ　くもゝ　みな　波
所に　下りてゆく　海を　見やれば　雲も　みな　波とぞ

6　とそ楚　みゆ遊る　あまもか可な　いつれ連か可　うみ見と　とひて弖　し志るへく　と
見ゆる　海士もがな　いずれか　海と　問ひて　知るべくと

7　なむ无　うた多　よめる　さて弖　とうか可　あまり里なれはハ　つき　おもしろ
なむ　歌　詠める　さて　十日　あまり　なれば　月　おもしろし

8　し　ふねに尔　の能り　はハしめし　ひより　ふねに尔はハ　くれ連なゐ　こく
船に　乗りはじめし　日より　船には　紅　濃く

9　よきゝぬ　き文す須　それ連はハ　うみ見の能　かみ見に　おちて　といひて帝
良き　衣　着ず　それは　海の　神に　怖じて　と言ひて

10　なに尓の　あしか可け気に尓　ことつ徒け希て　ほ保や屋の　つまの　いす数し　す数
何の　葦陰に　ことつけて　老海鼠の　つまの　貽鮨　鮨

11　し　あはひをそ　こゝろに尓も　あらぬ　はきに尓　あけ気て　みせ
鮑をぞ　心にも　あらぬ　脛に　上げて　見せける

12　け気る

13　十四日　あか可つきより　あめ　ふれ連はハ　おなし　ところに　とま満れ
暁より　雨　降れば　同じ　所に　泊まれり

14　り　（ふなきみ　せちみす　さうしもの　なれは　むまときに）
船君　節忌す　精進物なれば　午刻に

1　Ⓐこれ以後の三日間は雨についての叙述で始まっている。この日は、雨がいつでも降り出しそうな空模様。翌日は暁にさっと降ったあと晴れて、明るい月が顔を出す。その翌日は雨降り。

Ⓑ大切なのは冒頭の「雨降らず」だけ。以下の叙述は「日記」らしい体裁にするための虚構。「ふんとき」、「これもち」に①「伝未詳」（萩谷朴）とか、②「姓を記さないので、二人とも前国司の従者か」（長谷川政春）、③「〈ふむとき〉は貫之の子の名〈時文〉のもじりか。〈これもち〉は伝未詳」（菊池靖彦）とか注記していることは、無用の詮索で読者を誤導するノイズの典型。もう一隻が随伴していたことも、また、これら二人の人物についても、ここ以外に言及がない。

3Ⓐ連綿によるまとまりと、「て」（「帝」の草体）と「な」との字体の類似から、「しばしあり、なやみぬ」と読みとれる。そういう意味に理解して筆写したのかもしれない。

5Ⓐこのテクストでは、〈海〉をすべて「う見」と表記している。⑥⑨にも同じ例がある。動詞「見る」には「見」を使っていない。特定の仮名字体を組み合わせて表語的に表記する方式で、平安末期以後の実用的テクストによくみられる。三箇所の「ふね」（1・8・8）も同じ方式の例。

Ⓑ「くもゝみなゝみ」では語句の切れ目が見分けにくいために、臨機の処置として「波」に漢字を当てている。

6Ⓐ貫之自筆テクストでは和歌の前に空白があり、このテクストもその形式を踏襲しているがこの行の末尾の「と」から次行にかけて、「となむ、うたよめる」とあるので、どこからが和歌になっていたのか、確認しなければならなくなっている。

7Ⓐ「～となむ歌詠める」という係り結び。「なむ」は、その直後で叙述が大きく切れることを表わす。そのあとは、「さて」と、話題が転換している。

10Ⓐ海産動物の「ほや」を、異体の仮名字母二つを組み合わせて「保屋」と表記し、仮名文にふつうには使用されないが二字でひとつの語であることを表わしている。

11Ⓐ「脛に上げて」は、裾《すそ》を高くまくり上げて、という意味の慣用句。「脛」はフクラハギ。ただし、この場合には、そのあたりよりもずっと上までを婉曲にさしている。

お読みいただいたかたがたへ

筆者の言説を唯我独尊と感じて反撥を感じた読者がいるとしたら、それは、論と人とを一体に捉えているからです。筆者が批判したのは甲氏や乙氏の提示した考えかたであって、人身攻撃ではありません。この場合に罪とか憎むとかいう語は当たりませんが、罪を憎んで人を憎まずと同じ姿勢です。棋士が盤面に向かい、力士が土俵に上ったら、先輩、後輩、同郷、親友などという人間関係は念頭にないはずです。その道のプロに徹するなら、はっきり割り切らなければなりません。

唯我独尊どころか、筆者の解釈も千慮の一失ならぬ浅慮の逸失だらけに相違ありません。そういう逸失をみんなで補正してゆくことが研究の進歩に他なりません。

筆者にとって残念なのは、『徒然草』や『古今和歌集』などについて提示してきた新たな解釈が古典文学の専門研究者の多くに、事実上、無視されつづけてきたことです〈『みそひと文字の抒情詩』「〈やまとうた〉その後」〉。はたして、このたびは、どうなるでしょうか。筆者はつねに悲観的なので、目の黒いうちに教科書が大幅に書き換えられるだろうなどと信じていませんが、本書をまじめに読んでくださったかたがたは、せめて、『土左日記』の前文を例にして二種類の助動詞ナリの違いを生徒に教え込むことはやめてほしいと願っています。

あとがき

〇三年春、四国大学に大学院日本文学・書道文化専攻が開設されたのを機会に言語文化研究所が付設され、光栄なことに開所記念の講演を委嘱された。「古典の表現を写本で読みあじわう―活字による校訂テクストに共通する盲点」という演題を提出し、どの作品のどの部分を例にしようかと考えながら眠りに入ったら、夢ともうつつともつかず、「をむなもしてみむ」という複線構造が浮かんできた。半信半疑で、その可能性を否定する根拠を探したが、思いつくのはそれを支持する根拠ばかりだったので、ちょうど執筆中だった『みそひと文字の抒情詩』に二ページほどそのことを書き、つぎのように結んでおいた。

　筆者のこの発見が裏づけられるなら、この一文に基づいて構築された従来の『土左日記』論は根本から見直しが必要になるし、「男もすなる日記」という表現の助動詞ナリも、故意に不自然に組み立てられた表現のなかでの使用であるから、古典文法の説明に手放しでは使えなくなる。

徳島での集中講義と講演とを済ませたらすぐに執筆に取り掛かるつもりだったが、すでに発症していた白内障が進行して、本が読めなくなっていた。老人がモノを書きまくるべきではないと若い時分から公言してきたので、本にまとめるのを断念したが、事実だけは報告しておきたかったので、〇四年春の日本語学会で研究発表をした。また、石川九楊氏のお誘いで、京都精華大学文字文明研究所主催の連続講座に「日本語書記史からみた〈みそひと文字〉」を入れていただき、本書の主題と関連する話をすることができた。その内容は『文字』第五号（同研究所発行・ミネルヴァ書房刊・二〇〇四年十月）にそっくり掲載されている。

公表は断念したが、つれづれなるままに、特太のフォントを太字にして、少しずつ原稿を書き足していった。調べることができないので、引例は記憶に頼り、いたるところで方法論に深入りしたが、とうとう十円硬貨と百円硬貨と判別できない状態になって、〇五年春に手術をした。そんなにひどくなるまで生きているはずはないという計算が甘かった。

手術を終えて世の中がにわかに明るくなり、本にしたいという気持ちに駆られたが分量が多すぎてどうにもならず、大幅に削除することにした。削除が一段落ついたところで笠間書院の橋本さん、重光さん、岡田さんに、あらあらの原稿を見ていただいたところ、早い機会に出版しようというありがたいお勧めをいただき、あわてて形式を整えて持参したが、読み直したら、変換ミスだらけで、笠間書院のみなさんに合わせる顔がなくなった。削除した部分のうち、たとえば、屏風絵と屏風歌との関連について考えた一月九日の記事についての問題などは、いずれ、だれかに取り上げてほしいと願っている。なお、新しい見解を思い切って削除したのに、前著との重複を嫌わなかったのは、本書で初めて筆者の論に接する読者がすらすら読めるように配慮したためである。

論文や本を書くたびに、亀井孝先生から、「君の解釈を読んで、こんなことを考えたよ」と延々たる長電話をいただいたし、河野六郎先生に、「おもしろいね」といっていただいて、ほっと胸をなでおろしたものだった。ハムブルク大学のGünther Wenck教授からは、踏み込んだ御批評を必ず折り返し頂戴した。今はすべて懐かしい思い出になってしまったことが限りなく淋しい。敬愛してやまない三先生に衷心からのお礼をこめて本書を捧げたい。

『国語史学基礎論』（一九七三）以来三十三年、先代社長、故池田猛雄氏から令夫人の現社長池田つや子氏へと、笠間書院からの小著が九冊目になった。すべて、橋本孝氏に細部にわたる懇切な助言をいただいてきた。このたびは、ことのほか乱雑な素稿をお渡ししてしまったにもかかわらず、担当の重光徹氏は誠意をもって着々と編集作業を進めてくださった。みなさまのお力添えに感謝もうしあげたい。ようやく作業を終わったら、喜寿の誕生日になっていた。奇しくも池田猛雄氏と同じ誕生日であったことを知り、ひとしおの感慨を覚えている。

二〇〇六年八月二日

小松英雄

注目語句一覧

○本書のキーワードを中心とする注目語句です。索引ではありません。
○所在表示は、定義を記した箇所を優先してあります。「Ⅱ-3」は第Ⅱ部第三章を表わします。「イン」はイントロダクションです。配列は部・章の順ですが、おおむね関連する語句がまとまっています。
○右肩に※印のある項は筆者独自の定義に基づきます。＊印のある項は、一般に使用されているが筆者は使用しない語句です。

目次細目

イントロダクション

第Ⅰ部　前文の表現を解析する

第一章　従来の共通理解とその問題点

第二章　仮名の形成と仮名文の発達

第三章　仮名連鎖の複線構造

第四章　仮名文の日記

第五章　「女文字」、「男文字」という語の存在証明

第II部　女文字から女手へ

第一章　女文字とは

第二章　女文字の実像　貫之の書いた女文字

第三章　女文字から女手への軌跡　実用から芸術へ

第Ⅲ部　門出の日の記録

第一章　発端

第二章　初日の日記

第Ⅳ部　絶えて桜の咲かざらば

小松　英雄（こまつ　ひでお）
＊出　生　　1929年，東京
＊現　在　　四国大学大学院文学研究科講師
　　　　　　筑波大学名誉教授。文学博士。
＊著　書
日本声調史論考（風間書房・1971）
国語史学基礎論（笠間書院・1973：増訂版・1986：簡装版2006）
いろはうた（中公新書558・1979：講談社学術文庫・2009）
日本語の世界 7〔日本語の音韻〕（中央公論社・1981）
徒然草抜書（三省堂・1983：講談社学術文庫・1990・復刊2007）
仮名文の原理（笠間書院・1988）
やまとうた（講談社・1994）
仮名文の構文原理（笠間書院・1997：増補版2003）
日本語書記史原論（笠間書院・1998：補訂版2000：新装版2006）
日本語はなぜ変化するか（笠間書院・1999）
古典和歌解読（笠間書院・2000）
日本語の歴史（笠間書院・2001）
みそひと文字の抒情詩（笠間書院・2004）
丁寧に読む古典（笠間書院・2008）

古典再入門《こてんさいにゅうもん》　『土左日記《とさにっき》』を入《い》りぐちにして

2006年11月21日　初版第 1 刷発行
2010年 5 月31日　再版第 1 刷発行

著　者　小 松　英 雄

装　幀　芦 澤　泰 偉

発行者　池 田 つや子
発行所　有限会社　**笠間書院**

東京都千代田区猿楽町2-2-3［〒101-0064］
電話　03-3295-1331　Fax　03-3294-0996

ISBN978-4-305-70326-2　©KOMATSU 2010　印刷／製本：シナノ
乱丁・落丁本はお取り替えいたします。　（本文用紙・中性紙使用）
出版目録は上記住所またはhttp://kasamashoin.jp/まで。

小松英雄著…好評既刊書

仮名文の構文原理　増補版
A5判 本体2800円　　4-305-70259-2
和歌を核として発展した仮名文を「話す側が構成を整えていない文、読み手・書き手が先を見通せない文」と定義。こうした構文を〈連接構文〉と名づけ、和文の基本原理に据える画期的な提言。和歌・物語読者必読。

古典和歌解読　和歌表現はどのように深化したか
A5判 本体1500円　　4-305-70220-7
日本語史研究の立場から、古今集を中心に、和歌表現を的確に解析する有効なメソッドを提示。実践的な方法は、書記テクストを資料とする日本語研究のガイドラインにもなり、日本語史研究のおもしろさを伝える。

みそひと文字の抒情詩　古今和歌集の和歌表現を解きほぐす
A5判 本体2800円　　4-305-70264-9
藤原定家すら『古今和歌集』の和歌を理解できていなかった――長らく再刊が待たれていた旧著『やまとうた』をベースに全面書き下ろし。奥深く秘められた和歌の〈心〉にアプローチする方法を、分かりやすく提示。

日本語書記史原論　補訂版　新装版
A5判 本体2800円　　4-305-70323-8
書記テクストに反映された言語は歪んだ鏡像である――。情報を蓄蔵した書記としての観点を欠いたままの解釈が通行した為に、日本語史研究は出発点を誤った。古代からの書記様式の徹底的な解析から説き起こす。

日本語の歴史　青信号はなぜ　アオなのか
四六判 本体1900円　　4-305-70234-7
変化の最前線としての現代日本語は、こんなに面白い！　例えば、青信号はミドリ色をしているのに、なぜアオというのか。身近な疑問から日本語の運用原理を解明。日本語史研究の新しい波がうねりはじめる。

日本語はなぜ変化するか　母語としての日本語の歴史
四六判 本体2400円　　4-305-70184-7
日本人は日本語をどれほど巧みに使いこなしてきたか。人間は言語をどれほど巧みに使いこなしているか。ダイナミックに運用されてきた日本語を根源から説きおこし日本語の進化の歴史を明らかにする。